KB052901

데이트 어 라이브 앙코르 6

DATE A LIVE ENCORE 6

【데이트 어 그라비아 case-1 영장(靈裝)】

"……어? 다들 뭐하는 거야?"

공중함〈프락시너스〉에 있는 어느 한 방에 들어간 시도는 눈을 동그랗게 떴다.

그가 그런 반응을 보이는 것도 당연했다. 커다란 카메라와 조명, 반사판 같은 것이 설치되어 있는 그 방은 마치 촬영 스튜디오 같았던 것이다.

"아, 시도. 토카를 촬영할 준비를 하려던 참이야."

시도를 발견한 코토리는 방 안에 있는 기자재를 조작하면서 그렇게 말했다. 그러자 시도는 고개를 갸웃거렸다.

"촬영……? 왜 토카를 촬영하려는 건데?"

"으음…… 잘은 모르겠지만, 앙코르? 라는 것ㅡ."

"스톱! 왠지 그 이상 이야기를 하면 안 될 것 같은 느낌이 들어!"

코토리가 영문 모를 말을 입에 담자, 시도는 새된 목소리로 외쳤다. 하지만 코토리는 딱히 개의치 않으면서 어깨를 으쓱했다.

"아무튼 토카의 사진이 필요해. ㅡ자, 다들 준비됐지? 슬슬 촬영을 시작하자."

"음!"

"크큭, 프로메테우스의 불길이 타오르는구나."

"번역, 준비가 다 됐어요."

정령들이 코토리의 말에 답하며 고개를 끄덕였다.

"아!"

바로 그때, 서류 같은 것을 쳐다보던 니아가 갑자기 입을 열었다.

"잠깐만 있어봐. 미안한데, 처음으로 촬영할 건 영장 버전이야. 토~카, 좀 갈아입어 줄래?"

"음? 영장으로 말이냐?"

토카는 니아의 말을 듣고 고개를 갸웃거렸다.

그럴 만도 했다. 토카는 현재 영력이 봉인된 상태인 것이다. 영장을 완전한 상태로 현현시키기 위해선 정신 상태를 극도로 불안정하게 해서 영력을 역류시켜야만 할 것이다.

"으음…… 어떻게 해야 토카 양의 영장을 현현시킬 수 있을까~?"

미쿠가 턱에 손을 댄 채 그렇게 중얼거리자, 오리가미가 그 물음에 답하듯 입을 열었다.

"토카의 다리를 쇠사슬로 묶은 다음, 아슬아슬하게 손이 닿지 않는 자리에 콩고물빵을 두는 거야."

"어, 어이……."

"그랬다간 역류가 아니라 반전할 것 같으니까 절대 하지 마……."

오리가미의 잔혹하기 그지없는 제안에 시도와 코토리는 식은땀을 흘렸다.

"그렇게 무리할 필요는 없어. 나츠미의 〈위조마녀〉라면, 토카의 옷을 영장 형태로 변화시킬 수 있을 거야."

"어…… 나?"

나츠미는 느닷없이 자신이 언급되자 눈을 크게 떴다. 그와 동시에 정령들이 「오오!」 하고 탄성을 터뜨리며 손뼉을 쳤다.

"나츠미 씨, 대단해요……!"

"크큭, 그리 하면 되겠구나."

"칭찬. 멋진 방법이에요."

정령들은 감탄하는 어조로 입을 모아 그렇게 말했다.

"아, 아니. 그게……."

볼을 붉힌 나츠미는 당황했는지 남들의 시선을 피했지만, 정령들의 칭찬은 끝날 줄을 몰랐다.

"이야~, 역시 낫츠~이야. 진짜 멋져. 완전 최고~!"

"까아~! 귀여울 뿐만 아니라 능력도 겸비했군요~! 끝내줘요~!"

"……우, 우갸아아아아아아아앗!"

나츠미는 한계에 도달했는지 머리를 쥐어뜯으며 비명에 가까운 소리를 질렀다.

그리고 그 순간, 나츠미의 몸이 옅은 빛에 휘감기더니, 펑! 하는 소리를 내며 마녀의 옷 같은 영장이 현현됐다.

"우, 우왓!"

"나츠미 씨가 영장을……?!"

"뭐하는 거야?! 네가 아니라 토카를 영장 차림으로 만들란 말이야!"

"우갸아아아앗!"

얼굴이 새빨개진 나츠미가 손을 휘두르자, 어느새 나타난 천사 〈하니엘〉이 주위를 향해 눈부신 빛을 내뿜었다.

그러자 그 빛을 쬔 정령들이 동물을 형상화한 듯한 귀여운 마스코트 캐릭터 모습으로 변했다.

"까아~!"

"뭐, 뭐야?!"

"우갸아아아아아앗!"

나츠미와 정령들의 비명이 울려 퍼지며, 방 안이 한동안 소란스러워졌다.

【데이트 어 그라비아 case-2 교복】

"하아…… 큰일날 뻔 하기는 했지만, 어찌어찌 사진은 찍었네. ─자, 이번에 촬영할 건 교복 버전이야."

"오오! 맡겨만 다오!"

토카는 교복 차림으로 〈오살공(鏖殺公)〉을 바닥에 내리 꽂았다.

늠름함과 귀여움을 겸비한 그 포즈는 시도조차도 사진을 찍어두고 싶다는 생각이 들만큼 멋졌다.

"응. 그럼 오리가미, 촬영 부탁해."

"알았어."

코토리가 지시를 내리자, 오리가미가 카메라를 들었다.

연속해서 셔터를 누른 그녀는 스탠드에서 카메라를 분리한 후, 다양한 앵글에서 토카의 사진을 찍었다. 왠지 촬영에 익숙해 보인다고나 할까…… 시도는 오리가미가 숙달된 프로 같다는 생각이 들었다.

"어때?"

오리가미가 방금 찍은 사진 데이터를 보여주면서 그렇게 물었다.

"어머, 잘 찍었네. 역시 오리가미야."

"피사체가 움직이지 않는데다, 내 존재를 들켜도 된다는 조건에서라면 이 정도쯤은 아무것도 아냐."

"너는 대체 평소에 어떤 사진을 찍는 거야……."

그렇게 말한 시도의 볼을 타고 땀방울이 흘러내렸다.

……뭐, 하지만 사진의 완성도 자체는 매우 좋았다. 그렇다면─.

"잠깐만요~!"

바로 그때, 미쿠가 갑자기 외쳤다.

"이걸로는 안 돼요! 이 사진에는 부족한 점이 있다고요!"

"부족한 점?"

"예. 그건 바로─ 약동감이에요! 카구야 양, 유즈루 양! 토카 양의 뒤편에서 바람을 일으켜주지 않겠어요?!"

"호오?"

"이해. 해볼게요."

미쿠의 요청을 들은 야마이 자매가 토카의 뒤편으로 가서 멋진 포즈를 취했다. 그러자 다음 순간, 두 사람의 손에서 뿜어져 나온 바람이 토카의 머리카락과 옷을 휘날리게 했다.

"오오?!"

토카가 놀랐는지 눈을 동그랗게 떴다.

과연, 아까 사진도 멋졌지만, 바람에 의해 머리카락과 옷이 휘날리면서 토카가 더욱 멋져 보였다.

하지만 미쿠는 아직 납득을 못한 것 같았다. 그녀는 진지한 눈빛으로 토카를 응시하며 야마이 자매에게 지시를 내렸다.

"더! 더 세게 부탁해요!"

"호오. 이 정도면 되겠느냐?"

"증강. 위력 업이에요."

"조그만 더! 조금만 더 세게 해주세요!"

미쿠가 열띤 목소리로 그렇게 외쳤다.

그제야 시도 일행은 눈치챘다.

미쿠가 몸을 숙이더니, 바람에 흩날리는 토카의 치마 안을 뒤편에서 들여다보려 하고 있다는 사실을 말이다.

"조금만 더! 이제 다 됐어요! 토카 양, 몸을 앞쪽으로 조금만 숙여─ 응?"

콧김을 내뿜으며 그렇게 외치던 미쿠가 갑자기 말을 멈추며 고개를 들었다.

아마 눈치챈 것이리라. 다른 이들의 불쾌한 시선이 자신을 향해 쏟아지고 있다는 사실을 말이다.

"……후우."

미쿠는 살며시 한숨을 내쉬더니, 또다시 토카를 쳐다보며 말했다.

"자, 토카 양! 조금만 더 몸을 앞쪽으로 숙이세요!"

"아무 일도 없었다는 듯이 계속 하는 거야?!"

미쿠의 강철처럼 단단한 멘탈을 확인한 시도는 무심코 소리를 질렀다.

【데이트 어 그라비아 case-3 란제리】

교복 촬영 후, 방 안은 긴박한 분위기로 가득
찼다.

하지만 그것도 무리는 아니었다. 이번에 해야
하는 것은 바로 「속옷」 촬영인 것이다. 게다가
토카만이 아니라, 네 명이 나란히 있는 구도로
촬영해달라는 지시까지 받았다.

한 명은 토카, 다른 한 명은 지원자 미쿠, 그리고
또 한 명은 우연히 그림자에서 나온 쿠루미를
잡아서 강제로 모델로 삼았지만— 마지막 한
명은 도저히 정할 수가 없었다.

그것도 당연했다. 속옷 차림으로 토카, 미쿠,
쿠루미와 함께 사진을 찍는다는 것은 그녀들의
풍만한 가슴과 비교 당한다는 것을 의미하니
말이다.

"······다들, 어떻게 할래?"

"뭐?! 아, 아니, 저기······."

"응, 유즈루가 한. 저 세 사람에게 대항할 수
있는 사람은 유즈루뿐이니까."

"수긍. 카구야가 한다면 한 번 생각해볼게요."

"말도 안 되는 조건 지시하지 말아줄래?!"

더 이상 회의를 해봤자 소용없다는 사실은 이
자리에 있는 모든 이들이 알고 있었다.

이런 긴박감은 일정한 방향성을 띠기 시작하더
니, 결국 이 자리에 있는 이들에게 같은 동작을
취하게 했다. 그건 바로—.

"'''가위~ 바위~ 보!''''"

그녀들은 일제히 한 손을 내밀었다.

다들 보를 낸 와중에 코토리만 바위를 냈다.

"말도 안 데에에에엣?!"

코토리는 비통한 외침과 함께 그 자리에서
무너졌다.

하지만 수십 초 후, 그녀는 결의에 찬 표정을

지으며 천천히 몸을 일으켰다.

"……너희는 가슴 사이즈가 어떻게 돼?"

"음? 가슴둘레 말이냐? 아마…… 84센티미터였을 거다."

"무슨 일인지는 모르겠지만…… 85센티미터랍니다."

"우후후~, 94센티미터예요~"

세 사람이 차례차례 대답하자, 코토리는 낮은 웃음소리를 흘렸다.

"후, 후후…… 뭐야, 반올림하면 다들 나와 비슷하네. 우리의 가슴 사이즈는 약 100센티미터! 세계평화! 만세!"

분명 십의 자리에서 반올림을 한 것 같지만, 아무도 그 점을 지적하지 않았다. 코토리에게서 불가사의한 위압감이 뿜어져 나오고 있었기 때문이다.

"나를…… 똑똑히 봐."

코토리는 그렇게 말하면서 어깨에 걸친 재킷을 벗어던졌다. 그런 그녀의 위용을 본 정령들은 무신코 경례를 했다.

여자에게는 진다는 걸 알면서도 싸워야만 할 때가 있다. 코토리는 그 사실을 직접 증명한 것이다.

고마워, 이츠카 코토리. 정령들은 너의 각오를, 너의 뒷모습을 평생 잊지 못할 거야.

그런 광경을 보면서…….

"……대지 무슨 일이 벌어지고 있는 거야?"

……시도는 망연자실한 목소리로 그렇게 중얼거렸다.

DATE A LIVE ENCORE 6

NewYearSPIRIT,GirlgameNIA,AnimationSPIRIT,OnlineSPIRIT,
OfflineSPIRIT,HairMUKURO

CONTENTS

DATE
데이트

A
어

LIVE
라이브

ENCORE
앙코르 6

글 : 타치바나 코우시
그림 : 츠나코
옮긴이 : 이승원

THE SPIRIT

정령(精靈)

인계(隣界)에 존재하는 특수 재해 지정 생명체, 발생 요인, 존재 이유 둘 다 불명.
이쪽 세계에 모습을 드러낼 때, 공간진(空間震)을 발생시켜 주위에 심각한 피해를 끼친다.
또한, 엄청난 전투 능력을 보유하고 있음.

WAYS OF COPING1

대처법1

무력을 통한 섬멸.
단, 위에서 말했듯 매우 강대한 전투 능력을 보유하고 있기 때문에 달성 가능성이 극도로 낮음.

WAYS OF COPING2

대처법2

──데이트를 해서, 반하게 만든다.

데이트 어 라이브
앙코르 6

DATE A LIVE ENCORE 6

SpiritNo.9
Height 165 Three size B94/W63/H88

정령 뉴이어

NewYearSPIRIT

DATE A LIVE ENCORE 6

"좋아, 이제 됐겠지……."

시도는 그렇게 말하며 석쇠 위에서 잔뜩 부푼 떡을 젓가락으로 집어 뜨거운 물에 잠시 담갔다가 꺼낸 다음, 붉은색 그릇에 담았다. 그리고 어묵과 닭고기 등 건더기를 얹은 후, 아까 만들어둔 국물을 부었다.

마지막으로 그 위에 파드득나물을 올리자, 시도 특제 떡국이 완성됐다. 시도는 떡국이 담긴 여러 개의 그릇의 뚜껑을 덮은 후, 쟁반에 받쳐 거실로 향했다.

"자, 완성됐어. 테이블 위를 정리해 줄래?"

"오오! 기다리고 있었다!"

"이쪽은 이미 준비 다 됐어."

시도의 말에 거실에 있던 소녀들의 힘찬 목소리가 들려왔다.

"……"

그녀들의 모습이 눈에 들어온 시도는 한순간 걸음을 멈췄다.

　시도의 집 거실에는 〈라타토스크〉에서 보호하고 있는 정령들이 전부 모여 있었다. 토카, 요시노, 코토리, 오리가미, 야마이 자매, 미쿠, 나츠미, 그리고 얼마 전에 영력이 봉인된 니아. 총 아홉 명의 소녀들이 즐겁게 대화를 나누고 있었다.

　하지만 시도가 시선을 빼앗긴 이유는 그것만이 아니었다.

　그곳에 있는 정령들은 하나같이 화려하고 고급스러운 기모노를 입고 있었다.

　꽃과 새 같은 화사한 문양이 새겨진 옷과 띠로 온몸을 감싼 정령들이 모여 있으니, 시도는 자신의 집 거실이 한층 더 화사해진 것처럼 보였다.

　하지만 정령들이 아무 이유 없이 저런 복장을 하고 있는 것은 아니다. 그들은 새해를 맞이해 근처 신사에 가서 참배를 하고 왔다.

　그래서 아침부터 이 모습을 지켜봤지만…… 이렇게 다시 보니, 극락이라는 건 이곳을 말하는 게 아닐까 하는 생각이 들었다.

　"응? 시도, 왜 그러고 있느냐. 그림자 묶기 술법에 당하기라도 한 게냐?"

　"동의. 꿀을 통째로 먹은 벙어리 같아요."

시도가 멍한 표정을 짓자, 주황색과 검은색으로 된 기모노를 입은 카구야와 유즈루가 영문을 모르겠다는 듯이 고개를 갸웃거렸다.

"아, 아무 것도 아냐……."

시도는 그 말을 듣고 화들짝 놀라며 말끝을 흐렸다. 그러자 백합 문양이 새겨진 기모노를 입은 미쿠가 눈을 게슴츠레하게 뜨고 히죽거리면서 입을 열었다.

"어머~? 달링, 혹시 꽃단장을 한 저희를 넋 놓고 쳐다본 건가요~?"

"그, 그렇지……."

않아, 라고 시도는 말할 수 없었다. 그는 입을 꾹 다물고 쟁반을 테이블 위에 놓았다.

"꺄앙! 달링, 너무 귀여워요~!"

"……놀리지 마. 그것보다 이거나 받아."

시도가 그렇게 말하면서 젓가락과 그릇을 나눠주자, 다들 테이블 앞에 앉아 한목소리로 외쳤다.

"잘 먹겠습니다!"

"응, 맛있게 먹어."

시도의 말과 함께 다들 그릇의 뚜껑을 열었다. 그러자 김이 피어오르면서 국물의 향기가 주위에 감돌았다.

"냄새가…… 좋아요."

"맞아. 아, 떡도 향긋해."

"……맛있어. 대체 어떻게 만든 거야? 육수를 제대로 뽑으면 이렇게 맛있어 지는 거야?"

"으음, 소년은 여전히 요리를 잘하는구나. 내 식사 담당 어시스턴트로 고용하고 싶어~."

정령들은 떡국을 먹으면서 황홀한 표정을 지었다.

아무래도 다들 떡국이 입에 맞는 것 같았다. 시도는 미소를 지으면서 그릇을 들어 국물을 한 모금 마셨다. 가다랑어와 다시마를 우린 육수에 닭고기 기름이 녹아들면서 멋진 맛을 자내고 있었다. 자신이 만든 거지만 정말 잘 만들었다는 생각이 들었다.

"우물우물…… 음, 맛있구나!"

"토카, 아무리 맛있어도 좀 천천히 먹어. 목에 걸리기라도 하면 어쩔 거야."

"음! 우물우물…… 으읍?!"

바로 그때, 토카가 눈을 치켜뜨면서 가슴을 두드리기 시작했다. 아무래도 떡이 목에 걸린 것 같았다.

"아아, 정말! 이럴 줄 알았다니깐!"

"크, 큰일…… 났어요!"

"으음, 이럴 때는 어떻게 해야 되더라?!"

"……청소기로 빨아낸다는 이야기를 들은 적이 있는데……."

"청소기?! 시도, 청소기 어디 있어?!"

"가, 가지고 올게……!"

"아뇨! 그럴 시간 없어요~! 제가 입으로 직접 빨아내겠어
요오오오오오!"

다들 허둥대고 있을 때, 미쿠가 벌떡 일어나더니 토카의
어깨를 잡고 「음~!」하며 입술을 쑥 내밀었다.

그러자 토카가 균형을 잃고 그대로 뒤편으로 쓰러졌다.

그러다 목에 걸린 떡이 넘어갔는지 토카는 뭔가를 꿀꺽
삼킨 후, 하아하아 하고 거친 숨을 내쉬었다.

"토카, 괜찮으냐?!"

"으, 음…… 그래. 덕분에 살았다, 미쿠."

"아앙~! 토카 양이 무사해서 정말 다행이긴 하지만~!"

미쿠는 아쉬워 죽겠다는 듯이 몸을 비틀었다.

하지만 뭔가가 생각난 것처럼 손뼉을 치더니, 자신의 자리
로 돌아가서 그릇에 남아있던 떡을 단숨에 삼켰다. 그리고
일부러 눈을 희번덕거리더니, 고통스러워하듯 가슴을 움켜
쥐며 떡이 목에 걸린 듯한 시늉을 했다.

"읍~! 읍~!"

"아…… 미쿠! 시도, 큰일 났다. 이번엔 미쿠가……!"

토카가 허둥대면서 몸을 일으켰다. 하지만 다른 정령들은
냉정하기 그지없는 시선을 교환하더니, 서로를 쳐다보며 고
개를 끄덕였다.

"카구야, 유즈루. 미쿠의 손을 잡아."

"알았느니라."

"이해. 맡겨주세요."

"으읍?!"

"나츠미, 청소기를 가져와."

"알았어."

"자~, 미쿠. 입을 아~ 하고 벌려봐."

"으응~?! 으으으으으으응―!!"

코토리는 나츠미가 건네준 청소기의 스위치를 켜더니, 부우우우웅 하는 소리를 내는 흡입구를 손에 쥔 채 미쿠에게 다가갔다. 그러자 미쿠는 고개를 열심히 저어댔다.

"이게 아니에요~! 제가 원하는 건 이게 아니라고요오오오!"

"어머, 떡이 넘어갔나 보네. 다행이야."

"앗……!"

코토리의 말에 미쿠는 「아차!」 하고 외치는 듯한 표정을 지었다. 그러자 코토리는 어깨를 으쓱하며 말했다.

"정말…… 티가 너무 났어."

"으으으…… 토카 양, 다음에 단둘이 떡국 먹으러 가요."

"음? 단둘이서 말이냐?"

"아~, 토카. 절대 가면 안 돼. 미쿠가 너한테 뭐든 하자고 하면 일단 나한테 알려줘."

"음, 알았다."

"아앙! 너무해요~!"

미쿠는 자신의 어깨를 꼭 끌어안으면서 몸을 배배 꼬았

다. 시도는 그 모습을 보며 아하하 하고 쓴웃음을 지었다.

"정말…… 장난도 좋지만 이러다 떡국이 다 식어버릴 거야."

시도의 말에 다들 테이블로 돌아가서 떡국을 깔끔하게 비웠다. 참고로 나츠미는 파드득나물을 싫어하는 것 같았지만, 요시노에게서 「힘내요……!」라는 말을 듣더니 각오를 다지며 꾹 삼켰다.

"영……차!"

시도는 텅 빈 그릇과 젓가락을 챙겨서 싱크대로 가지고 갔다. 그러자 붉은색 기모노를 입은 코토리가 으음~ 하고 낮은 신음을 흘리며 기지개를 켰다.

"자…… 그럼 슬슬 옷을 갈아입을까?"

"에이~, 벌써 갈아입는 건가요~? 모처럼 귀여운 기모노를 입었으니까, 뭐라도 좀 하죠~."

미쿠는 코토리의 말에 불만을 표시하듯 그렇게 말했다. 그러자 코토리는 휴우 하고 한숨을 내쉬면서 팔짱을 꼈다.

"그건 상관없지만, 대체 뭘 할 건데? 이미 새해 참배도 다녀왔고, 떡국도 먹었잖아."

"그게……."

미쿠가 대답을 하지 못하자, 옆에서 듣고 있던 니아가 손가락을 세웠다. ……참고로 니아는 다른 사람과 다르게 수수한 색상의 니트와 청바지 차림이었다. 뭐, 처음에는 체육복 위에 솜이 들어간 방한용 외투를 걸친 차림으로 가려고 했었으니, 지금은 다소 나아진 것이라 할 수 있었다.

"그럼 기왕 하는 거 정월에 하는 놀이를 다 같이 하는 건 어떨까?"

"정월에 하는 놀이…… 라고요?"

『어떤 게 있는데~?』

연둣빛 기모노를 입은 요시노, 그리고 그녀와 맞춘 듯한 기모노를 입은 『요시농』이 고개를 갸웃거렸다.

바로 그때, 니아의 말에 반응한 미쿠가 손뼉을 치며 환성을 질렀다.

"아앗! 좋은 생각이에요~! 연날리기나 전통식 배드민턴, 그리고 팽이 돌리기! 기모노 옷자락 사이로 언뜻언뜻 보이는 새하얀 피부! 그리고 마지막은 후쿠와라이#1! 앞이 안 보이는 탓에 여러분들을 향해 손을 뻗을지도 모르지만, 어쩔 수 없어요! 눈을 가렸으니까요~!"

미쿠가 흥분한 것처럼 거친 콧김을 뿜으며 그렇게 외치자, 다른 정령들이 진땀을 흘렸다.

"……좋아. 다른 놀이를 하자."

"동의. 그편이 좋을 것 같아요."

"예엣?! 어째서죠~?!"

미쿠는 충격을 받은 것처럼 그렇게 외쳤다. 그러자 코토리

#1 후쿠와라이(福笑い) 정월에 하는 일본 전통 놀이 중 하나. 눈을 가린 채, 얼굴 윤곽을 그려둔 종이에 눈썹, 눈, 코, 귀, 입을 오린 종이쪽지를 배치하는 놀이.

가 한숨을 내쉬었다.

"그것 외에 정월에 하는 놀이라면…… 카루타#2는 어때?"

오리가미가 고개를 끄덕이며 덧붙여 말하듯 입을 열었다.

"공기놀이나 죽방울놀이도 정월의 전통 놀이라고 할 수 있어."

"그렇구나. 그럼 그 중에서……"

그렇게 코토리가 결정을 내리려던 순간, 니아가 손가락을 까딱거리며 입을 열었다.

"여동생 양, 깜빡하고 지나친 게 하나 있지 않아? 이 많은 인원이 다 같이 할 놀이라면 그게 베스트일 거라고 생각하는데 말이야."

"뭐?"

코토리가 고개를 갸웃거리자, 니아는 자신만만한 목소리로 말을 이었다.

"주사위 놀이 말이야. 주사위 놀이."

"아…… 맞네."

시도가 턱에 손을 대면서 고개를 끄덕였다. 확실히 그 놀이라면 다 같이 할 수 있을 것이다. 게다가 카루타와 다르게 신체능력에 의존하지도 않는다.

"주사위 놀이……?"

검은색 천에 화사한 꽃무늬가 새겨진 기모노를 입은 토카

#2 카루타(かるた) 일본 전통 카드 게임.

가 영문을 모르겠다는 표정을 지었다. 시도는 「응」 하고 고개를 끄덕이며 토카를 쳐다보았다.

"간단하게 설명하자면, 주사위를 굴려서 나온 숫자만큼 자신의 말을 옮기는 게임이야. 가장 먼저 골인한 사람이 이기는데, 『한 번 쉼』이나 『세 칸 이동』 같은 특수한 칸도 있기 때문에 높은 숫자가 나온다고 꼭 이기는 건 아냐."

"호오! 재미있을 것 같구나!"

"해보고…… 싶어요!"

토카와 요시노는 흥미가 생겼는지 눈을 반짝였다. 시도는 알았다는 것처럼 고개를 끄덕였다.

"좋아. 그럼 주사위 놀이를 하자."

"오오!"

"아, 그런데 우리 집에 주사위 놀이가 있었나? 인원도 많으니까 좀 큰 걸 사오는 게……."

"훗훗훗."

시도가 생각에 잠기자, 니아가 의미심장한 웃음을 흘렸다.

"왜, 왜 그래?"

"설마 이 니아 님이 그런 것도 생각해두지 않았을 것 같아?"

니아는 그렇게 말하더니 가방에서 작고 새하얀 카드 같은 것을 여러 개 꺼내 테이블 위에 놓았다.

"이게 뭐야……?"

시도는 고개를 갸웃거리면서 카드 중 한 장을 들어보았다.

양면에 아무 것도 적혀 있지 않은 새하얀 종이였다.

"아, 명함에 쓰이는 종이야. 이걸 이렇게 해서……."

니아는 펜을 꺼내 그 종이들에 『한 번 쉼』, 『두 칸 이동』, 『출발칸으로 되돌아감』, 『그 자리에서 팔굽혀펴기 열 번』 같은 글을 적은 다음, 그것을 뒤집어놓았다.

"이렇게 하면 수제 오리지널 주사위 놀이가 완성되는 거야. 이제 평범한 주사위 놀이처럼 칸을 나아가서, 그 칸의 카드를 뒤집어본 다음, 거기에 적힌 지시에 따르기만 하면 돼. 그 칸에 멈출 때까지 뭐가 적혀 있는지 모른다는 스릴이 매력이야."

"흐음, 그렇구나. 머리 한 번 잘 썼네. 확실히 이렇게 하면 칸 숫자도 자유롭게 정할 수 있고, 다양하게 응용할 수도 있겠어."

"음! 재미있을 것 같구나! 해보자!"

"크큭! 반상유희(盤上遊戲)로 이 몸에게 도전하는 게냐? 좋다. 모든 오락을 섭렵한 야마이가 그 거만함을 산산조각 내주겠노라!"

정령들도 니아를 쳐다보면서 흥미롭다는 목소리로 그렇게 말했다. 시도는 고개를 끄덕였다.

"좋아, 그럼 해보자."

"""오~!"""

시도의 목소리에 답하듯, 기모노 차림의 소녀들이 힘차게 손을 치켜들었다.

하지만— 시도는 아직 눈치채지 못했다.

그녀들 중, 눈을 번쩍이고 있는 짐승이 몇 명 존재한다는 사실을 말이다.

◇

약 20분 후…….

"음, 이 정도면 되겠지?"

시도는 열 장의 카드에 글자를 적은 후, 펜 뚜껑을 닫았다.

"나도 다 됐다."

"저도 다 했어요~."

정령들도 카드를 완성한 것 같았다. 펜을 내려놓은 그녀들은 카드들을 정리하기 시작했다.

"시도는 어떤 카드를 만들었느냐?"

"나? 으음, 평범한 주사위 놀이에 나올 만한 것들을 적어놨는데……."

토카의 물음에 시도는 자신의 손 언저리를 쳐다보며 대답했다.

"아…… 그래도 좀 재미있을 것 같은 카드도 한 장 만들어봤어. 평범한 주사위 놀이에는 없는 이 게임만의 카드지."

"호오! 기대되는 구나!"

토카가 눈을 반짝이며 그렇게 말했다. 시도는 미소를 지으며 고개를 끄덕인 후, 각자가 작성한 카드를 모아서 세심하게 섞었다.

"자, 그럼……."

그리고 그렇게 말하며 길을 만들듯 카드를 나열했다. 한 사람당 열 장 정도 작성했으니, 전원의 카드를 다 합쳐 백 장은 되었다. 그런 카드들이 자아낸 뱀처럼 꼬불꼬불한 길이 테이블을 가득 채웠다.

그리고 길의 양끝에는 『스타트』, 『골』이라고 적힌 카드를 놓았다.

"좋아, 완성됐어. 다들, 스타트 지점에 자기 말을 배치해."

"음!"

"알았어."

남는 카드로 만든 말들이 스타트 위에 놓였다. 니아가 종이의 표면에 각자의 일러스트를 그렸는데, 서둘러 그린 것치고는 꽤 귀여웠다. 주사위 또한 방금 시도가 종이를 잘라서 만들었다.

수제 느낌이 물씬 나지만, 다 같이 힘을 합쳐 하나부터 열까지 만든 게임으로 노는 것도 꽤 신선한 체험이었다.

"자, 그럼 가위 바위 보로 주사위를 굴릴 순서를 정하자. 이긴 사람부터……."

"아, 소년. 잠깐만 기다려. 아직 정하지 않은 게 있잖아."

"응?"

시도가 가위 바위 보를 하자는 듯이 손을 내민 순간, 니아가 입을 열었다.

"정하지 않은 게 있다고?"

"그래. 1위의 경품이야. 그걸 정해야 게임이 재미있어지지 않겠어? 기왕 이렇게 됐으니 각자가 내놓을 경품을 카드에 적은 다음, 골에 뒤집어 두는 건 어떨까? 그리고 1위가 된 사람이 그 경품을 독차지하는 거야. 아, 그리고 너무 거창할 필요는 없어. 과자나 잡동사니, 어깨 안마권 같은 것도 괜찮아."

"흐음…… 그래. 그것도 재미있을 것 같네."

시도의 말에 정령들도 동의한다는 듯이 고개를 끄덕였다.

아까와 마찬가지로 다들 카드에 경품을 적은 후, 골에 엎어뒀다. 참고로, 시도의 경품은 『오늘 저녁 메뉴를 정하는 권리』로 해뒀다.

"자, 그럼 진짜로 시작하자. 가위~ 바위~."

"""보!"""

다들 한목소리로 그렇게 외치면서 손을 앞으로 내밀었다. 모두가 보를 내민 가운데, 홀로 가위를 낸 사람이 있었다. ―바로 카구야였다.

"크크크! 이 몸이 이겼노라! 역시 진정한 강자는 원하든 원하지 않든 항상 승리를 손에 거머쥐는 법이지!"

카구야는 기분이 좋은지 그렇게 말하면서 주사위를 쥐었

다. 그리고 멋진 포즈를 취하면서 주사위를 테이블 위에 던졌다.

"에잇! 절기(絕技), 사새천아탄(死賽穿牙彈)!"

데굴데굴데굴……. 주사위가 굴러가더니, 1이 나왔다.

"아닛……!"

"1……이군요."

"조소(嘲笑). 역시 강자는 주사위 운도 남다르군요."

유즈루가 입가에 손을 대며 웃음을 흘렸다. 그러자 카구야는「흐, 흥!」하고 코웃음을 치며 말을 옮겼다.

"뭐, 뭘 모르는구나. 이 승부에서 중요한 것은 주사위를 굴렸을 때 높은 숫자가 나오는 게 아니라, 카드에 적힌 문장이니라! 즉, 이 몸의 운명이 이곳에 놓인 최강 카드를 나에게 가져다준 것이다!"

카구야가 새된 목소리로 그렇게 외치면서 첫 번째 칸에 놓인 카드를 뒤집었다.

그 카드에는 귀여운 글씨체로『한 번 쉼』이라고 적혀 있었다.

"말도 안 돼애애애앳?!"

"폭소. 풉, 푸푸푸푸풉!"

카구야는 울먹거리면서 고함을 질렀고, 유즈루는 재미있어 죽겠다는 듯이 배를 잡고 웃었다. 그러자 요시노가 미안해하며 이렇게 말했다.

"죄, 죄송해요……. 아마 그건, 제가 쓴 카드일 거예요……."

"요시노, 사과할 필요 없어. 원래 이런 게임이거든. 오히려 굿잡(good job)이야."

『아하하~, 코토리는 뭘 좀 아네~.』

『요시농』이 웃음을 터뜨리듯 고개를 흔들어댔다. 코토리는 옅은 미소를 지으면서 주사위를 쥐었다.

"자…… 이번에는 내 차례야. 에잇!"

코토리는 그렇게 말하면서 주사위를 굴렸다. 5가 나왔다.

"아, 괜찮은 숫자네. 자, 카드의 뒷면에는…… 어?"

코토리는 카드를 뒤집었다. 그 카드에는 『떡국을 배부르게 먹는다』라는 지시가 적혀 있었다.

"오오! 좋겠구나, 코토리!"

토카는 손뼉을 치며 그렇게 외쳤다. 아무래도 토카가 작성한 카드 같았다.

하지만 코토리는 카드를 보면서 인상을 굳혔다.

"으…… 두 그릇째네. 안 그래도 정월 연휴 동안 평소보다 많이 먹었는데 말이야. 아무래도 저녁은 조금만 먹어야겠네……."

코토리는 배를 매만지며 부엌에 가더니, 남은 떡국을 그릇에 담아 와서 전부 먹어치웠다. 배가 부른지, 복부가 갑갑해 보였다.

"자, 다음 차례는…… 유즈루?"

"긍정. 예."

유즈루가 고개를 끄덕이고 주사위를 던졌다.

그렇게— 한동안 시도 일행은 순서대로 주사위를 굴리면서 카드 뒷면에 적힌 지시에 따랐다.

오리가미는 기모노 차림으로 팔굽혀펴기를 했고, 토카는 카구야가 쓴 난해한 문장을 보며 고개를 갸웃거렸으며, 니아는 『시도를 상대로 츤데레 중인 코토리』를 혼신의 힘을 다해 연기했다가 코토리에게 옆구리를 꼬집히는 등…… 그런 식으로 다 같이 즐겁게 게임을 했다.

하지만— 한 번씩 차례가 돌아간 후…….

지금까지의 화기애애한 분위기를 박살내는 사태가 발생했다.

"……으음, 다음 차례는 나네."

나츠미가 그렇게 말하면서 주사위를 굴린 후, 나온 숫자만큼 말을 이동시킨 자리에 있는 카드를 뒤집었다.

"……헉?!"

나츠미는 카드에 적힌 글을 보고 숨을 삼켰다. 다들 영문을 모르겠다는 듯이 나츠미가 쥔 카드를 쳐다보았다.

"나츠미, 카드에 뭐라고 적혀있기에 그러는 거야?"

"으음…… 어디어디? 『이 칸에 도착한 사람은 미쿠의 볼에 뽀뽀를 한다☆』…… 이게 뭐야?!"

시도가 그렇게 외치자, 모든 이들의 시선이 미쿠에게 쏠렸다.

"어머나, 그런 카드도 있군요~. 좀 부끄럽지만, 어쩔 수 없네요~."

미쿠는 그렇게 말하며 몸을 배배 꼬았다. 다들 미심쩍은 표정을 지으며 뻔뻔하기 그지없는 미쿠를 쳐다보았다.

"……미쿠, 이건 네가 적은 카드지?"

"그럴 리가요! 하지만 설령 그게 사실이더라도 아무 문제없을 텐데요~?"

"크윽……!"

미쿠의 말에 시도는 말문이 막혔다. 확실히 그런 규정은 만들지 않았다. 애초에 이것은 주사위 놀이이기는 해도, 어디까지나 니아가 고안한 게임인 것이다.

"저기, 니아. 이런 건……."

애원하는 심정으로 니아를 쳐다본 시도는— 그 다음 말을 잇지 못했다.

이유는 단순했다. 니아가 「바로 이런 걸 기다리고 있었어」라고 말하는 것처럼 사악한 미소를 짓고 있었던 것이다.

"에헤헤…… 소년, 왜 그래? 내가 룰을 설명했을 때, 소년은 오케이를 했었지? 나로서는 전혀 문제가 없다고 생각하거든~?"

"확실히 룰 상으로는 문제없어. 나도 니아를 지지해."

오리가미가 니아에게 찬동하듯 고개를 끄덕였다.

"뭐……?"

시도는 그제야 자신이 방심했다는 사실을 눈치챘다. 지금까지 참가자들이 도착했던 칸에는 시도와 토카, 요시노가 쓴 카드가 놓여 있었다. 그 내용은 『한 번 쉼』처럼 전형적인 것들과 가벼운 벌칙이었다. 물의를 일으킬 만한 것이라고 해봤자 유즈루가 카구야를 괴롭히려고 쓴 것들이었다.

그렇다……. 시도는 이제야 자신이 얼마나 무시무시한 게임에 참가한 것인지 깨달았다. 미쿠, 니아, 그리고 오리가미. 그녀들이 쓴 서른 장의 카드가 지뢰처럼 곳곳에 설치되어 있는 것이다.

"자, 나츠미 양! 과감하게 해주세요! 그래야 게임이 진행된다고요~."

"으……."

미쿠에게 다가가는 나츠미의 볼을 타고 땀이 흘러내렸다.

하지만 다른 사람들에게 폐를 끼칠 수 없다고 생각했는지 나츠미는 잠시 동안 망설인 후, 얼굴을 한껏 찡그렸다.

"……눈, 감아."

"예~!"

미쿠가 환한 목소리로 그렇게 대답하고는 나츠미를 향해 볼을 내밀면서 눈을 감았다. 나츠미는 각오를 다지듯 주먹을 말아 쥐고 볼을 붉히면서 미쿠의 볼에 입맞춤을 했다.

"……이, 이제 됐지?"

"꺄아~! 올해는 정말 운이 좋을 것 같아요오오오오~!"

미쿠는 새된 환성을 지르며 몸을 배배 꼬았다. 나츠미는 도끼눈을 뜨고 그 광경을 지켜보더니, 기모노 소매로 입가를 닦았다.

그 모습을 본 니아가 손뼉을 쳤다.

"이야~, 구경 한 번 잘했어. 수줍음 많은 소녀의 키스. 아, 사진을 찍어둘 걸 그랬네."

"……그, 그러지 마."

나츠미는 진심으로 질색을 했다. 니아는 아하하~ 하고 웃으면서 손을 내저었다.

"그런데, 다음 차례는 누구였지?"

"그, 그게…… 저, 예요."

니아의 물음에 요시노가 손을 들었다. 아무래도 요시노 또한 시도와 마찬가지로 이 게임의 위험성을 눈치챈 것 같았다. 그녀는 긴장한 표정으로 주사위를 굴렸다.

"3……이에요."

『카드 뒷면에는…… 어라?』

"……앗!"

『요시농』이 뒤집은 카드를 본 요시노의 볼이 새빨갛게 달아올랐다.

"왜, 왜 그래? 이번에는 뭐가 적혀 있는데?"

코토리가 묻자, 요시노는 머뭇거리면서 카드를 내밀었다.

카드에는 『이 칸에 도착한 사람은 남자아이에게 허리에 두른 띠가 잡아당겨져서 팽이처럼 빙빙 돌며 「어~머~!」 하고 외칠 것』이라는 지시가 적혀 있었다. 그리고 상투를 튼 남자가 기모노 차림의 여자애의 허리띠를 당기는 일러스트 또한 그려져 있었다.

"앗……?!"

"아, 그 카드는 내가 만든 거야."

시도가 말문이 막힌 듯한 반응을 보이자, 니아가 태연한 어조로 그렇게 말했다.

"이야~, 기왕이면 기모노를 살릴 수 있는 카드를 넣고 싶어서 말이야. 그리고 이런 시추에이션을 실제로 본 적이 없거든. 이야~, 소년이 걸리지 않아서 다행이야. ……아니지, 잠깐만 있어봐. 소년의 벨트를 잡아당겨서 빙글빙글 돌리는 것도……."

"……! 그 이야기, 자세하게 들려줘."

오리가미가 니아의 중얼거림에 관심을 보였다. 시도는 땅이 꺼져라 한숨을 내쉰 후, 두 사람을 떼어놓았다.

"관심 가지지 마. 그리고 이 카드에 적힌 『남자아이』…… 이 자리에 남자애라고는 나뿐이잖아!"

"아, 눈치챘어? 니아 님이 주는 센스 넘치는 선물이야~. 쪽~!"

니아는 연기 톤으로 그렇게 말하면서 시도를 향해 손 키스를 날렸다. 시도는 도끼눈으로 그 손 키스를 움켜쥐더니, 그대로 니아를 향해 내던지는 제스처를 취했다.

니아는 그것을 가슴에 맞고 「으윽!」 하고 신음을 흘리며 몸을 굽혔다. ……여전히 장난기가 많은 정령이다.

"……아무튼, 요시노. 무리는 하지 마."

한숨을 내쉰 시도는 요시노의 어깨에 손을 얹었다. 하지만 요시노는 입술을 꼭 깨물더니 고개를 저었다.

"아뇨……. 해볼게요. 나츠미 씨도 했잖아요……!"

"요, 요시노……?"

"부탁이에요, 시도 씨……."

요시노가 쳐다보자, 시도는 아무 말도 할 수가 없었다.

하지만 요시노의 각오를 함부로 할 수는 없었다. 결국 시도는 결의를 다지면서 요시노의 눈을 지그시 쳐다보았다.

"……괜찮은 거지?"

"아, 예."

요시노는 고개를 끄덕였다. 그 모습을 본 시도가 코토리를 힐끔 쳐다보자, 그녀는 어쩔 수 없다는 듯이 어깨를 으쓱했다.

시도는 요시노를 널찍한 곳으로 데려간 후, 그녀의 허리에 감긴 띠를 손에 쥐었다.

"그, 그럼 할게, 요시노."

"예……!"

시도가 손에 힘을 주자, 요시노의 허리띠가 풀렸다. 시도는 그대로 그 띠를 잡아당겼다. 그러자 마치 팽이가 돌아가듯 요시노의 조그마한 몸이 빙글빙글 돌았다.

"어, 어~머~."

요시노는 그 자리에서 빙글빙글 돌면서, 약간 부끄러워하는 듯한 목소리로 그렇게 말했다. 아무래도 카드에 적힌 내용에 성실하게 따르려는 것 같았다. 시도의 뒤편에 있는 정령들이 「오오……?!」 하고 외쳤다.

곧 요시노의 몸에 감긴 띠가 전부 풀렸다. 요시노는 어지러운지 휘청거리면서 근처에 있던 소파에 다이빙했다.

"요시노?! 괜찮아?!"

"괘, 괜찮……아요……."

"저기, 괜찮아 보이지 않는데……."

시도는 힘없는 목소리로 그렇게 말하는 요시노를 안아서 일으키려다— 그대로 움직임을 멈췄다.

이유는 단순했다. 허리띠가 풀린 바람에 흐트러진 기모노와 내의 사이로 그녀의 새하얀 피부가 드러난 것이다. 등 뒤에서 미쿠의 「꺄앗~!」 하는 목소리가 들려왔다. ……참고로 회전하는 사이에 풀린 건지, 『요시농』이 입은 기모노의 띠도 풀렸다.

"으, 으으……."

"자, 시도는 고개 돌려."

시도가 얼굴을 붉힌 채 딱딱하게 굳어 있자, 코토리가 다가오더니 요시노를 안아 일으켰다. 그리고 흐트러진 옷을 여며준 후, 그녀를 원래 있던 곳으로 데려갔다. ……시도의

여동생은 이럴 때 정말 믿음직한 존재였다.

테이블에서는 다음 차례인 토카가 주사위를 쥐고 있었다. 시도도 코토리의 뒤를 따르듯 테이블 쪽으로 돌아왔다.

"으음, 나츠미와 요시노는 대단하구나. 나도 지지 않겠다! 에잇!"

토카가 힘차게 주사위를 굴리자 6이 나왔다.

"오오! 쭉 나아갈 수 있겠구나! 음, 카드에 적힌 지시는……."

토카가 카드를 뒤집고 거기에 적힌 글을 읽으면서 고개를 갸웃거렸다.

"으음, 이게 대체 무슨 소리지?"

"응? 뭐라고 적혀 있는데?"

코토리는 토카가 쥔 카드를 쳐다보았다. 그리고─.

"……아닛?!"

얼굴이 새빨개지더니 그대로 숨을 삼켰다.

"음? 코토리, 왜 그러느냐. 이게 대체 어떤 의미인 거지?"

"저, 저기, 그게 말이야, 토카……."

"시도의 옷을 벗기라는 건 이해했지만, 그 다음의─."

"와앗~! 꺄앗~!"

코토리가 새된 비명을 지르면서 토카의 입을 막았다. 그러자 토카는 깜짝 놀란 것처럼 눈을 휘둥그렇게 떴다.

코토리의 반응을 보고 카드에 뭐라고 적혀 있는지 신경이 쓰인 다른 정령들이 카드를 들여다보았다.

"앗……?!"

"……뭐?!"

"어머~!"

그러자 일부를 제외한 정령들이 코토리와 비슷한 표정을 지었다.

"왜, 왜 그래? 대체 뭐라고 적혀 있는데? 내 옷을 벗긴다니……."

"시도는 보면 안 돼!"

시도가 다른 사람들처럼 카드를 쳐다보려고 하자, 코토리는 고함을 지르면서 테이블을 내려치듯 카드를 뒤집어서 내려놓았다.

"대, 대체 누가 이런 걸 적은 거야?!"

"……쳇."

바로 그때, 오리가미가 혀를 찼다.

"역시 너였구나아아아아아아앗!"

"딱히 다른 사람을 괴롭히려는 의도는 없었어. 내가 그 카드에 걸릴 생각이었을 뿐이야."

"그게 더 문제거든?! 아무튼 토카! 이건 안 해도 돼!"

"음……? 하지만 나츠미와 요시노는 했는데, 나만 안 할 수는……."

토카는 미간을 찌푸리면서 그렇게 말했다. 그러자 여전히 얼굴이 달아오른 상태인 나츠미와 요시노가 고개를 세차게 내저었다.

"아냐…… 이건 솔직히 레벨이 다르다고나 할까……"

"어, 어쩔 수 없다고 생각해요……"

"으, 으음?"

토카는 영문을 모르겠다는 표정을 지었지만, 두 사람의 말을 듣고 어쩔 수 없다는 듯이 포기했다. ……진짜 뭐라고 적혀 있었던 걸까.

하지만 아직 이 사태는 끝나지 않았다. 오리가미가 눈을 반짝이며 이렇게 말한 것이다.

"카드의 지시에 따르지 않는 건 룰 위반이야."

"너, 너, 정말……"

"하지만 실행이 불가능하다니 어쩔 수 없지. 그럼 주사위 숫자만큼 왔던 방향으로 되돌아가는 건 어떨까?"

"……큭, 어쩔 수 없네. 토카, 괜찮지?"

"으음……"

토카는 떨떠름한 표정으로 말을 반대방향으로 이동시켰다. 이로 인해 선두였던 토카는 4등으로 추락했다.

이걸로 토카 차례는 끝났다. 다음 플레이어는— 시도였다.

하지만 이대로 게임을 계속해도 괜찮을까? 시도는 주사위를 쥔 채 코토리에게 낮은 목소리로 말을 걸었다.

"어, 어이, 코토리."

"응? 시도, 왜?"

"왜긴 왜야. 이 게임, 계속 해도 되겠어? 저 녀석들이 쓴 카드가 스무 장 넘게 남아 있다고……."

"어쩔 수 없어. ……이대로 게임을 포기하는 거야말로 쟤들이 원하는 바일 거야."

"원하는 바…… 윽, 설마?!"

시도는 어깨를 부르르 떨면서 골인 지점을 쳐다보았다. 각자가 쓴 『경품』 카드가 놓여 있는, 이 주사위 놀이의 종착점을 말이다.

그 시선을 보고 시도가 무슨 생각을 하는지 눈치챈 코토리는 고개를 끄덕였다.

"그래……. 아마 그녀들의 진짜 목적은 랜덤으로 배치된 카드가 아니라, 골인 지점에 있는 『경품』일 거야. 카드의 지시를 이행하지 못했을 때의 벌칙이 골에서 멀어지는 걸로 한 것만 봐도 틀림없어. 가장 먼저 골인한 사람은 우리 전원의 『경품』을 얻을 수 있지……. 즉, 자기가 쓴 것도 말이야."

"뭐……?"

시도는 경악했다. 그리고 그 모습을 본 오리가미, 미쿠, 니아의 눈이 반짝였다(그런 것 같았다).

"큭, 관둘 수도 없다는 거구나. 하지만 이대로 가다간……."

시도가 주사위를 움켜쥔 채 굳은 표정을 짓자, 코토리는 고개를 끄덕였다.

"안심……하라고는 할 수 없지만, 일단 이런 사태에 대비해서 대책을 세워뒀어."

"대책……?"

"응. 그러니까 일단 게임을 계속하자."

"아, 알았어."

시도는 그렇게 대답한 후, 들고 있던 주사위를 던졌다.

나온 숫자는— 4였다. 시도는 자신의 말을 네 칸 옮긴 후, 그 칸에 놓인 카드를 뒤집었다.

"어……?"

카드를 본 시도는 눈을 크게 떴다.

그러는 것도 당연했다. 카드에는 『이 칸에 멈춘 사람은 딱 한 번, 카드의 지시를 무시할 수 있다(이 권리는 다른 플레이어에게 양도할 수도 있다)』라고 적혀 있었던 것이다.

"아……! 코토리, 이건 설마……!"

"딱 적당한 타이밍에 뽑았네. 그래……. 그게 내가 아까 말한 대책이야."

코토리는 자신만만한 미소를 지으면서 오리가미를 쳐다보았다.

"서른 개나 되는 지뢰를 하나도 밟지 않고 끝까지 가는 건 어려워. 하지만 이런 무효화 카드가 있다면 어떨까?"

"오오!"

"대단하구나, 코토리!"

"……."

코토리의 말에 오리가미의 눈썹이 희미하게 흔들렸다.

하지만 오리가미는 별다른 반응을 보이지 않고 주사위를 던졌다. ―시도의 다음 차례는 오리가미였다.

"……2."

오리가미는 자신의 말을 두 칸 이동시켰다. 그리고 카드에 적힌 내용을 보더니― 작게 한숨을 내쉬면서 고개를 살며시 숙인 후, 그 카드를 다른 사람들에게 보여줬다.

"""아니……?!"""

다른 이들의 목소리가 멋지게 하모니를 이뤘다. 그 카드에는 『참가자 중 누군가가 카드 지시를 무효화할 수 있는 권리를 가지고 있을 경우, 그것을 무효화한다』라고 적혀 있었던 것이다.

마치 인쇄를 한 것처럼 아름다운 글씨로 그런 내용이 적혀 있는 그 카드는 오리가미가 쓴 카드가 틀림없었다.

"혹시나 싶어서 이런 것도 적어뒀어."

"크…… 으으윽!"

오리가미의 말에 코토리는 분해 죽겠다는 듯이 어금니를 깨물었다.

"저기, 이건 주사위 놀이가 아니라…… 트레이딩 게임 같지 않아……?"

이 격렬한 공방전을 지켜보고 있는 시도의 볼을 타고 땀이 흘러내렸다.

수십 분 후.

시도의 집 거실에서는 긴장감이 흐르고 있었다.

시도 일행은 그 후로 차례차례 주사위를 굴렸고, 카드에 적힌 지시를 이행하거나, 혹은 어쩔 수 없이 자신의 말을 후퇴시키면서 게임을 계속했다.

참고로 코토리와 오리가미와 카구야는 요시노와 마찬가지로 기모노의 허리띠가 풀렸다. 그리고 요시노는 미쿠의 무릎에 앉아야만 했다. 또한 토카와 유즈루는 어깨를 훤히 드러내는 기녀 스타일을 하고 있으며, 볼과 목덜미에 키스 마크가 여러 개 생긴 나츠미는 축 늘어진 채 소파에 쓰러져 있었다. ……뭐랄까, 꽤나 처절한 광경이었다.

참가자들은 한 손에 메모 용지를 들고 있었으며, 거기에는 『세 칸 앞으로 나아갈 수 있음』, 『누군가를 한 번 쉬게 할 수 있음』, 『뒤집힌 카드를 펼친 후, 거기에 적힌 지시에 따름』 같은 글이 적혀 있었다. 코토리와 나츠미가 혹시나 하는 마음에 넣어둔 권리 카드였다. 그런 카드가 놓여 있던 칸에 도착하면 언제든 그 권리를 행사할 수 있었지만, 숫자가 늘어나니 다 외우는 게 힘들어져서 이렇게 메모를 하게 된 것이다.

참고로 오리가미, 미쿠, 니아, 이 3대 경계 대상은 주사위

운이 좋지 않은지, 다행스럽게도 때때로 후퇴를 하고 있는 시도 일행과 앞서거니 뒤서거니 하고 있었다.

하지만—.

"……"

마른 침을 삼키는 소리가 조용한 실내에 울려 퍼졌다.

운명의 장난인지, 골 앞의 여섯 칸이 미쿠, 오리가미, 니아가 쓴 카드로 가득 차 있었던 것이다.

『미쿠에게 귓불을 애무당하기』.

『시도와 속옷을 바꿔 입기. 시도가 이 칸에 왔을 경우, 오리가미와 속옷을 바꿔 입기』.

『가장 가까운 곳에 있는 사람과, 한 명이 알몸이 될 때까지 옷 벗기 가위 바위 보를 하기』.

『미쿠에게 온몸을 애무당하기』.

『시도와 알몸으로 외투 같이 입기』.

『니아의 누드 데생용 모델이 되기』.

물론 처음에는 모든 카드가 뒤집혀 있었다. 하지만 거기까지 나아간 누군가가 카드를 뒤집어보고 결국 지시에 따르지 못해 후퇴하는 것을 반복한 결과, 골 앞의 여섯 칸에 놓인 카드가 전부 뒤집힌 것이다.

"이건……"

시도는 가라앉은 목소리를 냈다.

골 앞의 여섯 칸에 전부 지뢰가 설치되어 있다. 그리고 주사위의 눈은 1에서 6까지다.

즉, 적어도 저것 중 하나를 클리어하지 않는 한, 골에 도착할 수 없는 것이다.

골에서 여섯 번째 칸에 놓인—『미쿠에게 귓불을 애무당하기』는 비교적 난이도가 낮은 것 같아 보였다. 하지만 아까 『미쿠가 키스 마크를 만들어준다』라는 카드를 뽑은 나츠미의 참상을 본 이후이기 때문에 긍정적으로 생각할 수가 없었다.

하지만 그렇다고 이렇게 전진과 후퇴를 반복하고 있을 수만은 없었다. 시도는 테이블 위를 쳐다보았다.

오리가미, 미쿠, 니아는 주사위 운이 좋지 않아서, 아직 다른 이들과 비슷한 위치에 있었다.

하지만 이대로 시도 일행이 우왕좌왕하고 있다간 곧 추월당하고 말 것이다.

그리고— 아마 저 세 사람은 이 사악한 칸에 주저 없이 뛰어들리라.

그렇게 되면 가장 먼저 골에 도착해서『경품』을 손에 넣는 이는 저 세 사람 중 한 명이 될 것이다. 그녀들이『경품』카드에 뭐라고 적어놨는지는 모르지만, 그 사태만은 무슨 일이 있어도 피해야만 한다.

"내, 내 차례구나."

토카는 긴장한 표정으로 손에 쥔 주사위를 던졌다.

6이 나왔다. 토카는 자신의 말을 옮겨 골에서 두 칸 떨어진 곳에 두었다.

즉—『시도와 알몸으로 외투 같이 입기』.

"으음…… 전에 텔레비전에서 이걸 본 적이 있다. 그걸 시도와, 알몸으로……."

토카의 얼굴이 새빨갛게 달아올랐다.

"이, 이이이이…… 이딴 걸 적어두면 어쩌자는 것이냐, 오리가미……!"

"지, 진정해, 토카! 할 필요 없어! 그냥 후퇴해도 돼!"

시도는 머리에서 김이 피어오를 것만 같은 토카를 달랬다.

하지만 토카는 얼굴을 붉힌 채 신음을 흘렸다.

"하, 하지만, 내가 이걸 안 하면, 오리가미나 다른 녀석들이 먼저 골에 도착하겠지?"

"윽…… 뭐, 뭐어, 그건 그렇지만……."

"으음……."

토카는 팔짱을 끼고 잠시 동안 생각에 잠겼다가, 시도를 올려다보며 입을 열었다.

"……시도는, 어떠냐?"

"뭐?"

시도가 눈을 동그랗게 뜨자, 토카는 부끄러워하는 듯한 어조로 말을 이었다.

"그러니까…… 시도는, 어떠냐 말이다. 나와…… 저기, 저런 걸 하는 게 싫은 것이냐……?"

"어, 저기, 나는……."

토카가 뜻밖의 말을 하자 시도는 당황했다. 시도 또한 신체 건강한 남자아이다. 싫을 리가 없다.

하지만 그렇다고 해서 이 카드의 지시에 따를 수는 없었다. 다른 사람들이 쳐다보고 있는데다, 카드에 적힌 지시라는 이유만으로 토카의 의사를 존중하지 않고 그런 짓을 할 수는—.

하지만 토카는 각오를 다지듯 주먹을 말아 쥐더니 시도를 향해 다가왔다.

"시, 시도만 괜찮다면, 나는……."

"토카……."

몽환적이기까지 한 토카의 두 눈동자가 시도를 향하자, 그는 잠시 말문이 막혔다.

하지만 그런 분위기는 순식간에 박살났다.

"『토카……』는 무스으으으으으으은!"

코토리가 듣는 이들의 고막을 찢어발길 듯한 고함을 지른 것이다.

"이상한 분위기 조성하지 마! 당연히 안 되지! 토카도 시도한테 이상한 소리 하지 마!"

"으, 으음…… 미안하다. 하지만, 이대로 있다간 오리가미의 차례가 될 것이다."

토카는 그렇게 말하면서 테이블 위를 쳐다보았다.

토카를 제외하고 현재 골에서 가장 가까운 곳에 있는 이는 일곱 칸 앞에 있는 시도였다. 그리고 오리가미가 시도의 한 칸 뒤에 있었다. 토카와 시도가 후퇴를 하면, 그녀가 단독 선두가 되어버릴 것이다.

하지만 골 앞에 있는 이 여섯 칸을 돌파하지 않는 한, 시도는 자기 차례 때 어떤 숫자가 나오든 후퇴를 할 수밖에 없었다.

"큭……."

시도는 인상을 쓰면서 테이블 위를 쳐다보았다. 이번 차례 때 손을 쓰지 않으면 오리가미를 막을 수 없는 것이다.

하지만 시도에게는 뾰족한 수가 없었다. 보유한 권리 카드도 없으며, 골 앞의 여섯 칸의 카드는 전부 오픈되어 있다. 카드가 한 장이라도 뒤집혀 있다면 아직 희망이 있겠지만—.

"응……?"

바로 그때, 시도는 어떤 사실을 눈치챘다.

테이블 위에 놓인 카드는 스타트와 골을 제외하면 총 백 장이다. 그리고 게임이 종반에 다다르면서 카드가 점점 뒤집혔고, 현재는 전체 카드 중 9할 정도의 카드가 오픈되었다.

하지만 시도가 쓴 카드 중 한 장은 아직 뒤집힌 채 어딘가에 잠들어있는 것이다.

"그래. 그거라면……."

그 카드에는 오리가미와 미쿠, 니아가 쓴 것처럼 특정 대상에 대한 페널티나, 코토리나 나츠미가 쓴 것 같은 특수한 권리 카드에 비하면 정상적인 지시가 적혀 있다. 물론, 이런 상황을 예측해서 카드에 그런 지시를 적은 것은 아니다. 그저 게임이 재미있어지라고 그런 카드를 만들었다.

하지만 그 카드는 이 상황을 타개할 수 있는 유일한 카드이기도 했다.

시도 앞에는 오픈된 카드만이 존재했다. 카드의 지시를 거부해서 카드를 후퇴시키다보면 언젠가 그 카드를 뽑을 수 있을지도 모르지만, 그런 짓을 하다간 위험인물들이 먼저 골에 도착할 것이다.

"아!"

바로 그때—.

토카의 손 언저리를 쳐다본 시도는 어떤 가능성에 생각이 미쳤다.

토카는 이미 주사위를 던졌다. 하지만, 어쩌면—.

"으음…… 어쩔 수 없구나. 그럼 말을 후퇴시킬 수밖에……."

코토리에게 설득 당한 토카는 분한 표정으로 말을 후퇴시킨 후, 자기 턴을 종료하려 했다. 그 순간 시도가 허둥지둥 이렇게 외쳤다.

"토카, 기다려!"

"음? 시도, 왜 그러느냐. 역시 벌칙을 하기로 결심한 것이냐?"

"아, 그, 그게 아니라……."

시도는 볼을 붉히면서 헛기침을 한 후, 토카가 쥔 메모—

현재 그녀가 보유한 권리 카드 일람을 손가락으로 가리켰다.

"턴을 종료하기 전에 해줬으면 하는 게 있어. 부탁이야. 거기에 적힌 권리를 나한테 양도해줘."

"음......?"

토카는 눈을 동그랗게 뜨더니 자신이 쥔 메모를 쳐다보았다. 거기에는 아까 토카가 획득한 『뒤집힌 카드를 펼친 후, 거기에 적힌 지시에 따름』권리가 적혀 있었다. 글씨체로 볼 때, 나츠미가 준비한 카드 같았다.

보통 카드의 권리는 그 자리에 도착한 사람만이 행사할 수 있지만, 코토리의 카드를 참고해 이 게임에서는 권리를 양도할 수 있게 했다.

"그건 괜찮다만⋯⋯ 시도, 대체 뭘 어쩔 작정인 것이냐. 이런 걸 썼다가 저 녀석들의 카드에 걸리기라도 한다면⋯⋯."

"그럴 가능성도 분명 있어. 하지만⋯⋯ 내가 이기기 위해서는 이 방법뿐이야!"

"⋯⋯."

시도가 토카의 눈을 바라보며 호소하자, 토카는 고개를 끄덕이고 들고 있던 메모를 시도에게 건네줬다.

"시도를 믿으마. 잘 부탁한다."

"⋯⋯응!"

시도는 힘차게 고개를 끄덕이며 토카에게서 그 메모를 넘겨받았다.

그리고 그것을 치켜들더니, 힘찬 목소리로 외쳤다.

"내 턴이야! 나는 토카에게서 양도받은 권리 카드를 사용하겠어! 이걸로, 아직 뒤집히지 않은 카드 중 한 장을 지정해서, 뒤집을 거야!"

"……."

시도의 말에 오리가미의 눈썹이 떨렸다. 하지만 시도가 무슨 생각을 하고 있는 것인지는 눈치채지 못한 것 같았다.

시도는 가늘게 한숨을 내쉰 후, 테이블 위를 지그시 쳐다보았다.

아직 뒤집히지 않은 카드는 총 여덟 장. 그 중 어딘가에 기사회생의 한 수가 잠들어 있으리라.

하지만 그게 어느 것인지는 알 수 없었다. 시도는 마른 침을 삼킨 후, 한 카드를 향해 서서히 손을 내밀었다.

하지만―.

"시도."

"아……!"

그 순간 토카가 시도의 손 위에 자신의 손을 얹었다. 시도는 무심코 눈을 크게 떴다.

"어?"

"……."

토카는 조용히 고개를 젓더니, 시도의 손을 옆에 있는 카드 쪽으로 가져갔다.

“토카…….”

토카가 시도의 의도를 알 리가 없다. 하지만…… 어째서일까. 시도는 토카가 농담이나 장난을 치고 있는 것처럼 느껴지지 않았다.

시도는 토카의 눈빛에 답하듯 고개를 끄덕인 후, 손에 힘을 줬다.

“나는— 이 카드를 오픈하겠어!”

그리고 카드를 뒤집으며, 거기에 적힌 내용을 확인했다.

거기에는 시도의 글씨체로 『모든 카드를 뒤집은 후, 섞어서 다시 배치한다』라고 적혀 있었다.

“좋았어!”

시도는 주먹을 말아 쥐며 기뻐했다.

그렇다. 이것이 시도가 준비한 비장의 한 수였다. 골로 이어지는 죽음의 로드를 재구축하는 유일한 수단인 것이다.

“윽!”

“어, 그런 카드도 있었나요~?!”

“호오…… 소년, 꽤 하네.”

오리가미와 미쿠, 니아는 깜짝 놀란 듯한 반응을 보였다. 시도는 씨익 웃고 길을 형성하고 있던 모든 카드를 뒤집어서 회수한 다음, 다시 섞었다.

“그리고! 주사위를 굴리겠어! 나온 숫자는— 5!”

시도는 자신의 말을 다섯 칸 옮긴 후, 그 칸에 놓인 카드를 쥐었다.

그리고 그 카드를 확인하더니, 휴우 하고 숨을 내쉬었다.

"아무래도 승리의 여신은 진짜로 존재하나봐."

"뭐……?"

"질문. 그게 무슨 소리죠?"

정령들이 영문을 모르겠다는 표정을 지었다. 시도는 그녀들을 향해 자신만만한 미소를 짓더니, 카드를 짠! 하고 보여줬다.

"『세 칸 전진』 카드!"

"어? 잠깐만요. 방금 달링은 다섯 칸 나아갔으니까……."

"그래— 골에 도착했어."

시도는 자신의 말을 두 칸 옮겨서 골에 도착했다.

한 박자 늦게 상황을 파악한 정령들이 「오오오오!」 하고 환성을 질렀다.

"대단……해요, 시도 씨."

"음! 엄청났다!"

"흥. 뭐, 한 번쯤은 승리를 양보해주겠노라."

"동의. 축하드려요."

"……(부르르)."

참고로 나츠미는 소파에 드러누운 채 힘없이 손을 치켜들었다.

"하지만 용케도 이 상황을 뒤집을 수 있는 카드를 뽑았네."

코토리는 감탄 섞인 한숨을 내쉬며 팔짱을 끼더니 그렇게 말했다.

"응....... 토카가 아까 말리지 않았다면 다른 카드를 뽑았을 거야. 있잖아, 토카. 왜 아까 나를 말린 거야?"

"음?"

토카는 눈을 동그랗게 뜨더니, 곧 「아아」 하고 중얼거리며 고개를 끄덕였다.

"시도가 뭘 하려는 건지는 몰랐다만...... 아까 네가 뒤집으려던 카드에서 희미하게 오리가미의 냄새가 나는 것 같았다."

그리고 별것 아니라는 듯이 그렇게 말했다. 시도는 그 말을 듣고 덩달아 눈을 동그랗게 떴다.

"하...... 하하. 아무튼, 토카 덕분에 이겼어. 고마워."

시도는 토카의 머리를 쓰다듬어주면서 오리가미와 미쿠, 니아를 쳐다보았다.

"자, 내가 이겼어. 약았다는 소리는 하지 말라고. 카드의 지시에는 절대적으로 따르기로 했었잖아?"

세 사람은 시도의 말에 패배를 인정한다는 듯이 고개를 끄덕였다.

"승복할게. 축하해, 시도."

"으음~. 날름날름을 못한 건 아쉽지만, 어쩔 수 없죠~."

"하하. 소년이 또 재미있는 발상을 했네. 마치 이야기 속 주인공 같아."

"어?"

그녀들의 반응이 뜻밖이라 시도는 약간 김이 샌 듯한 느낌이 들었다. 그녀들 또한 게임의 시스템을 이용해 이런저런 짓을 꾸몄으니 불평을 늘어놓지는 않을 거라고 생각했지만, 이렇게 순순히 패배를 인정할 거라고는 생각도 못했던 것이다.

하지만 괜한 소리를 해서 그녀들의 마음이 바뀌기라도 하면 곤란했다. 분명 그녀들도 수적 열세라는 점을 고려해 순순히 패배를 인정한 것이리라.

"아, 맞다. 시도, 경품 카드에는 뭐라고 적혀 있느냐?"

시도가 안도의 한숨을 내쉬고 있을 때, 토카가 느닷없이 그렇게 물었다.

그러고 보니 위험인물들이 경품을 손에 넣지 못하게 하는 데 정신이 팔려 잊고 있었다. 골에 가장 먼저 도착한 시도는 경품을 손에 넣은 것이다.

"아, 깜빡했네. 그럼 확인을 해볼까?"

"음!"

토카의 힘찬 목소리가 거실에 울려 퍼졌다. 시도는 골 지점에 포개진 채 놓여 있는 열 장의 카드를 손에 쥐고 한 장씩 내용을 체크해봤다.

"으음…… 이건 코토리 거네. 한정 판매 막대사탕, 토카는 콩고물빵, 카구야는 은 액세서리, 유즈루는 수제 팔찌, 요시노는 심부름권, 나츠미는 요시농용 모자…… 이건 요시노가 이길 거라는 걸 전제로 한 선물이네."

시도는 아하하 하고 쓴웃음을 지은 후, 다음 카드를 쳐다보았다.

"으음, 다음은 미쿠…… 어, 라?"

그 순간, 시도는 경악했다.

그 카드에는 『저와 함께 목욕할 수 있는 티켓. 서로의 몸을 깨끗하게 씻겨주도록 해요, 달링』이라고 적혀 있었다.

"아니……."

시도는 당황하며 다음 카드를 뒤집어보았다. 거기에는 니아가 그린 일러스트와 함께 『우리 집 열쇠』라는 글자가 적혀 있었다.

게다가 그게 전부가 아니었다. 마지막으로 오리가미의 카드를 확인해보니— 『짝짓기 티켓』이라고 하는, 완전 한가운데 직구급의 무시무시한 문장이 적혀 있었다.

마치— 시도가 이 경품을 손에 넣을 거라는 걸 알고 있었다는 것처럼 말이다.

"어, 어떻게 된 거지……. 너희는 자기가 이기려고 이 게임을 한 게……."

시도가 떨리는 목소리로 그렇게 묻자, 세 사람은 서로를 쳐다본 후 입을 열었다.

"아뇨~. 카드에 위험한 지시 사항을 적어놔서 불안하게 만들면, 달링이 무슨 수를 써서라도 가장 먼저 골에 도착할 거라고 생각했어요~."

"아~, 맞아. 왠지 주인공 보정이 작용할 것 같았거든."

"그 카드를 시도가 손에 넣었으니 어쩔 수 없어. 순순히 지시 사항을 수행할 뿐이야."

그렇게 말한 오리가미는 기모노 자락이 흐트러진 채로 시도에게 슬며시 다가갔다.

"히익! 자, 잠깐만 기다려! 이건 어디까지나 티켓이니까, 사용할지 말지는 내가 판단할 수 있는 거 아냐?!"

"카드를 잘 봐. 아래쪽에 자동 발동형이라고 적혀 있어."

"너희들, 주사위 놀이를 카드 게임과 착각한 거 아냐?!"

"그래도 문제될 건 없어. 자, 시도……."

"히익!"

시도가 꼴사나운 비명을 지른 순간, 지금까지 멍하니 있던 다른 정령들이 퍼뜩 정신을 차리고 말리기 시작했다.

"뭐, 뭐하는 거야, 오리가미! 빨리 떨어져!"

"그, 그렇다! 시도가 난처해하지 않느냐!"

"아앙, 그것보다 제 경품을 빨리 사용해주세요~. 뭣하면 여러분 모두가 저와 같이 목욕해도 괜찮아요~!"

"아~, 소년. 우리 집 열쇠를 네 열쇠 케이스에 달아둘게~."

……결국, 평소와 마찬가지로 혼전이 벌어졌다.

올해도 시도의 집은 조용할 날이 없을 것 같았다.

니아 걸게임

GirlgameNIA

DATE A LIVE ENCORE 6

"나…… 실은 신경 쓰이는 사람이 생겼어……."

어느 날. 혼죠 니아가 느닷없이 그런 소리를 했다.

짧게 자른 머리카락과 붉은 안경테가 눈길을 끄는 소녀였다. 나이는 시도보다 약간 많아 보였다. 하루 세끼를 제대로 챙겨먹고 있는 건지 걱정이 될 정도로 빼빼 마른 몸을 지녔으며, 목까지 올라오는 니트와 청바지를 입었다.

여기까지는 시도도 잘 알고 있는 니아의 특징이었다. 하지만— 그녀는 현재 평소와 미묘하게 다른 표정을 짓고 있었다.

항상 풀어져 있던 평소의 표정과 달리 볼은 붉게 달아올랐으며, 눈은 희미하게 젖어 있었다. 평소의 니아는 여성적으로 느껴지지 않았지만, 지금은 사랑에 빠진 소녀 같은 표정을 짓고 있었다.

하지만—.

"……뭐?"

시도는 진심으로 의아해 하면서 그렇게 물었다.

한동안 방 안에 침묵이 흘렀다. 텔레비전에 나오는 뉴스의 음성이 괜스레 크게 느껴졌다. 아무래도 은행의 시스템에 문제가 생겨 현금을 인출할 수 없게 된 것 같았다. 조심해야겠다.

……아, 딱히 니아를 바보 취급하고 있는 건 절대 아니다. 니아 또한 나이를 먹을 만큼 먹은 여자아이다. 만약 진짜로 그런 상대가 생긴 것이라면 그것은 멋진 일이라고 생각하며, 시도 또한 응원할 것이다.

하지만 다른 사람도 아니고 니아가 방금 한 그 말을 액면 그대로 받아들여도 되는 것인지 의문…… 아니, 아무래도 지나치게 완곡하게 표현한 것 같았다. 액면 그대로 받아들여도 될 리가 없는 것이다.

시도는 심호흡을 한 후, 니아를 쳐다보았다. 그리고 온화한 미소를 지으면서 물었다.

"어느 만화의 캐릭터인데?"

"왜 그런 상냥한 눈길로 나를 쳐다보는 거야?"

니아는 손으로 테이블을 내려치면서 삐친 듯한 목소리로 그렇게 말했다.

하지만 시도가 이런 반응을 보이는 것도 당연했다. 니아는 엄청난 만화 애호가이자 본인이 자기 입으로 직접 『2차원 이외에는 사랑해본 적이 없다」고 말했던 정령인 것이다.

그런 소녀가 느닷없이 볼을 붉히며 아까 같은 소리를 한다면, 이런 대답을 해줄 수밖에 없었다.

"어? 만화 캐릭터가 아닌 거야?"

"그래. 정말~, 소년은 소녀의 순정을 너무 모르네~."

"……."

"응? 왜 갑자기 입을 다무는 건데? 나는 소녀가 아니라는 거야?"

"아, 그런 건 아닌데……."

시도는 볼을 긁적인 후, 작게 한숨을 내쉬면서 말을 이었다.

"……좋아하는 사람이 생긴 거구나. 그럼— 응원할게."

"뭐? 정말?"

"그래. 뭐, 그 상대가 어떤 사람이냐에 따라 달라질 수 있겠지만…… 니아한테 좋아하는 사람이 생겼다고 해서 불만을 늘어놓을 이유는 없어."

시도가 그렇게 말하자, 니아는 「흐음」 하고 재미있다는 듯한 표정을 지었다.

"질투는 안 하나 보네~."

"가, 갑자기 무슨 소리를 하는 거야……."

시도는 니아의 말에 무심코 미간을 찌푸렸다.

솔직하게 말하자면…… 가슴이 철렁하기는 했다.

그럴 만도 했다. 영력을 봉인하기 위해서라고 하지만, 시도는 정령들과 데이트를 했고, 키스를 나눴다. 물론, 그 안에 존재하는 것이 단순한 연애감정만은 아니지만, 시도는 정령들을 소중하게 여기고 있으며, 그녀들을 위해 자신이 할 수 있는 일이라면 뭐든 다 해주고 싶었다.

그리고— 눈앞에 있는 니아에 대해서도 그렇게 생각하고 있었다. 사실 니아가 마음에 둔 상대가 만화 캐릭터가 아니라는 사실을 안 순간, 복잡한 심경을 느끼지 않았다면 거짓말일 것이다.

하지만 그렇다고 해도, 시도에게 니아의 사랑을 방해할 자격은 없다. 그 사실이 시도의 가슴 속에서 거북하기 그지없는 감정을 자아내고 있었다.

시도가 입을 다물자, 니아는 그런 그의 생각을 눈치챈 것처럼 웃음을 흘렸다.

"에헤헤~. 뭐, 오늘은 그 표정을 본 것만으로 만족하기로 할까~."

"노, 놀리지 마."

시도는 하아 하고 한숨을 내쉰 다음 말을 이었다.

"……그래서, 그 상대가 뭘 어쨌는데? 나를 일부러 불러냈다는 건, 나와 상의할 일이 있다는 거잖아?"

그렇다. 시도는 현재 자신의 집이 아니라, 니아가 사는 맨션에 와 있었다. 아침에 급히 시도에게 연락을 한 니아가 「부탁할 게 있으니까 지금 바로 우리 집에 와!」라고 말하며 그를 자신의 집으로 부른 것이다.

"으음~, 실은 말이야~ 그 사람은 외모도 빼어난 최상급 우량 매물인데, 문제가 딱 하나 있어~."

"문제? 어떤 건데?"

시도가 고개를 갸웃거리면서 묻자, 니아는 턱에 손을 대며 대답했다.

"나를 좋아해주지를 않아."

"……그런 걸 짝사랑이라고 하지 않아?"

"뭐, 그렇게 말하기도 할 걸?"

니아는 아하하 하고 웃으면서 대답했다. 시도는 팔짱을 끼면서 말했다.

"그래서…… 나한테 뭘 하라는 건데?"

"뭐, 간단히 말해 내가 그 사람을 꼬시는 걸 도와줬으면 해. 지금까지 많은 정령들의 마음을 자기 걸로 만든 소년의 솜씨를 보여 달라는 거지."

"……왠지 도와줄 사람을 잘못 고른 것 같은 느낌이 드는데……."

시도는 식은땀을 흘리면서 쓴웃음을 지었다. 그런 상의라면 코토리나 레이네와 하는 편이 나을 것 같다는 생각이 들었다.

하지만 니아는 고개를 내젓더니 시도에게 다가와서 그의 손을 움켜잡았다.

"그렇지 않아. 그럼, 그 사람을 소개해줄게."

"어? 지금 바로 말이야?"

"응. 쇠뿔도 단김에 빼라잖아. 아, 혹시 다른 볼일이 있는 거야?"

"아, 그런 건 아닌데…… 그 사람은 어디 있어?"

"응? 집 안에 있어."

"……."

니아의 말에 시도는 말문이 막혔다.

"으음…… 혹시나 해서 묻는 건데, 감금해둔 건 아니지?"

"응?"

니아는 한순간 눈을 동그랗게 뜨더니, 고개를 휙 돌렸다.

"그런 짓 안 했어."

"왜 갑자기 말투가 딱딱해진 건데?!"

"아하하~. 농담이야, 농담. 그런 흉흉한 짓을 내가 왜 해. 아무리 좋아해도 웬만해선 그런 짓 안 해. 아, 그런 생각을 자연스럽게 한 걸 보아하니, 소년은 좋아하는 여자애에게 감금당하고 싶은 열망이 있나 봐?"

"그, 그럴 리가 없잖아. 그저……."

"그저?"

"……아무 것도 아냐."

여자아이에게 감금당한 적이라면 있다는 이야기를 하는 것도 좀 그렇기에, 시도는 적당히 말끝을 흐리면서 얼버무렸다.

"뭐, 아무튼 그 상대나 소개해줘."

"응. 잠시만 기다려."

니아는 그렇게 말한 후 책상 위에 놓인 컴퓨터를 켜더니, 연애 시뮬레이션 게임의 타이틀로 보이는 화면을 띄웠다.

"……잠깐만, 이건 게임이잖아!"

"응~, 맞아. 어때? 만화 캐릭터가 아니지?"

"2차원 캐릭터, 라는 뜻으로 한 말이었는데……."

시도는 땅이 꺼져라 한숨을 내쉰 후, 근처에 있는 의자에 걸터앉았다.

어이없음과 함께 불가사의한 안도감을 동시에 느낀 시도는 온몸에서 힘이 쭉 빠졌다.

그런 시도의 반응을 본 니아가 재미있다는 듯이 히죽거렸다.

"어? 왜 그래? 혹시 안심했어? 니아를 다른 남자에게 빼앗기지 않아서 다행이다, 같은 느낌을 받은 거야?"

"아, 아냐."

"어? 그래?"

"응. 나는 진짜로 응원해주려고……."

"흐음~. 뭐야, 아니구나. ……으음, 소년은 NTR를 좋아한다……."

"악의 넘치는 곡해 좀 하지 말아줄래?! 그리고 뭘 메모하고 있는 거야?!"

시도가 외치자, 니아는 어느새 꺼내든 메모장을 펄럭이면서 쾌활하게 웃었다.

니아와 이야기를 하다 보면 항상 페이스를 잃는 느낌이 들었다. 시도는 머리를 긁적이면서 체념 섞인 한숨을 내쉬었다.

"……그럼 이 게임의 캐릭터를 공략할 수 없다는 거야?"

"응, 맞아~. 나도 이런 게임을 꽤 해봤다고 자부하지만, 이건 난이도가 너무 높아. 도저히 클리어할 수 없다니깐~."

"흐음……."

시도는 턱을 매만지면서 화면을 쳐다보았다.

보아하니 정통적인 연애 시뮬레이션 게임 같았다. 이거라면 실제 남성을 공략하는 걸 돕는 것보다는 도움이 될 수 있을지도 모른다. 자랑은 아니지만, 시도는 예전에 〈라타토스크〉 특제 훈련용 연애 시뮬레이션 게임 『사랑해줘 마이 리틀 시도』를, 선택지를 잘못 고르면 벌칙을 받으면서 올 클리어(all clear)한 적이 있었다.

"그런데 어느 캐릭터를 공략하지 못한 건데?"

"아, 이 애야. 마루나 아리스라는 애인데……."

니아는 시도의 질문에 대답하듯 마우스 커서를 어떤 캐릭터의 일러스트 위로 옮겼다. 그 캐릭터는 귀여운 외모를 지닌 여고생이었다.

"……여자?!"

"응, 그런데? ……아, 혹시 남자 캐릭터가 아니면 의욕이 안 생기는 거야? 그럼 미안해."

"아, 그런 건 아냐."

"으음…… 소년은 남자를 좋아한다……."

"그러니까, 그런 불온한 정보를 메모하지 말아줄래?!"

시도는 니아의 메모장을 빼앗기 위해 손을 뻗었다. 하지만 시도가 메모장을 잡기 직전, 니아는 그의 손을 피했다. 그리고 상의의 목 부분을 벌리더니 메모장을 자신의 옷 안에 집어넣었다.

"앗, 니아! 비겁해!"

"우헤헷~! 자, 나는 괜찮으니까 어디 빼앗을 수 있으면 빼앗아 봐. 어서~."

니아는 허리를 배배 꼬면서 그렇게 말했다. 시도는 「크윽……」 하고 신음을 흘리면서 인상을 찡그렸다.

"어머? 안 빼앗을 거야? 정말~, 소년은 여전히 퓨어하다니깐."

"시, 시끄러워."

니아가 놀리듯 시도의 코를 손가락으로 톡톡 두드렸다. 시도는 볼을 붉히면서 고개를 돌렸다.

"뭐, 아무튼 이 애를 공략하는 걸 소년이 도와줬으면 해. 언더스탠?"

"……여러모로 불만이 있긴 하지만, 일단 이해했어. 뭐, 도와줄게."

"정말? 꺄아~! 소년, 사랑해~! 마음에 들었어. 자, 이쪽으로 와서 나를 안아도 돼."

"……아, 응. 자, 됐지?"

시도가 기운 없는 목소리로 대답하면서 아이를 어르는 듯한 시늉을 하자, 니아는 불만을 표시하듯 입술을 쭉 내밀었다.

"날카롭게 파고 들어오지 않으니 좀 서운하네."

"그럼 어떤 반응을 보여야 할지 감이 안 오는 소리 좀 하지 마."

"아, 참고로 『날카롭게 파고 들어오지 않으니』라는 말은 이중적 의미에서 한 건데, 눈치챘어? 태클이라는 의미와, 소년의 그것이 내―"

"자, 게임을 시작하자! 엄청 재미있겠는걸!"

시도는 니아의 말을 막듯 목소리를 높였다. 왠지 니아가 방금 그 말을 끝까지 하게 두면 안 될 것 같은 느낌이 들었던 것이다.

"뭐야~. 이러쿵저러쿵 하면서도 의욕 하나는 넘치잖아."

니아는 히죽 웃더니 시도의 옆에 앉으면서 다시 마우스를 쥐었다.

그리고 화면을 조작해 게임을 시작했다.

보아하니 딱히 특이한 점은 없었다. 주인공은 학생이며, 클래스메이트와 부활동 선배, 아르바이트 동료 등이 히로인 후보인 것 같았다. 게임 초반에는 딱히 선택지도 없으며, 주인공이 현재 처한 상황과 히로인들과의 관계가 소개되었다.

"으음, 평범한 것 같네. 대체 왜 어렵다는 거야?"

시도가 니아를 힐끔 쳐다보며 그렇게 묻자, 그녀는 갑자기 어깨를 으쓱하면서 요염하게 그를 올려다보았다.

"어렵다는 건 구실에 불과해. 실은 소년을 내 방으로 부르는 게 목적이었어."

"자, 돌아가야지."

"아, 잠깐만~! 농담한 거야~!"

니아는 의자에서 일어난 시도의 옷을 움켜잡았다. 역시 방금 그 말은 농담이었던 것 같았다.

"너, 그렇게 농담만 해대다간 중요한 순간에 남이 네 말을 믿어주지 않을 거야."

"아~, 늑대 소년 이야기? 그러고 보니 남자는 늑대니까 조심하라고 흔히 말하지? 그럼 늑대 소년은 남자 소년인 거네. 남자×소년인 거잖아."[#3]

"어이, 지금 이야기의 핀트가 완전히 엇나간 건 알고 있어?"

"뭐, 아무튼 조금만 더 플레이해봐."

니아는 그렇게 말하면서 마우스를 또 클릭했다. 시도는 납득을 하지 못하면서도 묵묵히 화면을 주시했다.

그러자 주인공과 니아가 노리는 히로인, 아리스가 화면 안에서 대화를 시작했다. 아무래도 꽤 까다로운 아이인지, 사

#3 늑대 소년 이야기? ~남자×소년인 거잖아 일본에서는 이솝 우화 「양치기 소년」을 「늑대 소년(狼少年)」이란 제목으로 칭하기도 한다. 본문은 작품 제목으로 말장난을 한 것이다.

사건건 주인공의 말을 물고 늘어졌다.

"흐음...... 현실에서 이런 애를 만나면 골치가 아플 것 같네. 하지만 이건 게임 캐릭터잖아? 클리어를 위한 루트가 준비되어 있을 거야. 아무리 성격에 문제가 있더라도......."

"잠깐만 있어봐. 곧 선택지가 나올 거야."

니아는 시도의 말을 끊으며 마우스를 클릭했다.

보통 이런 형식의 연애 시뮬레이션 게임은 여러 포인트에 선택지가 존재하며, 플레이어가 그것을 선택함으로써 주인공의 행동이 결정된다. 그리고 그 선택지에 따라 캐릭터의 호감도가 변화하거나, 루트가 나눠지는 것이다.

그렇기 때문에 액션 게임이나 퍼즐 게임과 다르게 특별한 기능이 없더라도 반복적으로 플레이를 하다 보면 올바른 루트를 찾을 수 있다.

그렇기에 시도는 이 게임이 어렵다는 니아의 말을 이해할 수가 없었다.

"......어?"

곧이어 니아가 말한 것처럼 선택지가 표시되었다.

—화면을 가득 채울 만큼, 방대한 숫자의 선택지가 말이다.

"뭐가 이렇게 많아?!"

시도는 무심코 고함을 질렀다.

보통 이런 게임의 선택지는 세 개 정도다. 하지만 이 게임의 선택지는 어마어마하게 많았다. 적어도 백 개는 가볍게 넘을 것 같았다.

"아니……."

시도의 표정이 더욱 험악해졌다. 유심히 보니, 어느새 화면 오른쪽에 스크롤바가 생겼다. 니아가 화면을 스크롤시키자, 화면에 표시되지 않았던 엄청난 양의 문장이 모습을 드러냈다.

"저, 저기…… 이게 뭐야? 이 안에서 주인공의 행동을 골라야 하는 거야?"

"그래. 게다가 이 직후에 또 선택지가 나오는데, 그 두 선택지의 조합에 따라 루트가 더 세밀하게 나눠져. 게다가 미연시 주제에 세이브도 자유롭게 못해. 아, 참고로 나는 이미 80여개의 배드 엔딩을 봤어. 솔직히 말해 개발자가 제정신인지 의심이 되는 레벨이라니깐."

니아가 두 손 두 발 다 들었다는 듯이 어깨를 으쓱했다.

"……유저가 클리어를 하지 못하게 할 심산으로 만든 거잖아……. 이딴 걸 게임이라고 할 수 있는 거야? 대체 어느 회사에서 만든 건데?"

시도가 식은땀을 흘리며 묻자, 니아는 고개를 갸웃거렸다.

"글쎄?"

"그, 그건 또 무슨 소리야? 패키지나 케이스가 없는 거야? 다운로드판이라도 구입이력 같은 게……."

"없어. 내가 산 게 아니거든."

"뭐……?"

니아의 말에 이번에는 시도가 고개를 갸웃거렸다.

"그게 무슨 소리야? 그럼 이 게임은 대체……."

"으음~. 그게 말이야. 며칠 전에 URL만 적힌 이상한 메일이 왔어. 그래서 그걸 클릭했더니 이 게임의 다운로드 페이지로 연결되지 뭐야~."

"완전 수상하잖아!"

시도는 반사적으로 고함을 질렀다. 그것은 전형적인 사기 수법이었던 것이다.

"너무 무방비하잖아……. 그런 걸 클릭하면 안 돼. 바이러스에 걸리거나 개인 정보를 도둑맞을지도 모른다고."

"알았어~."

니아는 대충 대답했다. 참고로 그녀의 시선은 여전히 화면 안에 있는 캐릭터를 향하고 있었다. 시도의 말에 전혀 귀를 기울이지 않는 것 같았다. 결국 시도는 한숨을 내쉬면서 다시 화면을 쳐다보았다.

"일단…… 선택지를 고를 수밖에 없을 것 같네. 으음, 이 캐릭터……."

"아리스."

"……아리스와 처음으로 마주친 거잖아. 그럼 보통은 상대방을 칭찬하는 선택지를 고르면 되지 않아?"

"뭐, 타당한 의견이기는 해. 하지만……."

니아는 눈을 가늘게 뜨더니, 화면을 스크롤시키면서 말했다.

"어떤 식으로 어디를 칭찬하면 될까? 얼굴? 몸매? 헤어스타일? 옷? 분위기? 직접적으로? 아니면 시적으로? 게다가 비유 표현도 종류가 꽤 돼. 인형 같다? 천사 같다? 여신 같아? 아니면 경국지색이다?"

"……."

눈 돌아갈 정도로 다채로운 선택지가 화면을 가득 채우며 표시되자, 시도는 머리를 감싸 쥐었다. 확실히 실제로 여자아이와 대화를 나눌 때에는 무한한 선택지가 존재하지만, 그걸 이렇게 두 눈으로 직접 보니, 현기증이 날 것 같았다.

하지만 게임을 진행하기 위해서는 하나를 골라야만 한다. 시도는 고개를 들고 미간을 찌푸리면서 입을 열었다.

"으, 으음…… 이 애는 꽤 까다롭지? 그럼 과장스러운 표현을 쓰지 않는 편이 좋지 않을까?"

"흠. 그것도 그러네. 그럼 이 No.129『머릿결이 곱네.』는 어때?"

"으음…… 좋아. 일단 그걸 골라보자."

"오케이~."

니아는 그렇게 말하면서 마우스를 조작해 그 선택지를 골랐다. 그러자…….

『머릿결이 곱네.』

『……뭐? 너는 누구야?』

화면 안에 있는 아리스가 그렇게 말하면서 미심쩍은 표정을 지었다. 시도는 무심코 비명에 가까운 목소리를 냈다.

"초면이라는 걸 깜빡했어!"

지금 생각해보니 저런 반응을 보일 만도 했다. 일반적인 미소녀 게임에서는 전형적인 선택지이지만, 이렇게 선택지가 많은 게임에서는 좀 더 차근차근 친분을 쌓아나가야 할지도 모른다.

"아, 잠깐만 있어봐. 다음 선택지가 나왔어."

"뭐?"

니아의 말에 시도는 부리나케 화면을 쳐다보았다. 아리스가 경계심이 묻어나는 표정을 짓고 있는 가운데, 또 수많은 선택지가 화면에 나타났다.

"으음…… 일단 변명을 하자. 사과하는 느낌의 선택지를 고르는 거야. 그리고 다시 한 번 더 칭찬을 하는 게 최선일 것 같아."

"오호라~. 그럼…… 이 『아…… 미안해. 너무 예쁜 머릿결이라 그만 무심코…….』는 어때?"

"좀 느끼한 것 같기는 하지만…… 뭐, 괜찮을 것 같네."

시도의 반응에 니아는 고개를 끄덕이면서 그 선택지를 클릭했다.

『아…… 미안해. 너무 예쁜 머릿결이라 그만 무심코…….』

『……아, 그래? 그럼 나는 바쁘니까 이만 가볼게.』

아리스는 경계심이 마구마구 묻어나는 표정을 지으며 어딘가로 뛰어갔다. 화면 가장자리에 표시된 아리스의 호감도가 급격히 떨어졌다.

"너무 현실적이잖아!"

시도는 무심코 새된 목소리로 그렇게 외쳤다.

시도의 집 옆에 존재하는 정령 맨션. 야토가미 토카는 그 맨션의 자기 방에서 손에 쥔 스마트폰의 화면을 뚫어져라 쳐다보고 있었다.

"오오…… 휴대폰으로 이런 것도 가능할 줄이야……."

수정 같은 두 눈동자를 동그랗게 뜬 그녀는 아름다운 칠흑빛 머리카락을 희미하게 흔들며 스마트폰 화면을 스크롤시키고 있었다. 그때마다 「오오!」, 「아니?!」 같은 감탄사를 터뜨렸다.

"……호들갑스럽네. 진짜로 다른 사람한테 전화 거는 것 이외의 사용법을 몰랐던 거야?"

침대 위에 걸터앉은 조그마한 체구의 소녀가 토카를 향해 그렇게 물었다. 퍼석퍼석해 보이는 머리카락과 어딘가 언짢은 듯한 인상을 지닌 그녀는 이 맨션에 사는 정령 중 한 명인 나츠미였다.

"음, 시도와 코토리가 이걸 조작하는 모습은 본 적이 있다만…… 으음, 정말 엄청나구나. 이 조그마한 상자로 사진을 찍거나, 음악을 듣거나, 인터뭐시기라는 걸 할 수 있는 거지?"

"인터넷…… 맞죠?"

그 뒤를 이어 입을 연 사람은 나츠미의 옆에 앉아있는 정령— 요시노였다. 왼손에 토끼 모양 퍼핏 인형을 낀 귀여운 소녀였다.

그렇다. 토카와 요시노는 현재 나츠미에게 휴대폰 사용법을 배우고 있었다. 두 사람 다 코토리에게서 연락용 휴대폰을 받았지만, 휴대폰의 기능을 거의 사용하지 않고 있었던 것이다.

"으음…… 맞아. 최신 휴대폰은 전화 기능보다 그런 게 메인이야."

"흠…… 그 인터넷이라는 건 대체 무엇이냐? 잘 모르겠구나."

"콕 집어서 설명하기는 힘든데…… 뭐, 컴퓨터들을 연결해주는 네트워크인데, 그걸 통해 집 안에서 다양한 일을 할 수 있다고만 기억해두면 돼."

"다양한 일……이라고요?"

『어떤 걸 할 수 있는데~?』

요시노와 『요시농』이 고개를 갸웃거리면서 묻자, 나츠미는 자신의 스마트폰을 조작하면서 대답했다.

"……으음, 예를 들면 동영상을 보거나, 뉴스를 보거나, 전 세계 사람들과 교류를 한다거나…… 그리고 티켓을 끊거나 가게 예약, 배달 음식 주문 같은 것도 전화를 하지 않고 할 수 있어."

"뭐?! 그런 것도 가능한 것이냐?!"

"편리……하네요."

토카와 요시노가 눈을 반짝이면서 그렇게 말하자, 나츠미는 식은땀을 흘렸다.

"……아, 그래도 그 중에는 악질적인 사이트도 있으니까, 혼자서도 분간할 수 있게 될 때까지는 그런 걸 잘 아는 사람에게 도움을 받는 편이 좋을 거야. ……뭐, 너희 휴대폰은 코토리가 어린이 보호를 걸어뒀으니까 척 봐도 수상한 사이트에는 연결되지 않겠지만……."

"으음, 무슨 말인지 도통 모르겠다만 나츠미는 정말 별의별 걸 다 아는구나! 대단해!"

"예…… 나츠미 씨, 정말 대단해요."

"벼, 별거 아냐……."

두 사람이 탄성을 터뜨리면서 그렇게 말하자, 나츠미는 멋쩍어하듯 어깨를 으쓱했다.

"아니, 진짜로 대단하다. 나도 본받아야겠구나!"

"나츠미 씨는 정말 아는 것이 많네요……. 존경스러워요."

"아, 아니…… 진짜로 별거 아닌데……."

"자기 자신을 낮출 필요 없다. 나츠미는 머리가 좋구나."

"예. 나츠미 씨…… 정말 멋있어요."

"우, 우갸아아아아아아아아앗!"

그렇게 나츠미가 얼굴을 새빨갛게 붉히면서 고함을 지른 순간, 인터폰이 딩동~ 하고 울렸다.

"음?"

토카는 고개를 갸웃거리면서 인터폰 쪽으로 걸어가더니, 거기에 표시된 화면을 쳐다보았다.

이 맨션에는 시도나 코토리 같은 〈라타토스크〉 관계자만 찾아오기 때문에 그들 중 누군가가 온 거라고 생각했지만…… 그렇지 않았다. 화면에 표시된 이는 짐 같은 것을 들고 있는 처음 보는 남성이었다.

"누구냐?"

토카가 인터폰의 통화 버튼을 누르면서 묻자, 남자는 활기찬 목소리로 대답했다.

『오래 기다리셨습니다! 피자 그라치에입니다! 주문하신 상품을 전달해드리러 왔습니다!』

"음……?"

토카는 의아한 표정을 지으며 고개를 갸웃거린 후, 뒤편을 쳐다보았다. 침대에 앉아있던 요시노와 나츠미는 토카와 시선이 마주치자 고개를 저었다.

"저는…… 시킨 적 없어요."

"나도 그래……. 설마 토카 너, 인터넷으로 배달 음식을 주문할 수 있다고 바로 해본 건……."

"나도 안 했다! 애초에 배달 음식이라는 게 이렇게 빨리 오는 것이냐?"

토카가 그렇게 말한 순간, 또다시 인터폰에서 목소리가 흘러나왔다.

『오래 기다리셨습니다! 아사기 초밥입니다! 최고급 초밥 5인분 세트, 배달 왔습니다!』

『호라이테이입니다! 라면 10인분 배달 왔습니다!』

"으……음? 대체 뭐가 어떻게 된 거지?"

다양한 가게에서 차례차례 음식을 배달하러 오자, 토카는 당혹스러운 듯이 미간을 찌푸렸다.

"아…… 나츠미 씨, 토카 씨!"

바로 그때, 요시노가 뭔가를 발견했는지 창밖을 응시했다. 나츠미와 토카도 요시노를 따라 창밖을 쳐다보고 미간을 찌푸렸다.

맨션 앞이 배달 음식 가게들의 바이크, 그리고 소방차와 응급차, 경찰차로 가득 차 있었다.

"이건…… 어떠냐?!"

—게임을 시작하고 몇 시간 후, 시도는 니아를 대신해 마우스를 클릭하면서 선택지를 골랐다.

순간, 아리스의 호감도가 약간이지만 올라갔다.

"오오! 대단해, 소년! 역시 정령 난봉꾼!"

"그런 무시무시한 호칭으로 나를 부르지 말라고!"

시도는 도끼눈을 뜨며 니아를 노려본 후, 하아 하고 한숨을 내쉬었다.

첫 만남 때의 대화인데도 불구하고 선택 한 번에 천 개가 넘는 선택지가 세 번이나 나오며, 그 중에서 올바른 선택지를 고르지 못하면 배드 엔딩으로 직행하는 말도 안 되는 난이도의 이벤트를 겨우 통과했다. 정신적 피로가 상당했다.

"이야~, 아리스의 호감도가 두 자릿수가 된 걸 처음 봤어."

"아직 갈 길이 먼 것 같네……."

그렇게 말하는 시도의 눈썹이 움직였다. 선택지 파트를 끝내고, 스토리를 진행하는 화면에 변화가 발생한 것이다.

아무래도 주인공은 하교 도중에 불량배에게 둘러싸인 아리스를 발견한 것 같았다. 그리고 엄청난 양의 선택지가 표시됐다.

"이 상황에서는…… 구해야만 하겠지?"

"그래. 위험에 처한 자신을 구해준 남자에게 반하는 패턴일 거야."

시도와 니아는 고개를 끄덕인 후, 불량배에게 말을 거는 선택지를 골랐다. ……뭐, 그런 선택지도 종류별로 여러 개 있었지만, 너무 기발하지 않고 정석적인 것을 골랐다.

『어이, 그 애가 싫어하잖아. 그만 해.』

『아앙? 넌 뭔데 참견하고 난리야!』

불량배가 양아치용 인사말의 예문에라도 실려 있을 법한 리액션을 취했다. 예상을 벗어나지 않는 반응이었다. 이제 이 불량배를 주인공이 쫓아낸다면, 아리스의 호감도가 올라갈 것이다. 아니, 주인공의 설정에 따라서는 도리어 엉망진창으로 당하다가 아리스가 경찰을 불러온 덕분에 불량배가 도망치고, 주인공이 아리스의 무릎을 벤 상태에서 깨어난다…… 같은 전개도 가능하리라.

하지만 다음 순간, 화면에 나온 것은 시도의 예상을 아득히 뛰어넘는 전개였다.

BGM이 웅장해지더니 배경과 캐릭터의 스탠딩CG, 그리고 텍스트 윈도우로 구성된 화면이 갑자기 주인공과 불량배가 마주선 화면으로 바뀌었고, 화면 상단에 체력 게이지가 표시됐다.

그것은 마치— 격투 게임의 화면 같았다.

"어엇?! 이, 이건 또 뭐야……?!"

시도는 고함을 질렀지만, 게임은 그가 정신을 차릴 때까지 기다려주지 않았다. 화면 중앙에 『Fight!』라는 문자가 표시되더니, 불량배가 주인공을 공격한 것이다. 주인공이 고통에 찬 신음을 흘리자, 체력 게이지가 줄어들어갔다.

"자, 잠깐만 있어봐! 왜 뜬금없이 격투 게임이 된 건데?! 게다가 나는 마우스로 조작하고 있다고! 대체 어떻게—"

시도가 고함을 지르는 사이에도 불량배는 집요하게 공격을 해댔고…… 결국 주인공은 불량배의 양손에서 뿜어져 나온 에너지 탄을 맞고 그대로 녹다운되고 말았다.

"말도 안 돼!"

"대체 세계관이 어떻게 되어먹은 거야?!"

니아와 시도가 절규했다. 두 사람의 절규를 BGM 삼으며 게임 속 주인공은 『으윽…… 으윽…… 으윽…….』 하고 신음을 흘리다가 그대로 지면에 쓰러졌다.

"……"

"……"

텐구 시 외곽에 있는 폐허가 된 빌딩 안에 사람 그림자 두 개가 비쳤다.

한 사람은 색소가 옅은 머리카락을 어깻죽지까지 기른 호리호리한 소녀였다. 그리고 다른 한 사람은 키가 크고 남보랏빛 머리카락이 인상적인 소녀였다.

트렌치코트를 걸치고 선글라스로 눈을 가린 두 사람은 두랄루민 케이스를 한 손에 들고 있었다. 마치 마피아의 뒷거래 현장 같았다.

"약속한 물건은 가져왔겠지?"

먼저 입을 연 사람은 호리호리한 소녀— 오리가미였다. 그러자 키가 큰 소녀— 미쿠가 후훗 하고 웃으며 입가에 미소를 머금었다.

"예, 가지고 왔어요. 오리가미 양이야말로, 깜빡하지는 않았겠죠~?"

"물론이야."

두 사람은 고개를 끄덕이더니, 서로에게 다가가서 들고 있던 두랄루민 케이스를 바닥에 내려놓았다.

그리고 가방을 열어 안에 들어있던 내용물을 상대방에게 보여줬다.

"자, 이게 제 비장의 시오리 양 보물 사진이에요~."

"이게 시도의 잠꼬대가 수록된 대형 베개야."

두 사람은 자신들이 가지고 온 물건을 소개한 후, 마른 침을 삼키면서 상대방의 가방을 향해 걸어갔다.

"오호라…… 여기를 꼭 끌어안으면……."

『으음…… 흠냐…… 5분만 더…….』

"하앙! 달링이 너무 귀여운 나머지 사고를 칠 것 같아요!"

미쿠는 베개를 꼭 끌어안고 몸을 배배 꼬아댔다. 오리가미는 그런 미쿠에게서 눈을 떼고 상대방이 가져온 가방 안에 들어있는 사진을 체크했다.

"굉장해."

사진 안에는 여장을 한 시도의 모습이 다양한 각도에서 찍혀 있었다. 전부 오리가미의 컬렉션에 없는 구도에서 찍은 사진이었다.

"그래도 좀 의외네요. 오리가미 양이라면 이 정도 사진은 가지고 있을 줄 알았어요~."

미쿠가 그렇게 말하자 오리가미는 고개를 저었다.

"『예전의 나』는 가지고 있었어. 하지만 이 세계에서는 그런 사진을 촬영한 사실 자체가 사라졌지. 데이터 보완이 급선무야."

"아…… 그렇군요."

미쿠는 납득했다는 듯이 고개를 끄덕였다.

그렇다. 이 세계는 정령의 힘에 의해 역사가 바뀌었다. 그 덕분에 오리가미는 구원받았지만— 그 대가로 오랫동안 수집해왔던 시도 컬렉션 중 대부분을 잃고 만 것이다.

"납득했어요. 그럼 교섭 성립인 거죠~?"

"이의 없어. 그리고 상의할 게 하나 더 있어."

"상의……라고요~?"

"그래. 이 사진의 데이터를 가지고 싶어. 물론 공짜로 달라는 건 아냐. 그 베개에 쓰인 음성 데이터와 교환하는 건 어때?"

오리가미의 제안에 미쿠의 눈이 찬란히 빛났다.

"정말인가요~?! 물론 오케이예요~! 지금 바로 보낼게요~!"

미쿠는 그렇게 말하면서 스마트폰을 꺼내 조작하기 시작했다.

오리가미도 고개를 끄덕인 후, 미쿠와 마찬가지로 스마트폰을 꺼내 자택의 서버에 보존된 파일을 열었다.

"어……?"

하지만— 오리가미는 위화감을 느끼며 미간을 찌푸렸다.

보존해뒀던 다양한 시도 데이터 중 일부가 전혀 다른 파일로 바뀌어 있었던 것이다.

"이건…… 외부에서의 침입……?"

"꺄아아아아아아아아앗?!"

그때, 미쿠가 갑자기 비명을 지르더니 그 자리에서 풀썩 쓰러졌다. 오리가미는 스마트폰에서 눈을 떼며 그녀를 향해 뛰어갔다.

"무슨 일이야?"

"다…… 달링의…… 달링의 사진이…… 어버버버버버……."

미쿠는 안면이 창백해진 채 공허한 목소리로 그렇게 중얼거렸다. 마치 봐선 안 될 것을 보고만 탐색가 같았다.

"뭐……?"

오리가미는 미쿠가 들고 있는 스마트폰의 화면을 바라보았다.

거기에는 시도의 사진……이 아니라, 근육질 남자들이 진하게 뒤엉켜 있는 사진이 띄워져 있었다.

"우오오오오오오오오오오―!"

"힘내! 지금이야! 에잇!"

시도는 니아의 응원을 받으면서 타다다다닥! 하고 힘차게 버튼을 두드렸다. 그러자 화면 안의 주인공이 온몸으로 정체불명의 아우라를 내뿜으며 불량배에게 연속공격을 날렸다.

참고로 현재 시도가 쥐고 있는 것은 마우스가 아니라, 컴퓨터에 연결된 게임 패드였다. 마우스나 키보드로는 불리하다고 생각한 니아가 서랍에서 꺼내온 것이다.

하지만 시도는 게임 패드를 쥔 후에도 연패를 경험했다. 이유는 단순했다. 적이 너무 강한 것이다.

그리고 서른 번째 대결을 맞이했다. 연이은 패배와 학습 끝에 시도가 조종하는 주인공은 드디어 불량배를 궁지에 몰아넣었다.

"이걸로…… 끝이다아아아앗!"

시도는 떨어져나갈 것 같은 손가락을 움직여 필살 커맨드(이것 또한 연패를 거듭하면서 습득했다)를 입력했다. 주인공이 정체불명의 아우라를 양손에 모으더니, 불량배를 향해 단숨에 뿜어냈다.

그것을 맞은 불량배는 튕겨져 날아갔고, 화면에는 그렇게나 갈망했던 『You Win』이라는 글자가 표시됐다.

"좋았어!"

"만세!"

시도가 의자에서 벌떡 일어나자, 니아가 환호성을 지르며 그를 꼭 끌어안았다.

시도는 잠시 동안 기쁨에 젖어 있었지만…… 이내 냉정을 되찾으면서 갑자기 부끄러움이 엄습해 니아의 몸을 자신에게서 떼어냈다.

"니, 니아, 저기……."

"어~, 왜 그래~? 부끄러운 거야? 귀여워라~."

"노, 놀리지 마. 그것보다, 게임이나 계속하자."

시도는 의자에 다시 앉으면서 게임을 진행했다. 아까까지 격투 게임 같던 화면이 다시 연애 시뮬레이션 화면으로 바뀌었다.

『아리스, 괜찮아?』

『흐, 흥. 누가 도와달라고 했어……?』

아리스는 비아냥거리듯 그렇게 말했지만, 그녀의 호감도는 상승했다. 시도는 그걸 보고 주먹을 말아 쥐며 기뻐했다.

그 후로 이야기가 계속 진행되더니, 데이트 약속을 하는 데 성공했다.

그리고 일요일에 역 앞에서 만난 두 사람은 나란히 마을을 걸었다.

"흐음~, 꽤 순조롭네."

"그래. 으음, 데이트 장소는 어디일까?"

시도는 그렇게 중얼거리며 게임을 진행하다가— 갑자기

손을 멈췄다.

　이유는 단순했다.

　『흐음, 아리스는 이런 곳에 관심이 있구나. 좀 의외야.』

　『그래? 실은 전부터― **게임센터**라는 곳에 한 번 와보고 싶었어.』

　"……."

　"……."

　화면에 표시된 대화를 본 시도와 니아는 무심코 서로를 쳐다보았다.

　어마어마하게 불길한 예감이 두 사람의 뇌리를 스친 것이다.

　"저기, 니아. 설마……."

　"에, 에이, 그럴 리가 없어."

　두 사람이 메마른 미소를 지으면서 게임을 진행하자, 이번에는 화면이 리듬 게임 스타일로 변모하더니 상단에서 엄청난 숫자의 막대가 어마어마한 속도로 쏟아져 나왔다.

　"말도 안 돼애애애애앳?!"

　"뭐 이딴 게임이 다 있어어엇?!"

　맨션의 한 방에서 두 사람의 비명이 울려 퍼졌다.

　"타앗! 어둠을 가르며 야마이, 강림!"

　"방문. 놀러 왔어요, 코토리."

그렇게 말하면서 〈라타토스크〉 임시 사령실에 찾아온 사람은 판박이처럼 똑같이 생긴 쌍둥이 정령, 야마이 카구야와 유즈루였다.

〈라타토스크〉 사령관, 이츠카 코토리는 검은색 리본을 이용해 둘로 나눠묶은 머리카락을 흔들면서 하아~ 하고 한숨을 내쉬었다.

"······저기 말이야. 임시라고는 해도 여기는 사령실이거든?"

"크큭, 너무 그러지 말거라. 유즈루와 하던 온라인 게임이 갑자기 점검에 들어간 바람에 심심해서 놀러온 것이니라."

"선물. 자, 여기 오는 길에 『라 퓌셀』의 밀크 슈크림을 사 왔어요."

유즈루는 그렇게 말하면서 예쁜 상자를 내밀었다. 그러자 코토리는 입가를 씰룩였다.

"정말······ 못 말린다니깐. 휴식 시간이 다 되었으니까 같이 차라도 마시자."

코토리가 한숨을 내쉬면서 그렇게 말하자, 카구야와 유즈루는 미소를 지으며 서로 하이파이브를 했다.

하지만, 코토리가 자리에서 일어서려고 한 순간—.

"사령관님. 죄송하지만 이걸 좀 봐주세요."

사령실 하단부에 있던 부하 중 한 명인 시이자키가 그렇게 말하면서 메인 모니터에 어떤 화면을 띄웠다.

"이게 뭐야?"

"아무래도 방금 네트워크를 통해 〈프락시너스〉의 AI가 공격을 받은 것 같아요."

"뭐? 피해를 입은 거야?"

"아뇨. AI가 사전에 공격 프로그램을 격리했어요. 하지만……."

"하지만?"

"신경이 쓰여서 조사해보니, 이 공격 프로그램은 〈라타토스크〉를 노린 게 아니라 무차별적으로 흩뿌려진 것 같아요. 개인 계정에 URL이 들어있는 메일을 보내서 게임으로 위장한 더미 파일을 전개한 후, 그걸 발판 삼아 공격 범위를 넓혀나가는…… 그런 프로그램 같아요."

코토리는 시이자키의 말을 듣더니 미간을 찌푸렸다.

"……그 프로그램의 공격을 받으면 어떻게 돼?"

코토리의 물음에 사령실 하단부에 있던 다른 이들이 입을 열었다.

"사령관님, 현재 일본 전역에서 긴급 차량의 출동 요청과 허위 배달 음식 주문 문제가 다발적으로 일어나고 있는 것 같습니다."

"아무래도 클라우드와 개인 서버에 보관된 파일이 전혀 다른 파일로 뒤바뀌는 사태도 벌어지고 있는 것 같군요……."

"오늘 아침에 발생한 은행 ATM이 작동하지 않은 것도 이 공격 프로그램 탓인 것 같습니다. 게다가 바이러스 피해는 확대 중이군요. 이거…… 내버려뒀다간 큰일이 날 것 같은데요."

코토리는 부하들의 말을 듣고 인상을 썼다.

"우리는 그런 쪽의 전문가는 아니지만…… 어쩔 수 없네. 〈프락시너스〉의 AI에게 그 바이러스를 해석시켜."

"예!"

"카구야, 유즈루. 미안한데, 차는 좀 있다가 마시자."

코토리의 말에 사태의 심각성을 알게 된 야마이 자매가 순순히 고개를 끄덕였다.

"으…… 음."

"응원. 힘내세요."

코토리는 고개를 끄덕인 후, 메인 모니터를 향해 몸을 돌렸다.

"하아…… 하아…… 하아……."

"우와…… 힘들어 죽겠네……."

그로부터 몇 시간 후, 지칠 대로 지친 시도와 니아는 그 자리에서 풀썩 엎드렸다.

어찌어찌 리듬 게임을 클리어했지만, 주인공과 아리스는 레이싱 게임, 퍼즐 게임, 건 슈팅 게임, 슬롯, 경마 게임 등 다양한 게임을 했다. 결국 시도와 니아 또한 그 게임들을 플레이해야만 했던 것이다.

게다가 게임의 난이도는 하나같이 하드 모드였다. 두 사람은 번갈아가며 플레이를 했지만, 그래도 그들이 느끼고 있는 피로는 극에 달했다.

하지만 아리스는 아직 충분히 놀지 못했는지, 또 다른 게임에 관심을 보였다.

『저기, 이번에는 저걸 하자.』

『뭐? 저건…….』

주인공이 그렇게 말한 순간, 게임 속 게임 화면이 표시됐다. 거기에는 마작용 패와 옷을 반쯤 벗은 요염한 여자아이의 일러스트가 그려져 있었다.

"……잠깐만, 왜 데이트 중에 탈의 마작을 하는 건데?!"

시도는 무심코 그렇게 외쳤다. 그렇다. 아리스가 고른 것은 마작에서 진 쪽이 옷을 벗는, 흔히 탈의 마작이라고 불리는 게임이었다.

하지만 게임에 불평을 해봤자 의미가 없다. 지금까지 해온 게임과 마찬가지로, 이것도 클리어하지 않으면 게임이 진행되지 않을 것이다.

"흐음…… 마작이네. 좋아. 이건 나한테 맡겨줘."

니아는 팔을 걷어붙이는 듯한 시늉을 하면서 게임 패드를 쥐었다.

"니아? 마작 잘 해?"

"흐흥, 꽤 하는 편이야. 옛날에는 밤을 꼬박 새면서 인터넷 대전을 했었어."

니아는 자신만만한 목소리로 그렇게 말하면서 게임을 시작했다. 그러자 자동으로 패가 들어왔고—.

다음 순간, 『천화(天和)』라는 문자가 화면에 표시되면서 맞은편 상대의 패가 표시됐다.

"뭐……?!"

그 광경을 본 니아는 경악했다. 니아가 그러는 것도 무리는 아니었다. 마작은 기본적으로 패를 모아서 역(役)이라는 걸 만드는 게임이지만, 『천화』라는 것은 처음 나눠 받은 패가 바로 역을 이루고 있는, 그야말로 필살기 같은 것이다.

즉, 니아는 아무것도 해보지 못하고 진 것이다. 솔직히 말해 컴퓨터한테 이걸 당하니 마치 사기를 당한 것 같은 느낌이 들었다.

하지만 그렇다고 해도 시도와 니아가 할 수 있는 일은 없었다. 니아는 짜증이 났는지 미간을 찌푸리며, 마음을 다잡으려는 듯이 버튼을 눌렀다.

"하아, 정말. 다시 붙어보자구."

하지만 니아가 몇 번이나 버튼을 눌렀는데도 게임은 시작되지 않았다. 그 대신, 화면에 메시지 윈도우가 표시되었다.

『컴퓨터가 승리했습니다. 플레이어는 옷을 하나 벗어 주세요.』

"뭐……? 무슨 소리야?"

니아는 당혹스러워하면서 버튼을 연타했다. 하지만 그때마다 스피커에서 삐~ 하는 소리가 났다.

"지금 하고 있는 게 확실히 탈의 마작이긴 하지만, 플레이어가 옷을 벗었는지 안 벗었는지 어떻게……."

순간, 니아가 말을 멈췄다.

그리고 뭔가를 눈치챈 것처럼, 두 사람이 게임을 플레이하고 있는 컴퓨터의 상단부에 달린 카메라의 렌즈를 쳐다보았다.

"……설마, 내장 렌즈로 체크하는 거야? 진짜로 벗지 않으면 게임이 재개되지 않는 거고?"

"에이, 말도 안 돼. ……설령 진짜로 그런 게임이더라도, 옷까지 벗어가며 게임을 할 리가 없잖아."

"마, 맞아……."

니아가 시도의 말에 동의했다.

하지만 바로 그때, 화면에 변화가 발생했다. 탈의 마작 캐릭터가 화면 너머의 유저를 도발하듯 손가락을 까닥거리면서 『안 벗을 거야~? 할 생각 없으면 빨리 꺼져줄래? 꽁·지·내·린·개·씨?』라고 말한 것이다.

니아의 얼굴에 시퍼런 힘줄이 돋아났다.

"이익! 좋아! 어디 한 번 해보자구!"

니아는 고함을 지르면서 입고 있던 청바지를 벗었다. 그러자 요염한 검은색 팬티와 가터벨트가 모습을 드러냈다. 니트 상의는 그대로 입고 있었기에, 상체와 하체의 갭이 음란

함을 자내고 있었다.

"어, 어이, 니아."

시도는 허둥지둥 고개를 돌렸다. 하지만 니아는 전혀 부끄러워하지 않으면서 화면을 주시했다.

그러자 지금까지 정지된 채 움직이지 않던 화면에 변화가 발생했다. 또 패를 나눠주기 시작한 것이다.

"이럴 줄 알았어……. 흥, 어이없는 짓거리를 해대네. 뭐, 좋아. 후회하게 만들어주겠어. 내 팬티를 구경한 대가를 톡톡히 치르게 해줄 거야."

니아는 진지한 눈빛으로 화면을 쳐다보았다.

하지만…… 또다시 『천화』라는 글자가 화면에 표시됐다.

"이·게·뭐야아아아아아아!"

니아는 절규를 터뜨리면서 게임 패드를 집어던졌다.

"젠장! 저 여자, 홀랑 벗겨버리고 말겠어!"

니아는 분노에 찬 목소리로 그렇게 외치면서 입고 있던 상의를 단숨에 벗어던졌다. 그녀는 상의 안에 셔츠를 입고 있지 않았다. 즉, 니아는 위아래로 속옷만 입고 있는 망측한 꼴이 되고 말았다.

"어, 어이, 진정해. 또 졌다간 엄청난 상황이 벌어질 거라고!"

"잔말 말고 나만 믿어! 쟤의 가슴을 반드시 구경하고 말 거야!"

니아는 그렇게 말하면서 화면 안의 여자아이를 손가락으

로 가리켰다. 참고로 여자아이는 게임 속 게임의 등장인물이며, 니아가 공략하려 하는 아리스와는 별개의 캐릭터였다.

"또 그런 상스러운 소리를…… 아니, 그것보다…….."

시도는 볼을 붉히면서 니아를 힐끔 쳐다보았다.

"……너, 항상 그런 속옷을 입고 있는 거야?"

"응? 아, 그렇지 않아. 이건 소년이 오기로 했으니까, 만약의 사태에 대비해서……."

"대체 그 만약의 사태라는 게 어떤 건데?!"

"그러니까―."

"미안한데, 구체적으로 알려주지 않아도 돼!"

시도는 니아를 말리듯 고개를 한사코 내저었다.

〈라타토스크〉임시사령실의 메인 모니터에 표시된 지도가 점점 붉은색으로 물들어갔다.

그것은 바이러스에 의한 피해가 보고된 지역을 표시한 지도였다. 마치 종이가 붉은색 물감에 물들어가듯, 점점 붉은색으로 물든 범위가 넓어져갔다.

"큭…… 이렇게 빠르게 퍼져나가다니, 말도 안 돼."

"아, 아무래도 바이러스는 몇 달 전부터 인터넷상에 존재했던 것 같습니다. 그리고 쉽게 삭제되지 않을 규모가 된 다음에 공격성을 지니도록 프로그램된 것으로 추정됩니다……!”

“쳇…… 뭐 이딴 바이러스가 다 있어……!”

코토리가 인상을 찡그린 순간, 사령실 안에 경고음이 울려 퍼졌다.

“무슨 일이야?!”

“아…… 그, 그게…… 국내 전역의 병원에 존재하는 의료 기기가 바이러스에 감염되었다는 사실이 확인됐습니다……! 피해 자체는 경미한 수준이지만, 이대로 방치해뒀다간 환자의 목숨이 위험할지도 모릅니다……!”

“뭐?! 큭…… 해석은 어떻게 되어가고 있어?!”

코토리가 그렇게 외치자, 해석관인 무라사메 레이네가 졸린 듯한 목소리로 입을 열었다.

“……방금 완료됐어. 으음…… 꽤 흥미로운 결과가 나왔네.”

“그게 무슨 소리야?”

“……이건 단순한 바이러스가 아니야. AI처럼 스스로 학습하고 성장하는 프로그램인 것 같아.”

“자, 잠깐만 있어봐. 그렇다면…….”

“……그래. 이런 건 일반적인 기술로는 만들 수 없어.”

“설마— DEM……?!”

코토리는 인상을 찡그리며 그렇게 말했다. 그렇다. DEM 인더스트리. 코토리가 소속된 〈라타토스크〉의 적이자, 비상식적인 기술을 지닌 조직이다.

"······그렇게 생각하는 게 타당할 거야. 하지만 바이러스의 움직임으로 볼 때, 아무래도 DEM은 우리를 노리고 이 바이러스를 만든 것 같지 않아. 굳이 따지자면······ 그래. DEM이 파기한 데이터가 네트워크에 남아있었는데, 그 데이터가 증식을 반복한 것에 가까워."

레이네는 콘솔을 조작하면서 그렇게 말했다. 코토리는 그 말을 듣고 얼굴을 찡그렸다.

"아무튼 위험한 바이러스라는 사실에는 변함이 없는 거네. ······나카츠가와!"

"예! 지금 바로 이 데이터를 참조해 백신 프로그램을 만들 겠습니다!"

"얼마나 걸릴 것 같아?!"

"180분 정도는 걸릴 것으로 예상됩니다······!"

"큭······ 너무 늦어. 가능한 한 서둘러!"

"아, 예!"

나카츠가와는 콘솔을 조작했다. 그러다 갑자기 뭔가를 알아챈 것처럼 안경 너머의 눈을 껌뻑였다.

"사령관님, 바이러스 프로그램 안에 기묘한 문자열이 존재합니다만······."

"문자열?"

"예."

나카츠가와는 타다닥 하고 키보드를 두드렸다. 그러자 영어로 된 문장이 일본어로 번역되었다.

"……『나에게 사랑을 가르쳐줘』? 이게 무슨 소리지?"

"그, 글쎄요. 저도 잘—."

바로 그때, 나카츠가와의 말을 막듯 또 날카로운 경고음이 울려 퍼졌다.

"이번에는 또 무슨 일이야?!"

"그게…… 어느 나라의 군사 위성이 바이러스에 해킹을 당한 것 같습니다!"

"뭐…… 그런 것까지 감염된 거야?!"

"위성이 공격 준비를 시작했습니다! 목표는…… 이곳! 텐구 시입니다!"

"뭐……."

"말도 안 돼……! 백신 프로그램을 만들고 있는 걸 들킨 거야?!"

코토리는 어금니를 깨물었다.

"이대로 있다간 당하고 말 거야. 대체 어떻게 해야 하지?!"

"……."

"……."

게임을 시작하고 몇 시간이나 지났을까.

시도와 니아는 멍하니 화면을 쳐다보고 있었다.

탈의 마작에서 겨우겨우 승리한 후, 스토리는 상당히 진행되었다. 아리스의 호감도도 서서히 올라갔고, 처음에는 딱딱하기만 하던 그녀도 조금씩 마음을 열기 시작했다.

하지만 그런 클라이맥스에서 나타난 선택지가 시도와 니아를 얼어붙게 만들었다.

선택지 자체는 지금까지 두 사람이 몇 번이나 경험했던, 물량 공세 타입의 선택지였다. 하지만— 그 선택지의 숫자가 상상을 초월했다. 한참동안 스크롤을 했는데도 끝이 보이지 않을 만큼 선택지가 많았다. 마치 그 어떤 선택지를 골라도 게임이 진행되지 않을 것만 같았다. 그런 변함없는 상황이 두 사람을 더욱 피로하게 만들고 있었다.

니아는 일정간격으로 반복되는 BGM을 들으면서 쉰 목소리로 말했다.

"······저기, 소년."

"······왜? 니아."

"이쯤에서 관둘까? 시간도 꽤 많이 흘렀고, 이 게임을 깨지 못한다고 해서 세상이 멸망하는 것도 아니잖아······."

니아가 그렇게 말하자, 시도는 잠시 동안 침묵한 후, 하아 하고 한숨을 내쉬었다.

"······뭐, 네가 관두고 싶다면 나도 그래도 상관없지만······."

시도는 볼을 긁적이면서 말끝을 흐렸다. 시도도 피곤했고, 빨리 집에 돌아가서 저녁 식사 준비를 해야 하지만······

좀 신경 쓰이는 구석이 있었다.

"……저기, 니아."

"응? 왜?"

"니아는 왜 이 아리스라는 애를 공략하고 싶었던 거야? 역시 게이머로서의 고집 때문이야?"

시도의 물음에 니아는 하하 하고 웃으며 쓴웃음을 지었다.

"뭐, 그런 마음도 없지는 않지만…… 이 애는 솔직하지 못하다고나 할까, 타인을 믿지 못하는 타입 같잖아. 그래서 그런지…… 얼마 전까지의 나와 비슷하다는 생각이 들었어."

"아……."

시도는 눈을 크게 떴다. 듣고 보니 그러했다. 확실히 외모와 성격은 다르지만, 타인을 믿고 싶지만 믿지 못한다는 점은…… 예전의 니아와 비슷했다.

그래서 니아는 이 아이를 도와주고 싶었던 것이리라. 주인공이라는 이름의, 자신의 손으로 말이다.

니아가 왠지 미안해하듯 웃으면서 한 번 더 한숨을 내쉬었다.

"그래도 이렇게 어려울 줄은 몰랐어. 소년의 시간을 너무 빼앗은 것 같네. 다음에 꼭 답례를―"

니아는 말을 끝까지 잇지 못했다.

몸을 일으킨 시도가 다시 게임 패드를 움켜쥐었기 때문이다.

"소, 소년?"

"……자, 겨우겨우 막바지까지 왔잖아. 잘 골라봐."

시도가 그렇게 말하자, 니아는 잠시 동안 어안이 벙벙한 표정을 짓더니 곧 미소를 머금었다.

"……하하. 소년은 이성한테 인기가 많을 만하다니깐."

"무, 무슨 소리를 하는 거야? 빨리 게임이나 하자."

"응……."

시도와 니아는 화면을 쳐다보며 다시 상황을 확인했다.

주인공과 아리스, 두 사람은 조그마한 언덕 위에 나란히 서서 마을의 야경을 내려다보고 있었다.

그리고 아리스는 처음으로 가슴 속 깊은 곳에 담아뒀던 심정을 토해냈다.

『나…… 태어난 의미가 있을까? 아무도 나를 사랑해주지 않아.』

그것은 아리스의 공략 포인트가 틀림없었다. 그녀는 가정환경이 좋지 않았던 탓에 타인에게 마음을 여는 것을 두려워하고 있었다.

그리고 바로 그때, 선택지가 등장했다. 아마도 1만 개가 훌쩍 넘을 듯한, 방대한 숫자의 말이 무리를 지어 모습을 드러냈다.

시도와 니아는 핏발 선 눈으로 그것들을 체크했다.

하지만…… 「이거다!」 싶은 선택지가 없었다.

"큭…… 너무하잖아. 양은 엄청난데 제대로 된 대답이 없

108 데이트 어 라이브 앙코르 6

다고."

"응…… 하지만 게임인 이상, 클리어할 방법이 분명 있을 거야."

"일반적인 게임이라면 그렇겠지. 하지만 카메라를 이용해 옷을 벗었는지 확인까지 하는 게임이……."

바로 그때였다.

시도는 갑자기 말을 멈추고 눈을 크게 떴다.

그렇다. 니아가 도전했던 탈의 마작. 그때, 이 게임은 자동적으로 컴퓨터의 카메라를 작동시켜서 플레이어가 벌칙을 수행했는지 확인했다.

그렇다면, 혹시―.

"저기…… 니아, 이 컴퓨터에는 마이크가― 달려 있어?"

"뭐? 응. 내장되어 있…… 서, 설마……."

니아도 거기까지 생각이 미쳤는지 깜짝 놀란 것처럼 눈을 동그랗게 떴다.

시도는 고개를 끄덕인 후, 컴퓨터를 쳐다보며 말했다.

화면에 표시된 선택지 안에는 존재하지 않는 말을…….

"……나는, 너를, 사랑해."

그리고 그 뒤를 이어, 니아 또한 입을 열었다.

"응…… 나도 그래. 태어나줘서…… 고마워."

그러자―.

『……에헤헤.』

지금까지 단 한 번도 웃지 않았던, 화면 속의 아리스가 미소 지었다.

『고마워. 나도 사랑해.』

그리고 화면이 찬란히 빛나더니…… 주인공과 아리스가 맺어지는 엔딩에 돌입했다.

시도는 그 아름다운 광경을 보면서 멍한 목소리로 중얼거렸다.

"깨, 깬…… 거야?"

"그런 것…… 같아."

시도와 니아는 잠시 동안 멍한 표정을 지은 후…….

"만세에에에에에에엣!"

"야호오오오오오오오!"

목청껏 환성을 지르면서 서로를 얼싸 안았다.

긴장감으로 잔뜩 굳어있던 코토리가 갑자기 일어난 일에 눈썹을 찌푸렸다.

〈라타토스크〉임시사령실에 울려 퍼지던 경고음이 돌연 멎었던 것이다.

"뭐야? 무슨 일이 일어난 건데?"

"사, 사령관님! 바이러스에 해킹을 당했던 군사위성이 정상 상태로 되돌아왔습니다!"

"그것만이 아닙니다! 그 외에도 감염이 확인되었던 컴퓨터에서 바이러스가 사라졌어요!"

"뭐…… 어떻게 된 거야?!"

"모르겠어요……. 그저 만연했던 바이러스가 딱 한 줄의 텍스트 데이터만을 남기고 자멸한 것 같군요."

"텍스트 데이터? 모니터에 띄울 수 있어?"

"예!"

코토리의 지시에 부하 중 한 명이 모니터에 텍스트를 띄웠다.

『고마워. 나도— 사랑해.』

"응……? 이게, 뭐야……?"

코토리는 당혹스럽다는 듯이 고개를 갸웃거렸다.

그날 밤. 시도가 니아를 데리고 집에 돌아가 보니, 토카와 요시노, 나츠미가 걱정스러운 표정으로 그를 기다리고 있었다.

"오오! 시도, 무사했느냐! 하도 돌아오지 않아서 걱정하고 있었다!"

"아하하…… 미안해. 볼일이 있었거든. 금방 저녁을 준비

할 테니까 기다려줘."

"으음…… 하지만 좀 피곤해 보이는구나. 시도, 정말 괜찮으냐?"

"그래. 요시노와 나츠미도 잠시만 기다려."

시도가 그렇게 말하자, 정령들은 순순히 거실로 걸어갔다.

토카가 방금 말한 것처럼 피곤하기는 하지만…… 아침부터 지금까지 게임만 쭉 하느라 피곤해서 저녁을 만들지 못하는 것도 너무 한심할 것 같았다. 시도는 쓴웃음을 지으면서 냉장고를 열고 안에 있는 식재료를 꺼내 저녁 식사 준비를 시작했다.

그리고 어느 정도 시간이 흘렀을 즈음, 현관문이 열리더니 피곤해 보이는 코토리와 야마이 자매가 집 안으로 들어왔다.

"아, 코토리, 카구야, 유즈루. 좀 늦었네. 무슨 일 있었어?"

시도의 물음에 코토리는 거실 소파로 다이빙을 하더니 그대로 축 늘어졌다.

"그게 말이야……. 진짜 큰일 날 뻔 했어."

고개만 겨우 들어 올린 코토리는 오늘 있었던 일을 설명했다.

일본 전역에 정체불명의 컴퓨터 바이러스가 퍼져나가면서, 까딱했으면 대참사가 벌어질 뻔 했다고 한다.

"흐음…… 그런 일이 있었구나. 그래도 〈프락시너스〉의 AI

가 이 사태를 해결한 거지?"

"……아냐. 그저 운이 좋았을 뿐이야. 바이러스에 들어있던 난해한 암호 코드를 이름 모를 누군가가 푼 덕분인 것 같아."

코토리는 그렇게 말하면서 어깨를 으쓱했다.

니아와 시도는 그 말을 듣고…….

"와아~."

"누군지 몰라도 정말 대단한 사람이네."

—라고 말하며 솔직하게 감탄했다.

정령 애니메이션

AnimationSPIRIT

DATE A LIVE ENCORE 6

"언제 어느 때나 당신의 곁에! 혼죠 니아, 화려하게 등장~!"

편의점의 캐치프레이즈, 혹은 악질적인 스토커가 입에 담을 법한 문구를 입에 담으면서 시도의 집에 나타난 사람은 바로 안경을 쓴 단발머리 소녀였다.

본인이 방금 말한 것처럼 그녀의 이름은 혼죠 니아다. 시내에 있는 고층 맨션에서 사는 인기 만화가이자, 시도가 영력을 봉인한 정령 중 한 명이다.

"흐흐흥~ 흥흥흥~♪"

니아는 기분이 좋은지 춤을 추듯 몸을 흔들어대며 거실로 들어오더니, 그곳에 있던 정령들을 둘러보았다.

"이야~ 토카 양, 존아침~! 여동생 양도 잘 있었사옵니까~. 밋키~와 욧시~와 카구양과 유즈룽, 오리링, 다들 오늘도 귀엽네. 아, 낫층! 내 어시스턴트가 될 마음은 생겼어?"

"으음, 존아침~ 은 좋은 아침이라는 소리인 것이냐? 이미 점심때가 지났다만……."

"어, 혹시 방금 일어난 거야? 밤샘도 적당히 해."

"……그것보다, 내 우편함에 멋대로 만화용 펜이나 잉크 같은 걸 넣어둔 사람은 역시 너구나……."

다들 그렇게 한 마디씩 하자, 니아는 「아하하~」 하고 웃으면서 몸을 빙글 돌리더니 그대로 소파에 걸터앉았다.

니아는 항상 밝았지만, 오늘은 평소보다 더 기분이 좋은 것 같았다. 시도는 어깨를 으쓱하면서 물었다.

"니아, 왜 그래? 좋은 일이라도 있었어?"

그러자 니아는 깜짝 놀란 것처럼 눈을 동그랗게 뜨더니 곧 히죽거리면서 입을 열었다.

"어라, 티 났어? 역시 소년은 대단하네. 마음이 이어져 있는 것 같아. 이제 결혼할 수밖에 없겠네."

"그래그래……. 그런데, 무슨 일이 있었던 거야?"

시도가 그녀의 말을 대충 흘려 넘기면서 묻자, 니아는 「에헤헤」 하고 웃으면서 들고 있던 가방에서 더블 클립으로 고정시킨 종이 다발 같은 것을 꺼내 테이블 위에 올려놓았다.

"응? 이건……."

그것을 훑어본 시도의 눈썹이 희미하게 떨렸다.

A4 용지에 줄로 칸이 그려져 있고, 그 안에는 밑그림 같은 것이 그려져 있었다.

언뜻 보기에는 만화의 밑그림 같지만…… 뭔가 달랐다. 시도도 실물을 보는 건 처음이지만, 이건—.

"이건…… 애니메이션의……?"

"그래! 그림 콘티야!"

니아는 오른손 검지를 치켜들고 왼손을 허리에 대면서 선언하듯 외쳤다. 그러자 그 말을 들은 정령들이 눈을 크게 떴다.

"애니메이션? 애니메이션이라면 그거 말이냐? 그림이 움직이는 거 말이다."

"미스티…… 같은 거, 말인가요?"

"경악. 혹시 니아의 만화가 애니메이션이 되는 건가요?"

유즈루의 물음에 니아는 힘차게 고개를 끄덕였다.

"그래! 대단하지?!"

니아는 잘난 척 하듯 가슴을 쫙 폈다. 그러자 정령들이 「오오~!」 하고 탄성을 터뜨리며 박수를 쳤다.

"어? 하지만 『SILVER BULLET』은 이미 애니화되지 않았어?"

"응. 이번에는 실불이 아니라, 옛날에 내가 그렸던 『네크로니카』라는 작품이 애니화돼."

"아…… 그러고 보니 옛날에 본 적 있어. 좀비가 나오는 거 맞지?"

『네크로니카』. 그것은 니아— 혼죠 소지가 『SILVER

BULLET』 연재 초기에 월간지에서 동시 연재했던 호러 액션 작품이다. 이미 완결됐지만, 하드한 세계관 덕분에 지금도 상당한 인기를 구가하고 있다.

"정말? 땡큐~. 그 『네크로니카』를 애니화하고 싶다는 연락이 왔어. 뭐, OVA…… 아, 요즘은 이 말 안 쓰던가? 아무튼, 텔레비전 방송은 안 한다는 것 같아."

"흐음, 아무튼 대단하네. 축하해, 니아."

"에헤헤~. 고마워~. 그럼 오늘 저녁 메뉴는 팥찰밥#4이야?"

니아가 놀리는 듯한 어조로 그렇게 말하자, 시도의 볼을 타고 땀방울이 흘러내렸다.

"너, 정말……."

"음? 왜 팥찰밥을 짓는 것이냐?"

토카는 영문을 모르겠다는 듯이 고개를 갸웃거렸다. 그러자 말문이 막힌 시도는 원망 섞인 어조로 「니~아~!」하고 으르렁거리듯 말했다.

"아하하, 미안미안~. 그리고 사과 삼아 하는 말은 아닌데, 소년은 애니 수록(收錄) 현장에 흥미 있어?"

"뭐?"

니아가 느닷없이 그런 질문을 던지자, 시도는 뚱딴지같은 반응을 보였다.

#4 팥찰밥(赤飯) 팥을 넣어서 지은 찰밥. 경사스러운 날에 먹으며, 초경을 맞이한 여성에게 축하의 의미로써 지어주기도 한다.

"수록 현장?"

"그래그래. 흔히 애프터 레코딩이라고 하는 거 말이야. 성우가 영상에 맞춰 목소리를 내는 그거 말이야."

시도는 그 말을 듣고 눈을 크게 떴다. 그러고 보니 예전에 애니메이션 제작 현장에 잠입…… 같은 특집 방송을 본 적이 있었다.

"뭐…… 흥미가 없다면 거짓말이겠지. 흔히 가볼 수 없는 곳이기도 하잖아."

"그렇구나~. 친구들을 데리고 견학하러 와도 된다던데, 괜찮으면 다 같이 가보지 않을래?"

니아의 말에 정령들의 표정이 환해졌다.

"오오……! 꼭 가보고 싶다!"

"저, 저도 갈래요……!"

"어머~, 좋죠~! 제가 주제가를 불러드릴까요~?"

"……어, 멋대로 그래도 괜찮은 거야?"

"아! 나츠미 양…… 저를 걱정해주는 거군요! 감격했어요~!"

"그런 의미가…… 자, 잠깐, 떨어져…… 으읍~! 으으으읍~!"

정령들 또한 관심을 보이며 기뻐했다. 뭐, 미쿠에게 열정적인 허그를 당하면서 얼굴이 가슴에 파묻힌 바람에 호흡 곤란에 빠진 사람도 한 명 있기는 하지만, 충분히 예상 가능한 수준의 반응이니 개의치 않아도 될 것이다.

시도는 미쿠에게 「적당히 해……」라고 말을 한 다음, 니아를 향해 돌아섰다.

"하지만 이렇게 많은 인원이 한 번에 찾아가면 작업에 방해가 되지 않을까?"

"괜찮아~ 괜찮아~. 이번에는 꽤 넓은 스튜디오에서 작업을 한다고 했거든. 아, 어쩌면 엑스트라로 참가할 수 있을지도 몰라."

"엑스트라……?"

요시노는 니아의 말을 듣더니 고개를 갸웃거렸다. 니아는 고개를 끄덕이며 말을 이었다.

"마을이나 교실, 콘서트장 장면을 보면 주요 멤버 이외의 많은 사람들이 뒤편에서 와자자껄 떠들어대거나 하지? 그런 장면에 참가하는 사람을 엑스트라라고 해."

"아…… 그렇군요!"

요시노가 눈을 동그랗게 뜨며 수긍하자, 카구야의 눈썹이 꿈틀거렸다. 그리고 그 반응을 통해 뭔가를 눈치챈 듯한 유즈루 또한 비슷한 리액션을 취했다.

"호오…… 즉, 이 몸이 지닌 마성의 음성이, 눈부신 원반에 봉인되어 영겁의 시간을 살아가게 된다는 게냐?"

"해설. 저희 목소리가 애니메이션에 수록될지도 모른다는 건가요?"

유즈루가 카구야의 말을 즉시 해설하자, 니아는 엄지를 치켜세웠다.

"뭐, 바로 그거야. 어때? 재미있을 것 같지 않아? 아, 이게 원작 만화야. 관심 있으면 읽어봐."

니아의 대답에 정령들의 눈동자가 한 층 더 빛났다.

"오오……! 뭐랄까, 엄청나구나!"

"흐음, 그런 것도 할 수 있나 보네."

"엄청……나요!"

이런 반응을 보이는 정령들에게 안 된다고 말할 수 있을 리가 없다. 시도는 쓴웃음을 지으면서 고개를 끄덕였다.

"으음…… 이참에 다 같이 가볼까?"

"""오~!"""

시도가 그렇게 말하자, 정령들이 일제히 환성을 질렀다.

그런 정령들의 모습을 보며 니아가 히죽 하고 입가를 일그러뜨렸지만…… 누구도 그 사실을 눈치채지 못했다.

◇

며칠 후. 시도 일행은 니아에게 안내를 받으며 도쿄에 있는 녹음 스튜디오를 방문했다.

그곳은 다양한 회사가 밀집되어 있는 지역의 한편에 있는 평범한 빌딩이었다. 입구에는 『스튜디오 그레이브』라고 적혀 있지만, 언뜻 봐서는 이 안에서 애니메이션 음성이 수록되고 있을 거라고는 생각도 못 할 것이다.

"자, 여기야. 이미 스태프들이 와 있을 거니까 들어가자~."

니아는 그렇게 말하면서 익숙한 걸음걸이로 빌딩 안으로 들어갔다. 보안이 엄청 엄중할 거라고 생각했는데…… 딱히 그렇지 않은 것 같았다. 시도는 자기가 〈라타토스크〉의 비밀기지 때문에 괜한 이미지를 가지게 된 걸지도 모른다고 생각했다.

"음? 시도, 왜 갑자기 멈춰서는 것이냐."

"아, 아무 것도 아냐. 우리도 들어가자."

"음! 정말 기대되는 구나, 시도."

토카는 구김 없는 미소를 지으며 그렇게 말했다. 시도는 「응, 그래」라고 대답하며 미소 지은 후, 정령들과 함께 건물 안으로 들어갔다.

그렇게 니아의 뒤를 따르듯 지하로 이어지는 계단을 내려가자, 수많은 기계가 줄지어 놓인 방— 컨트롤 룸이라는 곳에 도착했다.

바로 그때였다.

"……우왓?!"

방 안에 들어간 시도는 무심코 어깨를 부르르 떨었다.

이미 방 안에는 여러 사람들이 있었는데…… 그들은 하나같이 개성적인 외모를 지니고 있었던 것이다.

프랑켄슈타인에 나오는 괴물을 연상케 하는 거한과, 검은색 양복을 빼입은 흡혈귀 같은 분위기의 남자, 그리고 다치기라도 했는지 몸 곳곳에 붕대를 감은 미라 같은 남자와, 노출이 심한 복장을 한 서큐버스 같은 여자도 있었다.

솔직히 말해 수록 현장이라기보다 요괴들 간의 전쟁이 한창 벌어지고 있는 곳이라고 하는 편이 적절해 보이는 광경이었다. 시도 이외의 정령들도 다들 어안이 벙벙한 표정을 짓고 있었다. ……뭐, 서큐버스 같은 여자를 보더니 「어머~!」하고 환호성을 지른 소녀도 있었지만 말이다.

시도 일행이 입구에 선 채 딱딱하게 굳어 있자, 거구의 남성이 그들을 향해 손을 흔들었다.

"오, 혼죠 씨. 기다리고 있었네."

……유심히 보니, 이마에 수술 흉터 같은 꿰맨 자국이 있었다. 그 덕분에 박력이 어마어마했다.

니아는 친근하게 손을 흔들더니, 시도 일행을 향해 턱짓을 하며 입을 열었다.

"안녕, 감독. 아, 얘들이 내가 일전에 말한 사람들이야. 잘 부탁해."

"이야~, 와줘서 고맙네. 나는 감독인 후라노 켄조라고 하네."

"아…… 자, 잘 부탁드립니다. 이렇게 잔뜩 몰려와서 죄송해요……."

"아, 괜찮네. 솔직히 말해 와줘서 고맙군. 애니메이션이라는 건 액시던트와 언밸런스의 산물이거든! 다양한 사건이

터질수록 완성된 작품이 재미있어지는 법이지."

"그, 그런가요……."

"응. 예정대로 제작이 진행되는 경우가 오히려 적으니까 신경 쓸 필요 없네. 뭐, 느긋하게 즐기다 가게."

그는 그렇게 말하더니 크하하 하고 호쾌하게 웃었다. 시도는 그런 그에게 압도당했다.

"……뭐랄까, 여러 가지 의미에서 엄청난 사람이네."

시도가 낮은 목소리로 니아에게 그렇게 말하고 있을 때, 옆에 있던 오리가미가 뭔가를 눈치챈 것처럼 눈썹을 희미하게 떨었다.

"후라노 켄조…… 설마, 바로 그……?"

"경악. 마스터 오리가미, 저 사람을 아나요?"

"들은 적이 있어. 애드리브와 장부 조작의 천재. 계획성이라고는 눈곱만큼도 없는 제작 수법으로 유명하고, 같이 일한 스태프는 하나같이 비명을 지르며 혀를 내둘렀으며, 출입 금지된 제작 스튜디오 또한 열 곳이 넘는다고 해. 그런 엄청난 수완 때문에 붙은 별명이 바로 프랑켄슈타인."

"그 별명, 겉모습 때문에 붙은 게 틀림없을 것 같은데?!"

시도가 무심코 그렇게 외치자, 감독은 아하하 하고 유쾌하게 웃었다.

"자, 다른 사람들을 소개하지. 저쪽에 있는 사람들이 제작 프로듀서인 토라쿠라 군, 음향감독인 미츠이 군, 그리고 저쪽에 앉아 있는 이가 스튜디오 스태프인 사키바 양이라네."

감독이 소개를 하자, 흡혈귀, 미라, 서큐버스가 차례대로 고개를 숙였다.

"크크크크크…… 오늘 잘 부탁합니다."

"히히히…… 그건 그렇고, 혼죠 선생님이 여성일 줄이야……. 정말 놀랐어요."

"우후후, 맞아. 정말 아름다우시네……."

세 사람은 수상쩍기 그지없는 웃음을 흘리면서 인사를 했다. 그러자 오리가미의 눈썹이 또 떨렸다.

"프로듀서 토라쿠라…… 쉬지 않고 일하는 걸로 유명하며, 함께 작업을 한 상대는 하나같이 정기를 빨린 것처럼 되기 때문에 붙은 별명이 바로 뱀파이어."

"뭐……?"

"음향감독 미츠이……. 혹독하기 그지없는 지도 탓에 함께 작업을 한 사람은 하나같이 정기를 빨린 것처럼 되기 때문에 붙은 별명이 미라."

"아니, 그럼……."

"스튜디오 스태프 사키바…… 어찌된 영문인지 함께 작업을 한 사람은 하나같이 정기를 빨린 것처럼 되기 때문에 붙은 별명이 서큐버스."

"왜 별명의 유래까지 비슷한 건데?! 그것보다 너는 정말 모르는 게 없구나?!"

시도가 새된 목소리로 그렇게 외치자, 오리가미는 의기양양하게 엄지를 치켜들었다.

그러자 그 광경을 웃으면서 지켜보던 서큐버스…… 아니, 사키바가 요염한 손놀림으로 입술을 쓰다듬으면서 니아를 쳐다보았다.

"그러고 보니 『네크로니카』는 제가 고등학생 시절에 읽었던 작품인데, 그걸 그린 선생님은 정말 젊어 보이시는군요. 우후후…… 부러워요."

"어머, 그래~? 에헤헤, 동안의 비결은 잘 먹고, 잘 자고, 야한 짓도 잘 하는 거야."

"선생님도 참…… 그럼 저도 수면 시간을 확보해야겠네요."

"어라? 그럼 다른 두 개는 잘 하고 있나 보네?"

성인 여성 두 명은 그런 대화를 나누며 웃었다. ……얼굴이 화끈거리기 시작한 시도는 볼을 붉히면서 고개를 돌렸다.

참고로 니아가 방금 한 말은 새빨간 거짓말이다. 뭐, 정령이기 때문에 신체연령이 옛날과 거의 달라지지 않았습니다, 같은 소리를 할 수도 없으니 거짓말을 할 수밖에 없으리라.

사실 니아의 집 냉장고에는 술만 가득 들어있고, 마감 직전에는 밥 먹듯이 밤샘을 하느라 눈 밑에는 항상 다크서클이 존재했다. 솔직히 말해, 건강한 생활이라고는 도저히 말할 수 없었다. 야한 짓도 잘 하고 있는지는…… 모르지만 말이다.

그때, 주위를 둘러보며 흥미로워하던 토카가 입을 열었다.

"어이, 시도. 여기서 수록이라는 걸 하는 거지? 그런데 누가 목소리를 내는 것이냐?"

"뭐? 아, 그러고 보니……."

시도는 그 말을 듣고 고개를 갸웃거렸다. 그러고 보니 방금 소개받은 사람들은 전부 제작 스태프였고, 캐릭터의 목소리를 낼 성우의 모습은 보이지 않았다.

"성우 분들은 아직 안 오셨나요?"

"""어?"""

시도의 물음에 감독과 프로듀서들은 영문을 모르겠다는 듯이 고개를 갸웃거렸다.

하지만 곧 뭔가가 생각났다는 듯이 허둥지둥 손뼉을 쳤다.

"그, 그래! 성우 분들 말이구나! 사키바 양, 아직 연락이 안 된 건가?!"

"아, 예. 아직…… 아, 연락이 온 것 같아요!"

사키바 씨는 휴대폰을 귀에 댔다. 벨소리는 들리지 않았는데…… 진동으로 해둔 걸까.

"아, 예. 무슨 일이시…… 예엣?! 출연 예정이었던 성우 분들이 전부 식중독에 걸렸다고요?!"

"""뭐어~?!"""

사키바가 연기 티가 팍팍 나는 목소리로 그렇게 말하자, 다른 스태프들 또한 연기 티가 팍팍 나는 목소리로 그렇게 외쳤다. 부자연스럽기 그지없는 광경을 본 시도는 무심코 식은땀을 흘렸다.

"저, 저기……."

"성우 분들이 못 오게 되다니!"

"다 끝났다아아앗! 끝장났어! 이제 방법이 없다고!"

"이렇게 엄청난 사고를 친 우리는 업계에서 매장당할 거야! 두 번 다시 일거리가 들어오지 않겠지!"

"큭……, 이럴 때, 성우를 맡아줄 사람이 나타난다면……!"

시도의 말을 막듯, 스태프들이 과장스럽게 한탄을 터뜨렸다.

바로 그때, 니아가 팔짱을 끼면서 한 걸음 앞으로 나섰다.

"다들 진정해. 성우라면—."

그리고 양손을 펼쳐 시도 일행을 가리키면서 힘차게 외쳤다.

"여기 있잖아! 그것도 아홉 명이나!"

"……뭐?"

니아가 그렇게 외친 순간, 시도는 너무 놀란 나머지 얼이 나가버렸다. 아니, 시도만이 아니었다. 토카를 비롯한 정령들 또한 입을 쩍 벌린 채 니아를 쳐다보고 있었다.

"무…… 무슨 소리를 하는 거야!"

다음 순간, 니아가 한 말을 이해한 시도가 고개를 세차게 내저었다.

"잠깐만 있어봐! 니아, 너 지금 자기가 무슨 소리를 한 건지 알고 있긴 한 거야?!"

"걱정하지 마~. 다들 목소리가 좋은 편이잖아. 그리고 내가 원작을 줬으니까 어떤 내용인지 얼추 알지?"

"아니, 문제는 그런 게 아니라고!"

"어~? 안 할 거야? 다들 이렇게 곤란해 하고 있는데~?"

"애초에 우리는 성우 같은 걸 해본 적이 없다고! 프로듀서와 감독님도 난처해—."

시도는 말을 끝까지 잇지 못했다.

이유는 단순했다. 감독들이 두 손을 가슴 앞으로 모으고 신에게 기도를 드리듯 촉촉이 젖은 눈으로 시도를 응시하고 있었던 것이다. 솔직히 말해 오싹한 광경이었다.

"부탁하네…… 제발 좀 도와주게!"

"사람 살린다고 생각해!"

"그, 그래도 이건 무리라고요! 저, 저기, 너희도 나와 같은 생각……, 윽!"

시도는 지푸라기라도 잡는 심정으로 정령들을 쳐다보자마자— 그대로 숨을 삼켰다.

일련의 이야기를 들은 정령들— 특히 토카, 요시노, 카구야, 유즈루가 흥미롭다는 듯이 눈을 반짝이고 있었던 것이다.

"너, 너희들……."

"좋아! 그럼 우선 배역을 정해볼까~!"

"""오~!"""

시도의 말을 끊듯 니아가 크게 외치자, 정령들은 한목소리로 힘차게 대답했다.

그 광경을 본 시도는 체념 섞인 한숨을 토했다.

◇

─결국 시도를 포함한 아홉 명은 갑작스럽게 캐스팅이 되어, 애니메이션 『네크로니카』의 수록에 참가하게 되었다.

시도는 불안해서 미칠 것 같았지만, 토카를 비롯한 정령들이 의욕을 불태우고 있었기에 어쩔 수가 없었다.

성우로서는 풋내기 이하라고 해도, 일단 하기로 했으니 최선을 다해야 할 것이다. 시도는 마음을 다잡듯 자신의 볼을 때렸다.

참고로 니아의 지명에 따라, 배역은 이렇게 정해졌다.

시도……『클라인』. 주인공. 주술에 의해 되살아난 망자들과 싸운다.

나츠미……『멜리사』. 금단의 주술에 얽힌 수수께끼의 열쇠를 쥔 소녀.

요시노……『에밀리』. 클라인을 한결같이 사랑해온 그의 소꿉친구.

토카……『알프레드』. 클라인의 동료. 교회의 목사이자 지성파.

코토리……『잭』. 클라인의 동생뻘. 도중에 적에게 물려서 좀비가 된다.

카구야……『마스터 그레이즈』. 강대한 힘을 자랑하는 주술사. 이 모든 사태의 원흉.

유즈루……『좀비A』. 갓 죽은 상태.

미쿠……『좀비B』. 반쯤 썩은 상태.

오리가미……『좀비C』. 완숙.

"……내가 주인공이야?"

"……저기 말이야, 왜 내가 히로인 격 포지션인 거야? 그냥 좀비나 하고 싶은데……."

"소꿉친구…… 열심히 할게요……!"

"오오, 나는 시도의 동료구나!"

"동생뻘……. 뭐, 좋아."

"호오? 이 몸이 주술사인 게냐. 뭘 좀 아는 구나!"

"불만. 왜 유즈루가 좀비인 건가요. 크오~."

"뭐, 애초에 엑스트라를 할 예정이었잖아요~. 그냥 이해하고 넘어가죠~."

"시도를 덮치는 역할. 음, 음—."

……불만을 드러내는 사람이나 불온한 생각을 품고 있는 사람도 없지는 않은 것 같지만, 일단 배역은 결정됐다.

시도 일행은 자신의 대사 부분을 마킹한 대본을 손에 쥐고, 방음 유리로 되어 있는 부스로 이동했다.

그곳은 독특한 분위기가 감도는 널찍한 공간이었다. 벽

쪽에는 모니터와 스피커가 설치되어 있었으며, 방 중앙에는 다섯 개의 마이크가 동일한 간격으로 놓여 있었다.

"오오……! 내부는 이렇게 되어 있구나!"

"마이크가 잔뜩 있어요……!"

『으음, 좀 재미있어지기 시작했네~.』

요시노가 왼손에 장착한 토끼 모양 퍼핏 인형 『요시농』이 입을 뻐끔거리면서 그렇게 말했다.

그러자 사키바가 부스 안으로 들어와서 왼쪽에 있는 마이크 두 개의 높이를 조절했다.

"이 두 마이크의 높이를 낮춰둘 테니까, 키가 작은 애들은 이걸 써."

"고, 고맙……습니다."

『오~, 높이가 딱 적당하네~.』

요시노는 고개를 꾸벅 숙였고, 『요시농』은 코미컬하게 손을 흔들었다. 그 가슴 따뜻해지는 광경을 본 사키바는 미소를 머금으며 컨트롤 룸으로 돌아갔다.

『─자, 다들 준비는 됐어?』

바로 그때, 방에 설치된 스피커에서 니아의 목소리가 흘러나왔다.

"크크! 누구한테 그딴 소리를 하는 것이냐. 이 몸에게 준비 따위는 필요 없다. 구풍의 왕녀는 항상 임전 태세이니라!"

"긍정. 언제든 시작하세요."

준비 따위는 필요 없다고 말한 사람답지 않게 멋들어진 포즈를 취한 야마이 자매가 그렇게 대답했다. 그 음성이 옆 방에도 전해진 것인지, 니아는 흐뭇한 표정을 지으며 고개를 끄덕였다.

『아하하, 좋아, 좋아. 그럼 우선 음향 감독님이 어떤 식으로 수록이 진행되는지 설명해줄 거야.』

『여러분, 잘 부탁드립니다.』

니아의 뒤를 이어 음향감독이 입을 열었다. 정령들은 「잘 부탁드립니다~!」 하고 한목소리로 대답했다.

『기본적으로는 앞쪽에 있는 모니터에 표시되는 영상에 맞춰 대사를 말하기만 하면 됩니다. 화면에는 지금 어느 캐릭터가 말을 하는지도 표시되니까 참고해주세요.』

음향 감독이 그렇게 말한 후, 예시를 보여주듯 모니터에 영상이 나왔다.

아직 색상이 칠해지지 않은 선화(線畵)가 뚝뚝 끊기는 움직임을 선보였다.

"흐음, 이런 식으로 하는 구나. 완성된 영상을 보면서 수록을 하는 줄 알았어. 혹시 이게 더 목소리를 맞추기 쉬운 거야?"

『……』

시도가 별생각 없이 그렇게 말하자, 유리 너머에 있던 감독과 스태프들이 거북한 표정을 지으며 고개를 돌렸다.

"어? 내, 내가 괜한 소리를 한 거야?"

『으음~. ……그저 소년의 순수한 마음이 너무 눈부셔서 다들 똑바로 쳐다보지 못하는 것뿐이야.』

"뭐……?"

니아는 슬픔과 허무함이 묻어나는 목소리로 그렇게 말했다. 시도는 그 말을 이해할 수가 없었기에 고개만 갸웃거렸다.

『아, 아무튼 작업을 시작하죠. 정식 수록을 하기 전에 처음부터 끝까지 리허설을 해볼 테니, 그걸 통해 작업의 진행 방식을 파악해 주세요.』

"아, 예. 알겠습니다."

『예. 그럼 오프닝 이전 파트부터 시작해볼까요. 멜리사 역인 나츠미 양.』

"……윽!"

음향감독에게 이름을 불린 나츠미가 어깨를 부르르 떨었다.

『너, 너무 무서워하지 마세요. 그럼 잘 부탁드립니다.』

"……아, 알았어."

안 그래도 나쁜 안색이 평소보다 더 나빠진 나츠미가 자신의 키에 맞춰 높이를 조절한 마이크 앞에 섰다.

『자, 그럼 시작하겠습니다.』

음향감독이 그렇게 말한 순간, 모니터 상단의 램프가 붉은색으로 빛나면서 영상이 재생되었다.

처음 장면은 나츠미가 맡은 히로인, 멜리사가 좀비로부터 필사적으로 도망치는 신이었다.

"……."

대본을 쥔 나츠미가 안절부절 못하면서 모니터를 쳐다보았다. 이 배역은 원작자인 니아의 의향이 전적으로 반영됐는데…… 솔직히 말해, 정말 불안했다. 그것도 그럴 것이, 나츠미는 낯가림이 심해서 남과 이야기를 나누는 것도 서툴렀다.

바로 그때, 모니터에 후드를 쓴 채 달리는 멜리사의 모습이 나왔다. 나츠미는 크게 숨을 들이마신 후, 목소리를 내기 시작했다.

"─하아, 하아……. 여기까지 왔으니 안심해도 될 거야. ……이 금단의 주법(呪法)만큼은 녀석들에게 빼앗겨선 안 돼─."

"……윽?!"

나츠미의 연기가 너무 자연스러워 시도는 무심코 눈을 크게 떴다. 아니, 시도만이 아니었다. 부스 안에 있던 정령들 또한 놀란 표정을 지었다.

하지만 시도는 곧 눈치챘다. 천사 〈위조마녀〉^{하니엘}을 지닌 정령인 나츠미는 타인으로 변하는 것이 특기였다.

게다가 나츠미는 매일 밤, 남들보다 열심히 원작 만화를 읽었다. 분명 원작을 통해 파악한 『멜리사』 캐릭터에 완벽하게 몰입해 연기하고 있는 것이리라.

유리 너머에 있는 니아가 「예상대로야!」 하고 외치는 듯한 표정을 지으며 엄지를 치켜들었다. 아무래도 그녀는 나츠미가 이 정도는 충분히 해낼 수 있는 능력을 지녔을 거라고 예상하고 있었던 것 같았다. 어쩌면 그래서 정령들에게 성우를 시킨다는 무모한 아이디어를 내놓은 것일지도 모른다.

좀 놀라기는 했지만, 이 정도면 해 볼 만할지도 모른다. 시도는 가슴 속에 생겨난 희미한 희망을 느끼면서 주먹을 말아 쥐었다.

그러나— 현실은 그렇게 녹록지 않았다.

나츠미의 대사가 끝난 후, 좀비들이 모니터에 모습을 드러냈다.

그와 동시에 좀비 역할을 맡은 세 사람이 마이크 앞에서 목소리를 냈다.

"크오~♡"

시체답지 않게 목소리에 활기가 넘치는 미쿠와…….

"끄아~."

그런 미쿠와 대조적일 정도로 목소리에 억양이 없는 오리가미…….

"포효. 크어~."

그리고 유즈루는 대본에 없는 말까지 입에 담았다.

"……."

이마에 식은땀이 맺힌 시도가 인상을 찡그렸다.

하지만 수록은 이제 막 시작되었다. 그리고 좀비는 대사가 적으니 차라리 나았다.

문제는 좀비의 뒤편에 나타난, 적들의 우두머리인 마스터 그레이즈인 것이다.

"후하하! 헛수고 하지 마라. 이 몸에게서 도망칠 수 있을 거라고 생각하는 게냐!"

애니메이션이니 성우가 수록을 하면서 딱히 동작을 취할 필요는 없지만, 카구야는 멋들어진 포즈를 취하면서 날카로운 목소리로 그렇게 외쳤다.

미쿠와 다르게, 연기의 방향성 자체는 올바르지만…… 유감스럽게도 목소리가 캐릭터에 맞지 않았다.

그럴 만도 했다. 시도 일행 중에서 가장 어울릴 것 같다는 이유만으로 선택된 배역인 것이다. 애초에 여자 비율이 9할 가량인 이 멤버들 중 누군가에게 위엄 넘치는 노령의 남자 캐릭터를 맡긴다는 것 자체가 잘못된 생각이었다.

하지만 시도는 카구야를 계속 신경 쓰고 있을 수는 없었다.

타이틀 로고가 표시된 후, 장면이 바뀌더니 한적한 마을 풍경이 모니터에 나왔다. 이 부분은 시도, 요시노, 토카, 코토리가 연기하는 캐릭터들이 나오는 장면이었다.

"아……."

드디어 자기 차례를 맞이한 시도는 심장 박동이 빨라지는 것을 느끼면서 다른 이들과 함께 마이크 앞에 섰다.

"어이, 에밀리. 위험하니까 뛰지 마."

그리고 가능한 한 자연스러운 목소리로 대본에 적힌 대사를 읽었다. ……칭찬받을 수준의 연기는 아닐지도 모르지만, 시도는 나름대로 최선을 다했다.

그러자 표정에 긴장감이 어린 요시노가 떨리는 목소리로 말했다.

"괘, 괜찮아…… 클라인. 우후후…… 날씨가 정말 좋네."

……최선을 다하고 있지만, 긴장한 탓인지 목소리가 떨렸다. 그 후에도 시도가 연기하는 클라인과 대화를 나눴지만 템포가 조금 느려졌다.

하지만 영상은 기다려주지 않는다. 그 뒤를 이어, 코토리가 맡은 잭이 모습을 드러냈다.

"크, 크크크, 클라인. 기, 기기기, 기다려."

……코토리는 요시노보다 더 긴장한 것 같았다. 아무래도 코토리는 연기 같은 것에 익숙하지 않은 것 같았다.

특단의 조치가 필요할 것 같다……고 시도가 생각했을 때, 토카가 연기하는 알프레드 목사가 모니터에 나왔다.

"여어, 너희들! 오늘도 뭉쳐 다니는구나! 나도…… 음? 시도, 이건 뭐라고 읽느냐?"

토카는 대사를 읊다가 갑자기 미간을 찌푸리더니, 시도를 향해 대본을 내밀었다. 토카가 가리킨 부분에는 한자로 『예배당』이라고 적혀 있었다.

"……이건 『예배당』이라고 읽어."

"오오! 고맙다! 나도 예배당에 가던 길이란다…… 음? 장면이 바뀌었구나."

그렇게 말한 토카는 모니터를 쳐다보면서 고개를 갸웃거렸다. 화면에는 이미 다른 장면이 나오고 있었으며, 주인공인 클라인이 입을 뻐끔거리고 있었다.

"아, 큰일 났네."

클라인을 맡은 시도는 허둥지둥 대본을 쳐다보았다.

그렇게 약 15분 동안 리허설을 계속했지만, 결과는 참담하기 그지없었다. 멜리사를 맡은 나츠미는 멋진 연기를 선보였지만, 다른 이들의 연기는 심각한 수준이었다.

"으음, 쉽지 않구나."

"긴장⋯⋯됐어요⋯⋯."

"뭐, 처음이니까 어쩔 수 없을 거야."

"지적. 솔직히 말해 요시노보다 코토리가 더 긴장했어요."

"윽⋯⋯! 시, 시끄러워!"

정령들은 시끌벅적하게 반성할 부분들을 언급했다. 시도는 그 모습을 본 후, 유리 너머에 있는 니아를 쳐다보았다. —역시 초보자에게는 무리야, 라는 의미가 담긴 시선을 그녀에게 보낸 것이다.

"⋯⋯어떻게 할 거야?"

하지만—.

『감독, 어때? 어떻게 될 것 같아?』

니아의 물음에 감독은 자신만만한 표정을 지으며 고개를

끄덕였다.

『음. 나쁘지 않군.』

"뭐어?!"

시도는 뜻밖의 말을 듣고 반사적으로 그렇게 외쳤다. 하지만 감독은 개의치 않으면서 말을 이었다.

『일단 대본에 적힌 한자에 발음을 전부 달도록 하지. 좀비 목소리에는 나중에 음향 효과를 넣을 거니 마음대로 해도 되네. 그리고 혼죠 씨, 상의할 게 있는데—.』

감독은 니아 쪽을 쳐다보았다. 감독의 눈이 반짝이고 있는 듯한 느낌이 들었다.

『……마음대로 해도 되지?』

『흐음……?』

감독의 말에 니아는 재미있다는 듯이 입가를 일그러뜨렸다.

『드디어 옛날 눈빛으로 돌아왔네, 감독. 좋아. 마음대로 해.』

『좋아.』

감독은 자신의 무릎을 손바닥으로 내려치더니, 시도 일행을 쳐다보았다.

『다들, 캐릭터와 이야기의 줄거리는 파악했지? 그럼 세세한 부분은 나중에 우리가 조정할 테니까, 자연스럽게 연기를 해보게.』

"자연스럽게…… 말인가요?"

『그래. 말 한 마디 한 마디에 맞추려고 하니 초조해지는

거지? 그러니 좀 더 자연스럽게, 그러니까 편하게 해보라는
거네.』

"흠……."

"그, 그렇군요."

감독이 그렇게 말하자, 정령들은 서로를 쳐다보며 납득한
것처럼 고개를 끄덕였다.

"토카, 대본을 줘봐. 어려워 보이는 한자에는 발음을 적어
줄게."

"오오! 고맙다, 시도!"

토카는 환한 표정으로 그렇게 말하며 시도에게 대본을 건
넸다. 시도는 옆방에서 빌려온 펜으로 토카의 대본에 한자
발음을 적었다.

그 사이, 다른 이들은 대본을 쳐다보며 혼잣말을 하듯 중
얼거리고 있었다. 대본을 암기하고 있다기보다, 캐릭터와 이
야기의 흐름을 파악하고 있는 것 같았다.

그리고 약 10분 후…….

『음, 그럼 시작해볼까. 스타트!』

감독이 그렇게 말한 순간, 다시 영상이 재생됐다.

"—하아, 하아……. 여기까지 왔으니—"

오프닝 이전 파트가 시작되더니 나츠미가 멜리사를 멋지
게 연기했다.

그 후, 좀비와 마스터의 연기는 아까와 별반 다르지 않았

지만, 음향효과를 넣는다고 했으니 큰 문제는 없을 것이다.

그리고 장면이 바뀌었다. 어두운 배경이 한적한 마을 풍경으로 바뀌었다.

"어이, 에밀리. 위험하니까 뛰지 마."

"괜찮아, 클라인. 후훗, 날씨가 정말 좋네."

"크, 클라인, 기다려. 같이 가~."

대사의 세세한 부분이 달라졌지만, 요시노와 코토리는 아까보다 연기가 자연스러웠다. 코토리는 아직 긴장이 풀리지 않은 것 같지만, 맡은 캐릭터가 자신감이 결여된 인물인지라 이상하게 느껴지지는 않았다.

"여어, 너희들! 오늘도 뭉쳐 다니는구나! 나도 예배당에 가던 길이란다. 같이 가지 않겠니?"

토카도 시도가 한자의 발음을 적어준 덕분에 막힘없이 대사를 이어나갔다. 목소리 어조랄까, 텐션은 평소의 토카 그대로인지라 차분한 목사치고는 지나치게 기운이 넘치는 느낌도 들었지만, 이 정도는 괜찮을 것이다.

이 정도면…… 어떻게든 될지도 모른다.

하지만 그런 아련한 기대는 곧 박살이 나고 말았다.

그 후, 다들 허술하게나마 스토리에 맞춰 어찌어찌 연기를 해나갔지만…… 시간이 지날수록 점점 방향성이 달라지고 있었던 것이다.

문제는 클라인과 멜리사가 만나고, 되살아난 망자에 관한 수수께끼를 쫓기 위해 다 같이 여행을 떠난 다음 장면에서 터졌다.

장면의 무대는 호숫가의 여관이었다. 밤이 깊었는데도 잠이 오지 않아 방을 나선 클라인이 달빛을 받으며 홀로 있는 멜리사를 발견한다. 그리고 서로의 과거를 이야기하던 그들은 어느새 서로에게 끌리게 된다.

그리고 누가 먼저랄 것 없이 포옹을 한 후, 입맞춤을 한다.

하지만 에밀리가 우연히 그 광경을 목격하고 만다. 그리고 망자 무리가 나타나는데— 라는 스토리였다.

딱히 이상한 장면은 아니었다. 지극히 왕도적인 전개였다.

하지만 이 장면에서, 지금까지 멜리사를 멋지게 연기한 나츠미에게 이변이 발생한 것이다.

"—멜리사, 나는……."

"클라인, 나…….

모니터 안의 클라인과 멜리사가 서로를 응시하고 있었다. 주인공과 히로인이라는 관계성을 지닌 캐릭터인 만큼 당연하다면 당연한 전개지만, 모니터에 나온 두 사람의 모습은 연인 사이가 틀림없었다.

……뭐랄까, 그 달콤쌉싸름한 분위기 때문에 약간 부끄러워졌다. 시도는 모니터에서 눈을 떼고 은근슬쩍 나츠미를 힐끔 쳐다보았다.

"……윽."

"……윽!"

그 순간, 나츠미와 시선이 마주쳤다.

"으, 으음……."

"아, 아우아우……."

방금까지 여배우 같은 표정이 어려 있던 나츠미의 얼굴이 새빨갛게 달아올랐다. ―바로 이 순간, 『멜리사』에서 나츠미로 돌아온 것이다.

나츠미의 입에서 줄줄 흘러나오던 대사가 끊겼다. 그리고 미리 짜기라도 한 것처럼 모니터에 에밀리의 모습이 비쳤다.

"아……, 클라인, 멜리사……."

요시노가 에밀리의 등장에 맞춰 대사를 입에 담았다. 그러자 나츠미는 어깨를 부르르 떨면서 그 말에 반응했다.

"그, 그런 게 아냐! 에밀리, 오해야!"

"어?"

나츠미가 그렇게 말하자, 요시노는 뜻밖이라는 듯한 표정을 지었다.

그것도 그럴 것이, 원래 이 장면에서 멜리사는 거북해하듯 고개를 돌리면서 아무 말도 하지 않아야 하는 것이었다.

"지, 지금 그건 그런 게 아냐! 나는 클라인에게 아무런 감정도 없어! 원작에서는 반하게 되기까지 여러 과정을 거치지만, 애니에서는 그게 전부 생략됐으니까 그런 감정이 생길 리가 없다고!"

"어, 어이?!"

나츠미가 이 작품을 비판해대자, 시도는 새된 목소리로 그렇게 외치면서 수록을 중단해달라는 의미를 시선에 담아 옆방을 쳐다보았다.

하지만 유리 너머에 있는 감독과 니아는 「좋아, 좋아! 이대로 쭉 가자!」라고 말하듯 히죽거리면서 엄지를 치켜들었다.

"메, 멜리사, 왜 그래……."

요시노는 당혹스러워 하며 그렇게 말했다. 하지만 나츠미는 여전히 혼란에 빠져 있는 것 같았다. 그녀는 바람을 피우다 걸리기라도 한 것처럼 말을 이었다.

"그, 그리고 생각해봐! 나 같은 정체불명의 여자보다, 에밀리가 훨씬 매력적이라고! 상냥하고 씩씩한데다, 일편단심이잖아! 클라인도 그렇지 생각하지?! 맞지?!"

"뭐?! 나?!"

나츠미가 느닷없이 동의를 구하자, 시도는 당황하고 말았다.

"그래! 애초에 네가 에밀리의 마음을 눈치채지 못해서 일이 이렇게 된 거야! 결단을 내리란 말이야! 소꿉친구를 딴 여자한테 차였을 때에 대비한 보험 정도로 여기지 말라구!"

"그, 그렇게 생각한 적 없어!"

"멜리사, 진정해……."

요시노는 나츠미를 진정시키려는 듯이 그렇게 말했다. 그러자 나츠미는 요시노의 어깨를 꼭 잡았다.

"에밀리. 너는 클라인을 좋아하지? 그럼 그 마음을 전해야 해!"

"어…… 그, 그게……."

"내 말 맞지?!"

나츠미가 귀신이라도 들린 듯한 어조로 재촉하자, 요시노는 볼을 새빨갛게 붉히면서 고개를 들었다.

그리고 마이크가 아니라 시도를 향해 돌아선 그녀는 떨리는 목소리로 입을 열었다.

"저, 저기, 저는……."

"잠깐 멈춰!"

하지만 바로 그때, 요시노의 말을 막듯 왼편에서 큰 목소리가 들려왔다. 코토리의 목소리였다.

"왜, 왜 갑자기 좋은 분위기를 만드는 건데?! 나…… 나는 에밀리보다 훨씬 더 오랫동안 클라인과 알고 지냈단 말이야!"

"잭, 너야말로 느닷없이 무슨 소리를 하는 거야?!"

시도는 무심코 고함을 질렀다.

게다가 타이밍이 좋은 건지 나쁜 건지, 모니터에는 잭이 클라인에게 따지고 드는 장면이 나왔다.

원래는 에밀리를 마음에 두고 있던 잭이 클라인을 향해 분노를 퍼붓는 장면이었지만…… 코토리의 대사 때문에 클라인이 충격적인 커밍아웃을 한 것처럼 보이게 됐다.

그리고 화면에 나타난 알프레드 목사가 두 사람을 말리는 모습에 맞춰, 토카가 이렇게 말했다.

"으으, 둘 다 약아빠졌구나! 나도 시도…… 클라인을 좋아한단 말이다!"

"목사니이이이님!"

성직자까지 당치도 않은 소리를 했다. 왠지 시도는 화면에 비친 세 사람이 그렇고 그런 관계처럼 보이기 시작했다. 확실히 이런 광경을 본다면 에밀리도 울면서 도망칠 만했다.

하지만 사태는 그 후에도 수습되지 않았다.

그것도 그럴 것이, 이 다음 장면은—

"끄어—! 달링, 저 몰래 재미 보지 말라고요~!"

"분노. 유즈…… 저희도 끼워주세요. 끄어~."

"저기, 클라인. 기억나? 지금은 이런 모습이 되어버렸지만, 나는 네가 한때 사랑했던 제니퍼야."

"우와아아아아앗?!"

어마어마한 숫자의 좀비가 화면 안에 나타나면서 클라인 일행을 덮치는 것과 동시에, 미쿠, 유즈루, 오리가미 또한 시도를 둘러쌌다.

참고로 오리가미는 졸개에 불과한 좀비에게 슬픈 과거를 날조해서 집어넣었다. 미쿠와 유즈루가 「그런 방법도 있구나」라고 말하는 듯한 표정을 지으며 눈을 반짝였다.

"우왓, 잠깐만! 좀 떨어지라고……!"

"으으~, 너무해요~. 제 몸을 실컷 가지고 놀았으면서, 이제 와서 질렸다고 버리는 건가요~?!"

"비애. 왜 제가 살해당해야만 했던 건가요. 당신에게 몸과 마음을 다 바치며 헌신했는데……."

"클라인. 지금도 너를 사랑해. 내가 뭘 잘못한 거야? 전부 고칠게. 너를 위해서라면 뭐든 할 수 있어. 저기, 그러니까, 이번에는 나를 버리지 마."

"어?! 너희 셋, 그런 설정이었냐?!"

참다못한 시도가 결국 비명을 질렀다. 어느새 정의의 사나이였던 클라인이 인간쓰레기가 되어버렸다. 그야말로 충격적인 진실이었다. 이래서야 좀비에게 공격을 받는 것도 충분히 납득이 되었다.

"마, 망자들이여, 진정하거라! 이 몸보다 눈에 띄어선 안 되느니라!"

바로 그때, 카구야가 맡은 마스터 그레이즈까지 참전했다. 유즈루는 볼을 긁적이며 입을 열었다.

"반성. 그러고 보니 마스터 그레이즈를 깜빡했군요. 당신도 클라인을 좋아하죠?"

"잠깐…… 그런 소리 한 적 없거든?! 딱히 클라인을 좋아하지도 않는다구!"

그야말로 완벽한 츤데레 대사였다. 화면에 비친 흉악한 인상의 노인이 왠지 귀여워 보였다.

전원이 등장한 바람에 부스는 만원열차 안처럼 사람들로

북적였다. 각자가 멋대로 떠들어대고 있으니 사람들이 왁자지껄 떠들어대며 잡음을 내고 있는 것만 같았다. 아아……원래 엑스트라나 맡게 될 줄 알고 이곳에 왔던 시도는 왠지 감개무량했다.

"아아, 정말……! 스톱! 스톱! 좀 똑바로 해애애애애앳!"

여자아이들 사이에서 이리저리 치이던 시도가 큰 소리로 외치자, 그제야 다들 진정했다. 그와 동시에 이야기가 완전히 탈선됐을 때도 멈추지 않던 모니터의 영상이 일시 정지됐다.

『아하하하하! 정말 최고군!』

『엄청나네! 대사는 완전 다르지만, 배틀 파트가 완전히 러브코미디 파트가 되어버렸어!』

스피커에서는 감독과 니아의 유쾌한 목소리가 흘러나왔다. 시도는 미간을 찌푸리며 그들을 향해 말했다.

"그런 태평한 소리나 할 때가 아니잖아……. 그것보다, 왜 빨리 중단시키지 않은 건데?!"

『미안해, 미안해. 왠지 재미있어서 말이야~.』

니아는 느긋하게 웃더니 다른 이들을 쳐다보았다.

『그래도 아까보다 긴장이 풀린 것 같네.』

『그러네요. 어깨에서 힘이 빠진 것 같군요. 그럼 본격적인 수록을 시작해볼까요. 이번에는 탈선을 자제해주십시오.』

니아의 말에 동의하듯, 음향감독이 쓴웃음을 지으며 그렇게 말했다.

"음……."

뭐, 확실히…… 내용은 엉망진창이었지만 정령들과 평소처럼 이야기를 나누는 감각을 이 부스 안에서 느낄 수 있었다는 것은 큰 수확일지도 모른다.

어쩌면 니아는 시도 일행의 마음을 편하게 해주기 위해서 일부러 스톱을 시키지 않았던 게 아닐까—.

"……."

한순간 그런 생각이 들었지만, 즐거워 죽겠다는 듯이 히죽거리고 있는 니아의 얼굴을 본 시도는 생각을 바꿨다. —아니다. 그녀는 그저 즐거워하고 있을 뿐이다.

"……아, 아무튼, 본의는 아니지만 일단 하기로 했잖아. 그러니까 다들 열심히 해보자."

시도가 마음을 다잡듯 헛기침을 하면서 그렇게 말하자, 정령들은 미안한 마음이 들었는지 고개를 푹 숙였다.

"으음…… 시도, 미안하다. 내가 너무 제멋대로 행동했구나."

"……나, 나도, 미안해……."

토카와 나츠미는 시도를 향해 고개를 숙였다.

그런 그녀들을 보니 이제부터는 괜찮을 것 같았다. 시도는 표정을 풀면서 말을 이었다.

"아냐, 괜찮아. 나야말로 잘난 척 하는 듯한 소리를 해서 미안해. 나도 최선을 다할 테니까……."

그렇게 시도가 말을 이으려던 순간, 오리가미가 옆방에 있는 감독에게 몰래 말을 걸었다.

"—감독. 좀비 목소리에 넣을 음향효과는 어떤 거야? 내가 한 말을 남들이 완전히 알아듣지 못하도록 해줄 수 있어?"

"오리가미, 정식 수록 직전에 불온한 짓을 꾸미지 말아줄래?!"

시도는 무시무시한 짓을 꾸미고 있는 듯한 오리가미를 향해 무심코 외쳤다.

『하하…… 그럼 수록을 시작하겠습니다. 여러분, 자기 자리로 이동해 주세요.』

다들 음향감독의 지시에 따라 원래 위치로 돌아갔다.

그리고—.

『그럼, ……스타트.』

정식 수록이 시작되었다.

◇

"자기가 좋아하는 일에는 철저하게 마니악! 혼죠 니아, 등장!"

얼마 후, 니아가 또 수상한 캐치프레이즈를 입에 담으면서 시도의 집에 찾아왔다.

"으음, 오늘도 기운이 넘치네. ……다양한 의미에서 말이야."

시도가 쓴웃음을 지으면서 그렇게 말하자, 니아는 자신이 입은 옷의 앞섶을 잡아당겼다.

"맞〜아〜. 몸 곳곳에서 기운이 넘친다니깐. 볼래?"

"농담 삼아 짓궂은 소리를 해봤을 뿐이야! 눈치채라고!"

"짓궂은 소리 말고 짓궂은 짓을 해도 돼. 엉큼한 쪽으로 말이야〜."

"하아, 정말이지……."

시도가 머리를 긁적이자, 니아는 유쾌하다는 듯이 웃음을 터뜨렸다. 그 광경을 보고 있던 토카가 뭔가를 눈치챈 것처럼 고개를 갸웃거렸다.

"음? 니아, 손에 들고 있는 것은 무엇이냐?"

"응……?"

그 말을 듣고 니아의 손 언저리를 쳐다본 시도는 「아」 하고 중얼거렸다.

니아가 디스크가 들어있는 투명한 케이스를 들고 있었던 것이다.

한순간 음악CD라고 생각했지만…… 그렇지 않았다. 그 디스크에는 라벨이 붙어 있지 않았으며, 그 대신 손 글씨로 『네크로니카』라는 글자가 적혀 있었다.

"후후후〜, 눈치챘어? 그래! 일전에 수록했던 애니메이션의 견본이 도착했어〜! 흔히 시로바코[#5]라고 하는 거!

#5 시로바코(白箱) 영상업계 용어로. 작품이 완성되었을 때 스태프에게 나눠주는 하얀 상자 안에 들어있는 영상매체.

SHIROBAKO라고 하는 거 말이야!"

"어, 왜 같은 말을 두 번 하는 거야?"

"자, 모두 모이세요~. 과자와 음료수 준비해서 다 같이 상영회를 하자~."

시도의 질문을 깔끔하게 무시한 니아는 거실에 있던 정령들에게 말을 걸었다. 그러자 정령들은 눈을 반짝이면서 과자와 음료수를 준비하기 시작했다.

"하아…… 어쩔 수 없지."

간식 시간을 가지기에는 조금 이르지만…… 오늘은 특별히 봐줘야겠다고 생각한 시도는 한숨을 내쉬면서 다른 이들과 함께 상영회 준비를 했다.

기억자로 놓여 있던 소파를 텔레비전 화면이 잘 보이도록 한 줄로 배치한 다음, 테이블에 인원수만큼의 잔과 각종 음료수, 과자, 초콜릿 등을 올려놓았다. 마음 같아서는 영화관 느낌이 나게 팝콘을 준비하고 싶었지만, 오늘은 포테이토 칩으로 만족하기로 했다.

모든 준비가 완료되자, 니아는 앞으로 나서더니 공손히 예를 표했다.

"Ladies and Gentlemen! ……아, 남자는 한 명 뿐이니까 gentleman이라고 해야 하나? 아무튼 이제부터 애니메이션 『네크로니카』의 상영회를 시작하겠습니다~!"

"오오~!"

"꺄아~! 엄청 기다렸어요~!"

"……솔직히 불안해 죽겠어."

정령들이 힘차게 박수를 치는 가운데, 곳곳에서 한숨 소리가 들려왔다.

하지만 일전의 정식 수록 때에는 다들 스토리에 맞춰 캐릭터를 연기했다. 물론 프로에 비하면 어설펐지만, 그래도 봐줄 만한 수준은 되었던 것이다.

"좋아. 그럼 틀게~."

니아는 디스크를 재생기에 집어넣은 후 버튼을 눌렀다.

그러자 몇 초 후, 어두운 화면에 『원작 : 혼죠 소지』라는 글자가 떠올랐다.

그리고 그 뒤를 이어 어두운 묘지 같은 배경이 비치더니, 그곳에서 필사적으로 뛰고 있는 소녀의 모습이 나왔다. 수록 중에도 봤던 구도였지만, 색상을 입히니 딴판으로 보일 정도로 아름다웠다.

『―하아, 하아……. 여기까지 왔으니 안심해도 될 거야.』

"아, 나츠미 씨의 목소리예요……!"

"진짜네. 흐음, 역시 잘하는 걸."

히로인 『멜리사』가 말을 하자, 정령들이 꺄아꺄아 하고 새된 환성을 질렀다. 한편 나츠미는 부끄러워 죽겠다는 듯이 볼을 새빨갛게 붉히고 무릎에 얼굴을 묻었다. ……아무래도 배역에 완전히 몰입했을 때에는 괜찮았지만, 이렇게 객관적으로 보니 부끄러운 것 같았다.

『■■■■—!』

『■■■……, ■■!』

『■■■■■■.』

이번에는 지면이 솟아오르더니 무시무시한 좀비들이 모습을 드러냈다.

원래 미쿠와 유즈루, 오리가미의 목소리였지만, 음향효과를 통해 괴물의 포효로 완벽하게 꾸며졌다.

"아하하! 이래선 저희 목소리를 아무도 알아들을 수 없겠네요~."

"동의. 하지만 좀비에 따라 미묘하게 목소리가 달라요."

"아마 이게 나일 거야."

좀비를 담당했던 이들도 들뜬 목소리로 그렇게 말했다. 확실히 원래 음성의 특징이 남아 있는 것 같았다. 나중에 비교를 해보면서 누구 목소리인지 맞춰보는 것도 재미있을 것 같았다.

"흐음…… 생각했던 것보다 괜찮은걸."

시도는 턱에 손을 대면서 한숨을 토했다.

대사 하나하나가 대본과 완벽하게 똑같지는 않기에, 말과 입모양이 미묘하게 어긋나는 부분도 있었다. 하지만 말에 맞춰 작화가 미세하게 조정되어 있었다. 시도는 프로의 실력을 실감하며 감탄했다.

하지만…….

그 후로 한동안 영상이 계속되었고— 호숫가에서의 그 장면에 접어든 순간, 시도는 무심코 숨을 삼켰다.

이유는 매우 단순했다.

『그, 그런 게 아냐, 에밀리! 오해야!』

멜리사는 클라인과 자신이 단둘이 있는 광경을 에밀리가 목격하자, 허둥지둥 이렇게 외쳤다.

"어?!"

그러고 보니 정식 수록 때, 나츠미는 대본에 적힌 대로 침묵을 지켰다. 즉, 이 음성은—.

『지, 지금 그건 그런 게 아냐! 나는 클라인에게 아무런 감정도 없어! 원작에서는 반하게 되기까지 여러 과정을 거치지만, 애니에서는 그게 전부 생략됐으니까 그런 감정이 생길 리가 없다고!』

이게 기분 탓이나 제작상의 실수가 아니라는 것은 명백했다. 그렇다. 이 영상에는 그 엉망진창이었던 리허설 음원이 쓰이고 있었다. 게다가 작화 또한 그에 맞춰 수정되어 있었다.

시도가 당혹스러워 하고 있을 때, 잭과 알프레드 목사, 그리고 좀비들이 등장했다.

『클라인. 지금도 너를 사랑해. 내가 뭘 잘못한 거야? 전부 고칠게. 너를 위해서라면 뭐든 할 수 있어. 저기, 그러니까, 이번에는 나를 버리지 마.』

오리가미를 비롯한 좀비들의 목소리가 들려왔다. 원래 목소리와 전혀 다르지만, 의미는 알아들을 수 있을 정도로만 가공이 되어 있어서 무시무시하기 그지없었다. 실제로 나츠미와 요시노는 「히익!」 하고 숨을 삼켰다.

"어, 어이, 니아?!"

시도가 무심코 니아를 크게 불렀다. 하지만 원작자는 유쾌한 웃음을 터뜨리고 있었다.

"응~? 소년, 왜 그래? 재미없어?"

"아니, 재미있고 없고를 떠나서 이러면 안 되는 거 아냐?! 이런 걸 발매하려는 거야?!"

시도의 물음에 니아는 안경을 고쳐 쓰면서 어깨를 으쓱했다.

"괜찮아, 괜찮아~. 이건 일반 유통되지는 않을 예정이거든. 애초에 이건 내가 자비로 만든 자체 제작 애니메이션 같은 거야."

"뭐……?!"

니아의 뜻밖의 말에 시도는 눈을 동그랗게 떴다.

"자, 잠깐만! 자비로 만들었다니……."

"애니메이션은 만드는 데 돈이 들지만, 텔레비전 방송을 하지 않는다면 딱 제작비만 들거든. 그래서 실불 애니화 때 생긴 인맥을 통해 스태프를 소개받은 거야."

니아는 그렇게 말하면서 웃었다. 그러자 시도는 도끼눈을 뜨며 그녀를 노려보았다.

"······혹시 성우들이 식중독에 걸렸다는 것도 거짓말이었던 거야? 애초부터 우리를 이용하려던 속셈이었던 건 아니겠지?"

"소년, 저기 좀 봐! 좀비가 클라인을 꼭 끌어안았어."

"괜히 말 돌리지 말아줄래?!"

시도는 절규에 가까운 고함을 질렀지만······ 이미 다 지나간 일이었다.

그는 한숨을 내쉬면서 다시 텔레비전 화면을 쳐다보았다.

"······그건 그렇고, 꽤 말도 안 되는 짓을 벌였네. 이렇게까지 뜯어고쳤으니 예산도 괜히 더 들었을 것 같은데 말이야."

"뭐~ 그렇지~. 하지만ㅡ."

"하지만?"

시도가 고개를 갸웃거리자, 니아는 손을 권총 모양으로 만들어 검지를 시도의 코에 살며시 댔다.

"ㅡ추억은 돈으로 환산할 수 없다고, 소년."

니아는 그렇게 말하며 윙크를 했다.

"······."

그런 니아의 말과 동작에 시도의 가슴이 살짝 뛰었지만······ 그 사실을 들켰다간 엄청 놀림을 당할 것 같았기에, 시도는 얼버무리듯 텔레비전을 향해 고개를 돌렸다.

정령 온라인

OnlineSPIRIT

DATE A LIVE ENCORE 6

"이 몸의 종복이여, 두 눈 똑바로 뜨고 똑똑히 듣거라! 전자의 바다를 떠다니는 이 몸의 반쪽이 그대의 힘을 갈구하고 있느니라! 서둘러 현세의 거짓된 몸을 벗어던지고, 0과 1로 이루어진 이상향에 그 몸을 던지거라! 검의 세례가 그대를 기다리고 있노라!"

"……뭐?"

어느 날, 시도가 거실에서 미쿠와 차를 마시고 있을 때, 느닷없이 나타난 카구야가 그런 소리를 했다.

긴 머리카락을 올려 묶은, 드세어 보이는 인상을 지닌 소녀였다. 단조롭지만 계속 쳐다보면 눈이 따가울 것 같은 고딕 펑크 스타일의 복장에, 은으로 된 액세서리를 몸 곳곳에 착용한 그녀는 꽤나 멋진 포즈를 취하고 있었다.

카구야는 평소에도 과장스러운 말투를 쓰지만, 오늘은 더

욱 난해했다. 어떻게든 해석을 하기 위해, 시도는 카구야가
한 말을 머릿속으로 되짚었다.

그러자 마치 시도의 그런 생각을 읽기라도 한 듯한 타이밍
에 카구야와 똑같이 생긴 소녀가 그녀의 뒤편에서 얼굴을
쏙 내밀었다.

"번역. 카구야는 게임을 같이 하자고 말한 거예요."

그녀는 카구야의 쌍둥이 자매인 유즈루였다. 얼굴 생김새
는 카구야와 똑같지만, 헤어스타일과 표정, 그리고 신의 장
난이라고 볼 수밖에 없는 흉부장갑에 의한 충격흡수율의
차이가 두 사람을 명백하게 구분 지었다.

"게임?"

"훗, 물질세계의 주민들은 그런 식으로 부르는 것 같더구나."

카구야는 의기양양한 미소를 짓더니 그대로 거실 안으로
들어와 소파에 앉았다. 그리고 멋들어지게 한 발을 들어 다
리를 꼬려 했다.

"으윽!"

하지만 그러다가 테이블 가장자리에 새끼발가락을 세게
찧었다.

카구야는 울먹거리면서 발을 감쌌고, 그 모습을 본 시도
는 식은땀을 흘리면서 볼을 긁적였다.

"저기, 괜찮아?"

"꺄아~! 큰일 났네요~!"

그때, 시도의 옆에 앉아있던 미쿠가 새된 비명을 지르며 몸을 일으키더니 카구야의 발을 매만지기 시작했다.

"자~ 아픔아, 아픔아, 날아가라~! 만질~ 만질만질~, 만질~ 만질만질~."

"아, 저기, 이제 괜찮은데……. 어? 왜 내 양말을 벗기는 거야?"

"걱정하지 마세요~. 이 정도는 침을 발라두면 금방 나을 거예요~."

"침은 찰과상에 바르는 거 아냐?!"

카구야는 비명에 가까운 목소리로 그렇게 외치면서 허둥지둥 발을 뺐다.

시도는 그 광경을 보면서 쓴웃음을 지은 후, 어깨를 으쓱하면서 물었다.

"그건 그렇고, 게임을 같이 하자고? 뭐, 좋아. 그런데 어떤 게임을 할 건데? 격투 게임?"

시도는 그렇게 말하면서 텔레비전 장식장 안에 들어있는 게임기를 쳐다보았다.

시도의 집에 구비된 이 게임기는 요즘 이 집에 놀러온 정령들이 주로 사용하고 있었다. 특히 승부를 좋아하는 야마이 자매는 대전 게임으로 열띤 대결을 펼치곤 했다.

하지만 카구야는 자신만만한 미소를 지으면서 손가락을 좌우로 흔들었다.

"아니, 그게 아니다! 오늘밤, 그대들에게 권하는 것은 바로— 이것이니라!"

그리고 힘찬 목소리로 그렇게 말하더니, 들고 있던 가방에서 노트북을 꺼내 시도와 미쿠에게 화면을 보여줬다.

"응? 폴라리스 온라인……?"

시도는 화면을 향해 얼굴을 내밀고 화면에 표시된 타이틀을 읽었다.

"흐음, 너희는 온라인 게임 같은 것도 하는구나."

"그러하니라! 여신이 세계를 구하라고 하도 성화라서 말이지."

"긍정. 해봤더니 꽤 재미있어요."

야마이 자매는 시도의 말에 긍정했다. 그러자 아까 카구야에게서 빼앗은 전리품에 볼을 비비고 있던 미쿠가 신기하다는 듯이 고개를 갸웃거렸다.

"온라인 게임…… 말은 들어본 적이 있는데, 구체적으로 어떤 건가요~?"

"아, 간단히 말하자면 인터넷을 통해 많은 사람들과 같은 세계에서 함께 노는 게임이야. 뭐, 나도 잘 아는 편은 아니지만 말이야……."

시도가 머리를 긁적이면서 그렇게 말하자, 카구야와 유즈루가 보충설명을 하듯 입을 열었다.

"그렇다! 즉, 그대들을 이 몸의 파티인『리터오르덴』의 일

원으로 받아주겠다는 것이니라! 가슴 뛰는 모험의 세계로 그대들을 안내하마! 자, 감격의 눈물을 흘리는 걸 허락하겠노라!"

"설명. 처음에는 게임 안에서 멤버를 모집하려고 했지만, 카구야가 채팅창에서 이런 식으로 떠들어댔더니 아무도 들어오지 않았어요."

"그, 그렇지 않거든?! 나보다 레벨이 낮은 애들을 가려냈을 뿐이거든?!"

유즈루의 말에 카구야가 즉시 반박했다. 뭐가 어떻게 된 건지 눈치챈 시도는 「아……」 하고 낮은 신음을 흘리며 쓴웃음을 지었다.

그러자 옆에서 지켜보고 있던 미쿠가 빙긋 웃으며 입을 열었다.

"하지만 다 같이 게임 세계를 모험하는 것도 즐거울 것 같네요~."

"뭐, 그래. 그 폴라리스 온라인이라는 건 어떤 게임이야?"

시도의 물음에 유즈루와 말다툼 공방전을 펼치고 있던 카구야가 시도를 바라보았다.

"어? 으음…… 흔히 MMORPG라고 하는 거야. 처음에 자신의 분신인 캐릭터를 만든 다음, 그걸 조작해서 판타지 세계를 모험해."

"흐음, 캐릭터를 직접 만드는 거구나."

"응. 캐릭터 그래픽이 정해져 있는 게임도 있지만, 폴라리스는 세세한 부분까지 직접 설정할 수 있어. 게임의 자유도도 높은 편이야. 일단 대략적인 스토리가 준비되어 있긴 하지만, 동료들과 함께 퀘스트를 수행하거나, 집을 지어서 판타지 세계에서의 삶을 즐기는 게 주된 게임 포인트라고 할 수 있어."

"그렇구나. 그럼 너희는 어떤 걸 중시하고 있는데?"

"양쪽 다 하고 있지만, 역시 퀘스트를 더 많이 해. 크큭…… 제 아무리 평온을 갈구한들, 이 몸이 지닌 어둠의 파동이 전란을 불러오고 마느니라!"

방금까지 평범한 말투로 이야기하던 카구야가 갑자기 자기 캐릭터성이 생각난 것처럼 멋진 포즈를 취했다. 시도는 아하하 하고 쓴웃음을 지으면서 말을 이었다.

"그럼 나와 미쿠는 너희 파티에 들어가서 퀘스트 수행을 도우면 되는 거구나."

"긍정. 그래요. 하지만 그게 전부가 아니에요."

"어? 그게 무슨 소리야?"

시도가 유즈루의 말을 듣고 고개를 갸웃거리자, 카구야는 「크큭……」 하고 자신만만한 웃음을 흘리며 컴퓨터를 조작했다.

그리고 캐릭터가 지닌 도구 일람 안에서 메모장 같은 것을 펼쳤다. 그 안에는 눈에 익지 않은 단어, 그리고 의미를 알 수 없는 숫자가 잔뜩 적혀 있었다.

"이게 뭐야?"

"설명. 『편지』예요. 하고 싶은 말을 적어서 다른 캐릭터에게 건넬 수 있는 아이템인데―."

"크큭. 며칠 전, 마왕의 수중에 있던 예언서가 이 몸이 지닌 마성의 힘에 이끌려 모습을 드러냈느니라."

"해설. 회복 아이템을 채집하던 카구야의 캐릭터가 뭔가에 발이 걸려 넘어졌는데, 파내보니 바로 이것이었어요."

"유, 유즈루!"

카구야가 또 허둥지둥 유즈루의 입을 막으려 했다. 하지만 유즈루는 그녀의 손을 가볍게 피했다.

"……그래서, 이게 대체 뭐야?"

"응? 아, 맞다. 크크큭, 특별히 가르쳐주마. 이 서명을 잘 보거라. 이것이 바로 고대의 용사가 남긴 전설의 무구(武具)가 있는 곳을 알려주는 암호문이니라!"

"전설의 무구? 아, 그런 이벤트가 열리는 거야?"

시도는 납득했다는 듯이 고개를 끄덕였다. 온라인 게임은 특성상 캐릭터의 성장 수준과 스토리 진행 수준이 차이가 나고 만다. 그래서 플레이어가 질리지 않도록, 그리고 신규 플레이어를 유입하기 위해서 새로운 퀘스트를 추가하거나, 정기적으로 이벤트를 개최한다고 한다.

하지만 카구야와 유즈루는 동시에 고개를 저었다.

"홋, 그렇지 않다, 시도. 이건 그런 게 아니라—『진짜』다."

"진짜? 으음…… 그게 무슨 소리야?"

"해설. 사실 이걸 만든 사람은 운영 측이 아니라 일개 플레이어예요. 베타 시절부터 이 게임을 계속 해온 전설적인 플레이어, 【파티마】. 몇 년 전, 최강의 자리에 올라선 그는 지금까지 모은 보물과 한정 아이템을 세상 어딘가에 숨겨놨다고 해요."

야마이 자매는 정감이 묻어나는 목소리로 그렇게 말했다. 그런 그녀들은 보물을 갈구하는 트레저 헌터 같았다. 이렇게 푹 빠진 걸 보면 정말 재미있는 게임 같았다.

"아하…… 그리고 카구야가 찾아낸 저게 바로 그 자가 숨긴 보물 중 무기가 있는 곳을 가리킨다는 거구나."

"바로 그거야!"

"설명. 의도치는 않았지만, 이렇게 단서를 찾았으니 바로 탐색을 시작하기로 했어요. 그리고 만약의 사태에 대비해 서포트 멤버를 저희 파티에 영입하기로 했죠."

"흐음……."

시도는 턱을 매만지면서 낮은 신음을 흘렸다. 확실히 재미있는 이야기였다. ……뭐, 그 전설에 대해 알고 있는 누군가가 장난삼아 저런 문서를 만들어서 파묻어뒀을 뿐……일 가능성도 높기는 했다. 하지만 지금까지 보물 탐색을 즐겨왔던 두 사람에게 그런 이야기를 하는 건 좀 그랬다.

"서포트…… 우리 같은 초심자도 할 수 있는 거야?"

"응. 조작은 그렇게 어렵지 않고, 컴퓨터와 인터넷 환경만 갖춰져 있으면 누구나 할 수 있어. ……어? 같이 할 거야?!"

시도의 말에 카구야의 표정이 환해졌다. 시도는「그래」하고 고개를 끄덕였다.

오늘은 별다른 볼일이 있지도 않은데, 무엇보다 카구야가 이렇게 기뻐하니 이제 와서 싫다는 소리를 할 수 없었다.

"그럼 준비를 해볼까? 미쿠도 할 거지? 어머니가 쓰시던 노트북이 있으니까 가지고 올게."

"예, 부탁드릴게요~!"

미쿠가 미소를 지으면서 그렇게 대답하자, 시도는 고개를 끄덕이며 자리에서 일어나 2층으로 올라갔다.

◇

"끝내주게 잘하는~ 혼죠 니아예요~!"

"……뭐?"

문을 열자마자 그런 소리가 들려오자, 코토리는 멍한 표정을 지으며 그 자리에서 굳어버렸다.

코토리는 현재 텐구 시에 있는 타워맨션 18층의 어느 한 집 앞에 서 있었다.

그녀가 이곳에 온 이유는 단순했다. 이 집의 주인인 혼죠 니아가 코토리를 부른 것이다.

그리고 현재 코토리의 눈앞에는 고양이 헤어밴드와 꼬리 액세서리를 몸에 단 채 괴상한 포즈를 취하고 있는 안경 소녀가 있었다.

"……."

몇 초 후, 지금 눈앞에서 펼쳐지고 있는 사태를 파악한 코토리는 아무 말 없이 문을 닫았다.

"자, 잠깐만 기다려~!"

코토리가 아무 일도 없었다는 듯이 돌아가려 한 순간, 니아가 허둥지둥 문을 열어젖혔다.

"정말~, 그냥 무시하는 거야? 여동생 양은 너무하네~."

니아는 허리를 움직여 꼬리를 흔들어대면서 그렇게 말했다. 그때마다 그녀가 목에 찬 방울이 울리면서 맑은 소리를 냈다. 코토리는 그 모습과 간드러지는 목소리를 듣고 짜증이 치솟았지만, 일단 팔짱을 끼면서 입을 열었다.

"그건 내가 할 말이야. 설마 코스프레한 모습이나 보여주려고 나를 부른 거야?"

"그럴 리가 없잖아~. 자, 일단 들어와. 준비는 이미 다 해뒀어."

"준비?"

코토리가 고개를 갸웃거리자, 니아는 그녀를 방 안으로 안내하면서 대답했다.

"응. 좀 골치 아픈 일이 벌어졌거든. 혼자서 어떻게든 해볼 생각이었는데, 도저히 무리지 뭐야? 그래서 〈라타토스크〉의 사령관인 여동생 양과—."

니아는 그렇게 말하면서 복도를 나아가 거실의 문을 열었다. 거실에는 코토리가 잘 아는 소녀가 있었다.

"—오리가미?"

코토리는 눈을 동그랗게 뜨면서 소녀의 이름을 입에 담았다. 그렇다. 그녀는 시도의 클래스메이트인 토비이치 오리가미였다.

"그래. 못하는 게 없는 오리링에게 SOS를 쳤어."

"흐음⋯⋯. 그런데 대체 뭐 때문에 우리를 부른 거야?"

코토리가 그렇게 묻자, 의자에 앉은 니아가 씨익 웃으면서 이야기를 시작했다.

"그 전에 물어볼 게 하나 있는데, 너희는⋯⋯ 온라인 게임을 해본 적 있어?"

"⋯⋯온라인 게임?"

코토리는 턱에 손을 대며 고개를 갸웃거렸다. 딱히 그 말의 의미를 이해하지 못한 것은 아니다. 실제로 해본 적은 없지만, 그런 게임이 존재한다는 사실은 알고 있었다. 코토리가 고개를 갸웃거린 건, 니아가 느닷없이 이런 질문을 던진 이유를 짐작할 수 없었기 때문이다.

하지만 그런 코토리와 다르게, 오리가미는 변함없는 표정으로 고개를 끄덕였다.

"퍼스트 퍼슨 슈팅— 이른바 FPS라면 총기 훈련을 겸해 해본 적이 있어."

"오오, 역시 오리링이네. 그건 그렇고 병사들도 FPS를 훈련에 이용하는구나. 효과가 있어?"

"사격 실력은 거의 늘지 않아. 하지만 초심자는 사람을 향해 총을 겨누고 방아쇠를 당기는 것 자체를 주저할 때가 많아. 그런 거부감을 마비시키는 데에는 유효해."

"호오~, 그렇구나."

"하지만 일본에서는 군인이라고 해도 사람을 향해 총을 쏠 일은 거의 없어. 그 욕구를 충족시키기 위해 게임을 하는 대원도 있었어."

"그, 그렇구나……"

오리가미가 담담한 목소리로 그렇게 말하자, 니아는 식은 땀을 흘리면서 쓴웃음을 지었다. 항상 무사태평하던 그녀가 이런 반응을 보이는 게 신기했지만…… 뭐, 무리는 아니었다.

하지만 니아는 곧 정신을 바짝 차리려는 듯이 고개를 내 젓더니, 책상 위에 놓인 컴퓨터의 화면을 향해 손을 들며 입을 열었다.

"뭐, 아무튼 본론으로 들어갈게. —나, 실은 온라인 RPG 를 하는데…… 두 사람이 협력을 해줬으면 해."

"협력…… 같이 게임을 하자는 거야?"

"뭐, 간단히 말하자면 그런 거야."

니아는 씨익 웃으면서 말을 이었다. 코토리는 하아 하고 한숨을 내쉬었다.

"심각해 보이는 내용의 메시지로 불러놓고, 하자는 게 겨우……."

"아하하~, 미안, 미안. 위기 상황을 연출하고 싶어지는 건 작가의 본성이거든~."

니아는 그렇게 말하면서 상대방의 반응을 살피듯 두 사람을 올려다보았다. 고양이 귀와 고양이 꼬리를 장비하고 있어서 그런지 엄청 뻔뻔해 보였다.

"뭐…… 좋아. 정령의 희망은 가능한 한 들어주는 게 〈라타토스크〉의 방침이거든."

"나도 하겠어. 약속만 지켜준다면 말이야."

코토리의 뒤를 이어 오리가미가 담담한 목소리로 말했다. 코토리는 오리가미의 말에 신경이 쓰여 눈썹을 찌푸렸다.

"……약속?"

"아, 응~. 소년과 오리링의 오리지널 동인지(19금) 말이지? 준비해둘게."

"미성년자를 그딴 걸로 낚은 거야?!"

코토리는 충격적이기 그지없는 교환조건을 듣고 무심코 고함을 질렀다. ……하지만 오리가미답다고나 할까, 그녀가 어째서 이곳에 있는 것인지 납득이 되기는 했다.

"……하아. 뭐, 됐어. 하지만 온라인 게임은 제대로 플레이하려면 시간을 꽤 투자해야 하지? 나도 한가하지는 않으니까, 그렇게 오랫동안 어울려줄 수는 없어."

"아, 그 점에 대해서는 생각해둔 게 있으니까 걱정하지 마. 그리고 게임 클리어가 목적은 아니거든."

"뭐? 그럼 뭐가 하고 싶은 건데? 우리에게 협력해달라고 한 건 목적이 있기 때문일 거 아냐?"

코토리가 그렇게 말하자, 니아는 표정을 약간 굳히고 입을 열었다.

"응…… 맞아. 실은 이 게임에 꽤 질이 나쁜 PK가 있어."

"PK?"

"플레이어 킬러. 즉, 게임 안에서 다른 플레이어 캐릭터를 공격 및 살상하는 악질적인 플레이어야."

오리가미가 코토리의 의문에 답했다. 니아는 「맞아」 하고 고개를 끄덕인 후 말을 이었다.

"나도 그 자식들 때문에 완전 뚜껑이 열렸어. 어떻게든 그 녀석에게 제대로 된 쓴맛을 보여주고 싶어졌지 뭐야. 하지만…… 혼자서는 무리일 것 같거든. 그래서 게임 안에서 동료를 모을까도 했지만, 역시 한 자리에 모여서 펼치는 연계 플레이만 한 게 없어서 말이야."

"흠…… 그 PK는 꽤나 강한가 보네. 어떤 캐릭터를 사용하는데?"

"으음……."

니아는 코토리의 질문에 미간을 찌푸리며 낮은 신음을 흘렸다.

"왜 그래? 설마 상대에 대해 아는 게 하나도 없는 거야?"

"아, 그런 건 아냐. 일단 캐릭터 명은 【파티마】야. 레벨은 99. 직업은 최상급 직업인 월드 브레이커인데……."

"그래? 그럼 그 캐릭터를 찾으면 되는 거네?"

"그렇기는 한데…… 그게 쉽지는 않을 거야."

"무슨 소리야?"

니아의 말에 오리가미가 질문을 던졌다. 그러자 니아는 볼을 긁적이며 말을 이었다.

"『섀도 커튼』이라는 레어 아이템이 있는데, 그걸 사용하면 자신의 스테이터스를 은폐 혹은 위장할 수 있어. 그리고 아마 그 녀석은 그걸 이용해서 자신의 본래 캐릭터명을 숨기고 있을 거야. 그러니 바보같이 【파티마】를 찾아봤자 의미가 없는 거야. 아마 연쇄살인범처럼 벌레 하나 죽이지 못할 듯한 얼굴로 일상생활을 하고 있을 거야."

"그렇구나……. 꽤 악질적인 아이템도 다 있네. 마치 운영 측에서 무차별 살인을 장려하고 있는 것 같잖아."

코토리는 인상을 찡그리면서 어깨를 으쓱했다. 스테이터스를 은폐할 수 있다면, 자신의 악명이 퍼지지 않게 악행을 저지를 수 있는 것이다.

"뭐, 맞아. 뛰어난 자유도야말로 폴라리스 온라인의 인기 요소거든. 애초에 플레이어들이 서로에게 공격을 할 수 있는 시스템을 채용한 이상, PK를 막는 것은 불가능하다고 해도 과언이 아냐. 시스템적으로 가능한 행위를 했을 뿐인데 운영 측으로부터 처벌을 당하는 것도 이상하잖아?"

"왜 그렇게 적을 옹호하는 거야? PK를 용납할 수 없는 거 아니었어?"

코토리의 말에 니아는 난처한 표정을 지으며 어깨를 으쓱했다.

"으음…… 이 【파티마】는 좀 특별하다고나 할까……."

"뭐……?"

니아가 말끝을 흐리자, 코토리는 고개를 갸웃거렸다.

하지만 코토리가 질문을 던지기 전에 오리가미가 입을 열었다.

"그것보다, 앞으로의 방침을 확인하고 싶어. 아무런 단서도 없이 수색을 하는 거야?"

"아, 단서가 아예 없는 건 아냐."

니아는 그렇게 말하면서 책상 서랍에서 종이 한 장을 꺼냈다. 코토리는 오리가미와 함께 그 종이를 쳐다보았다.

"이건…… 지도?"

그렇다. 니아가 꺼내서 보여준 것은 바로 지도였다. 아무래도 이 게임 세계에 존재하는 대륙의 지도를 인쇄한 것 같았다. 몇몇 장소에 펜으로 ×표시가 되어 있었으며, 그 주위에 작은 글씨로 메모가 되어 있었다.

"이 표시는 대체 뭐야?"

"아, 【파티마】가 나타났던 장소야. 언뜻 봐서는 모르겠지만, 실은 법칙성이랄까 공통점이 있어."

"그럼……."

"응. 다음에 【파티마】가 나타날 것으로 추정되는 포인트가 몇 군데 있어. 거기에 함정을 팔 생각이야."

니아는 자신만만한 목소리로 그렇게 말하면서 고개를 끄덕였다. 코토리는 「그렇구나」 하고 고개를 끄덕였다.

"알았어. 그럼 바로 시작하자. 그 포인트는 어디야?"

코토리가 재촉하듯 그렇게 말하자, 니아는 눈을 동그랗게 떴다.

"잠깐만, 무슨 소리를 하는 거야? 아직 안 갈 거야."

"뭐?"

"우선 너희의 분신이 될 캐릭터를 만들어야 해. 그리고 레벨 1로는 도움이 안 될 테니까— 단련 좀 해야 하지 않겠어?"

니아는 그렇게 말하면서 즐거운 듯이 미소를 머금었다.

◇

"후후, 잘 만들었구나. 요시노!"

"예……! 나츠미 씨가 기뻐해주면 좋겠어요……."

『당연히 기뻐하지~. 어쩌면 너무 기쁜 나머지 졸도할지도 몰라~!』

토카와 요시노, 그리고 요시노가 왼손에 낀 토끼 모양 퍼핏 인형『요시농』이 그런 대화를 나누면서 맨션의 복도를 걷고 있었다.

시도의 집 옆에 세워진 이 건물은 〈라타토스크〉가 소유한 맨션이다. 시도가 힘을 봉인한 정령들이 사는 곳이며, 토카와 요시노 또한 이곳에서 살고 있다.

하지만 현재 두 사람은 자신들이 사는 방이 있는 층이 아니라, 이 맨션의 최상층에 와 있었다.

이유는 단순했다. 토카와 요시노는 방금 구운 쿠키를 들고 이 층에 사는 나츠미의 방에 놀러가고 있었던 것이다.

"그러고 보니, 나는 나츠미의 방에 처음 가보는구나. 어느 방이냐?"

"가장 안쪽에 있는 방이에요. 아, 저기예요."

요시노가 그렇게 말하자『요시농』이 동그란 손으로 앞쪽에 있는 문을 가리켰다.

"흠."

토카가 문 앞에 서서 문 옆에 있는 초인종을 눌렀다. 문 너머에서 초인종 소리가 들려왔다.

하지만 그 후로 몇 초가 지났는데도 나츠미는 나타나지

않았다.

"음? 이상하구나. 집에 없는 건가?"

몇 번이나 초인종을 눌렀지만 아무런 반응도 없었다.

문손잡이를 돌려보니, 철컥 하는 소리를 내며 문이 열렸다.

토카와 요시노는 눈을 동그랗게 뜨고 서로를 바라보았다.

"열려 있어요……."

"외출한 것은 아닌 것 같구나……. 혹시 자고 있는 건가?"

두 사람이 당혹스러운 표정을 짓자, 『요시농』이 손을 흔들었다.

『열려 있으니까 들어가 보자~. 있는지 없는지 확인해 보는 거야~.』

"으음, 하지만 남의 방에 멋대로 들어가면 안 되지 않느냐……?"

"토, 토카 씨 말이 맞아, 요시농……."

『하지만, 하지만~, 만약 나츠미가 아파서 쓰러졌거나, 가스 누출 사고가 벌어졌거나, 세상을 비관하며 목을 매달았다면 어떻게 할 거야~? 서두르면 구할 수 있을지도 몰라~.』

"뭐─?!"

"그, 그럴 수가……!"

토카와 요시노는 숨을 삼키면서 서로를 쳐다보더니, 동시에 고개를 끄덕였다. 그리고 각오를 다지며 문을 연 후 방 안으로 들어갔다.

"나츠미! 나츠미, 무사한 것이냐?!"

"나츠미 씨……!"

이름을 부르면서 복도를 나아간 두 사람은 침실의 문을 힘차게 열었다.

그러자—.

"……, —어?!"

헤드폰을 낀 채 무릎을 세우고 의자에 앉아 컴퓨터를 쳐다보고 있던 나츠미가 어리둥절한 표정을 지으며 두 사람을 바라보았다.

문이 열리고서야 토카와 요시노가 자신의 방에 왔다는 걸 알게 된 나츠미는 숨을 삼키면서 컴퓨터 화면을 감추려 했다. 하지만 허둥대다 균형을 잃은 나머지, 그대로 의자에서 굴러 떨어지고 말았다.

"나츠미?!"

"괜찮……으세요?"

"아야야…… 으, 응."

나츠미는 볼륨 넘치는 머리카락을 쓸어 올리면서 몸을 일으킨 후, 두 사람을 쳐다보았다.

"두, 둘 다 무슨 일이야……?"

"저, 저기…… 허락도 안 받고 멋대로 들어와서 죄송해요. 나츠미 씨가 대답을 안 하니까, 걱정이 되어서……."

"뭐? 아, 그건 괜찮은데……. 그것보다, 나야말로 미안해.

나 때문에 요시노와 토카가 이런 시궁창 안에 들어오게 됐잖아. 정말 죄송합니다. 죽음으로 사죄할게요."

"나, 나츠미 씨……."

『에이~, 나츠미는 여전하다니깐~.』

『요시농』은 가벼운 어조로 웃으면서 나츠미의 머리를 가볍게 두드렸다. 그러자 나츠미는 머뭇거리면서 고개를 들었다.

"아…… 맞다. 나츠미 씨에게, 드릴 게 있어요."

이곳에 온 목적이 생각난 요시노가 들고 있던 꾸러미를 나츠미에게 내밀었다.

"어? 뭐, 뭔데?"

"쿠키……예요. 토카 씨에게 배워서 만들어 봤어요. 나츠미 씨의 입에 맞으면 좋겠어요……."

"으, 으으으으……!"

요시노의 대답에 나츠미는 햇볕을 쬔 흡혈귀처럼 그 자리에서 무너졌다.

하지만 선물을 받지 않는 것도 무례라고 생각했는지, 고개를 숙인 채 요시노를 향해 부들부들 떨리는 두 손을 내밀었다. 그 모습은 왕에게서 분에 넘치는 포상을 받는 평민 같았다.

"고마워……. 하, 하지만, 나 같은 게 이런 걸 받아도 괜찮을까?"

"예. 물론이죠."

"가, 가보로 삼을게…… 평생 소중히 간직할 거야……."

"저기…… 괜찮다면 상하기 전에 먹어주세요……."

요시노가 아하하 하고 쓴웃음을 지었다. 그러자 나츠미는 황송하기 그지없다는 듯이 고개를 더욱 숙였다.

좀 과장스럽기는 하지만, 나츠미는 기뻐하는 것 같았다. 따뜻한 눈길로 요시노와 나츠미를 바라보던 토카는 문득 컴퓨터 화면으로 시선을 옮겼다.

"나츠미는 뭘 하고 있었던 것이냐? 이건…… 게임이냐?"

"……윽! 아, 그, 그게……."

토카의 물음에 나츠미가 당황한 반응을 보였다. 하지만 이미 토카가 화면을 본 상황이기에, 아까처럼 허둥대지 않고 체념 섞인 한숨을 내쉬었다.

"……비웃고 싶으면 얼마든지 비웃어. 휴일에 집에서 혼자 온라인 게임이나 하다 손님이 온 줄도 모르다니, 나한테 딱 어울리는 꼬락서니니까 말이야. 아하, 아하하하하하……."

"온라인 게임? 그게 뭐지?"

"……그러니까, 많은 사람들이 함께 플레이할 수 있는 게임이야. ……뭐, 나는 남들과 파티 같은 걸 짜는 데 익숙하지 않아서, 혼자서 집을 세우거나 밭을 일구는데…… 나는 이런 집꾸미기 게임을 좋아하거든. 그래서 완전히 빠졌어."

"집…… 이 집, 나츠미 씨가 만든 건가요?"

요시노는 컴퓨터 화면을 쳐다보며 눈을 동그랗게 떴다. 그럴 만도 했다. 화면 안에는 멋진 통나무집이 존재했던 것이다.

"아…… 으, 응. 이 게임은 일반적인 블록메이킹 RPG처럼 소재를 모아서 자유롭게 조립할 수 있거든. 그래서 자기가 원하는 건물을 만드는 것도 얼추 가능해. 게다가 작물을 교배시켜서 새로운 품종을 만들 수도 있어. 그걸 원료로 새로운 아이템을 만들어서……"

순간, 나츠미는 말을 멈췄다.

아마 눈치챈 것이리라. 토카와 요시노의 눈이 매우 흥미롭다는 듯이 반짝반짝 빛나고 있다는 사실을 말이다.

"으음……, 너희도 해볼래?"

"좋다!"

"예……!"

나츠미가 머뭇거리면서 그렇게 묻자, 토카와 요시노는 힘찬 목소리로 대답했다.

◇

"으음, 이거면 돼?"

2층에서 노트북 두 대를 들고 거실로 온 시도는 카구야와 유즈루의 지시에 따라 게임을 설치한 다음, 스타트 아이콘을 눌렀다.

그러자 화면이 어두워지더니 아래편에서 문자가 올라왔다.

내용은 흔한 판타지 게임의 도입부와 같았다. 간단히 말해, 세계를 위기로부터 구하기 위해 여신이 플레이어를 이 세계로 불렀다……라는 이야기다.

　　그리고 스토리를 얼추 설명한 후, 화면에는 간소한 복장을 걸친 캐릭터가 표시됐다. 옆에는 『성별』, 『헤어스타일』 같은 다양한 항목이 표시되어 있으며, 그것들을 조작하자 캐릭터의 모습이 변했다.

　　"아하, 이렇게 해서 자기 취향에 맞는 캐릭터를 만드는구나. 아, 그럼 카구야와 유즈루의 캐릭터는 어떻게 생겼어?"

　　"응? 우리?"

　　"대답. 저희요?"

　　카구야와 유즈루는 차례대로 고개를 갸웃거리더니, 조작하던 노트북의 화면을 시도와 미쿠에게 보여줬다.

　　【†겐야†】 레벨 38　성별: 남　직업: 다크 팔라딘

　　【유즈】 레벨 38　성별: 여　직업: 사일런트 헌터

　　각자의 모니터에 각자의 캐릭터가 표시됐다. 유즈루의 캐릭터는 어딘지 유즈루와 닮은 사냥꾼 소녀였지만, 카구야의 캐릭터는 흉악해 보이는 칠흑색 갑옷을 걸친 장신의 청년이었다.

　　태클을 걸어야 할 부분은 많았지만, 시도는 가장 먼저 신경 쓰인 점에 대해서 우선 물어보기로 했다.

　　"으음…… 저기, 카구야의 캐릭터명의 앞뒤에 붙어 있는 기호는 뭐야?"

시도는 그렇게 말하면서 『†』 마크를 손가락으로 가리켰다. 그러자 카구야는 의기양양하게 가슴을 펴면서 이렇게 말했다.

"크큭, 눈치챈 게냐. 이것이야말로 이 몸의 이름이 지닌 언령(言靈)을 구체화한 칠흑의 <ruby>십자가<rt>크로이츠</rt></ruby>이니라. 마(魔)와 어둠에 매료된 전사에게만 허락된—."

"설명. 칼표(dagger)예요. 문자 기호표에 있어요."

"아, 진짜네. 이런 기호도 있구나."

"질문을 했으면 내 말을 끝까지 들어줘야 하는 거 아냐?!"

카구야가 책상을 내리치면서 그렇게 외쳤다. 시도는 쓴웃음을 지으면서 사과한 후, 자신의 모니터를 쳐다보았다.

그리고 캐릭터의 헤어스타일과 얼굴을 변경하면서, 자신의 분신을 만들었다.

"흐음, 캐릭터를 만드는 것도 재미있네. 몽타주를 만드는 것 같아."

"그렇지? ……아, 맞다. 캐릭터는 마음대로 만들어도 되지만, 직업은 회복 타입이나 마법 공격 타입으로 해주면 안 돼? 우리는 둘 다 물리공격이 메인이거든."

"그래, 알았어. 미쿠는 어느 쪽으로 할래?"

시도가 미쿠를 힐끔 쳐다보면서 묻자, 그녀는 턱에 손가락을 대면서 대답했다.

"글쎄요~. 마법으로 화끈하게 공격하는 직업을 할래요~."

"오케이. 그럼 내가 클레릭을 할게."

시도는 그렇게 말하면서 직업을 선택했다. 캐릭터가 입고 있던 간소한 옷이 흰색 수도복으로 바뀌었다.

그 후 다른 요소를 설정하자, 대체적인 형태가 완성되었다.

【시드】레벨 1　성별: 남　직업: 클레릭

"좋아. 뭐, 이 정도면 괜찮겠지. 으음, 이제 등록을 하면—."

바로 그때, 초인종 소리가 들려와 시도는 고개를 들었다.

코토리나 다른 정령이 왔나 싶었지만…… 그렇지 않았다. 그녀들이라면 초인종을 누르지 않고 바로 들어왔을 것이다.

"택배인가……? 나가보고 올게."

"예~. 다녀오세요~."

미쿠는 손을 흔들며 그렇게 말했다. 어쩐지 그녀의 입가에 미소가 어려 있었지만…… 시도는 딱히 개의치 않고 현관으로 향했다.

시도의 예상대로, 초인종을 누른 사람은 택배기사였다. 시도는 사인을 하고 짐을 넘겨받은 후, 다른 이들이 기다리는 거실로 향했다.

"기다리게 해서 미안해."

시도가 그렇게 말하면서 자신의 노트북 앞에 앉자, 카구야, 유즈루, 미쿠가 환한 미소를 지으면서 고개를 저었다.

"크큭, 개의치 말거라."

"긍정. 정말 유익한 시간을 보냈어요."

"자, 달링. 저도 캐릭터를 다 만들었으니 게임을 시작하죠~!"

"응? 그, 그래……."

시도는 왠지 즐거워 보이는 세 사람을 보고 고개를 갸우뚱거리면서 모니터를 향해 고개를 돌렸다.

순간, 그는 위화감을 느꼈다. 그러고 보니 시도는 캐릭터 메이킹 화면을 켜둔 채 자리에서 일어났었는데, 현재 화면에는 귀여운 캐릭터들이 돌아다니고 있는 중세풍 마을의 정경이 펼쳐져 있었다.

일정 시간 동안 조작을 하지 않아서 데모 영상이 나온 건가 싶었지만— 그렇지 않았다. 화면의 중앙에는 파티를 이루고 있는 걸로 보이는 네 명의 캐릭터가 서 있었던 것이다.

【†겐야†】레벨 38　성별: 남　직업 : 다크 팔라딘

【유즈】레벨 38　성별: 여　직업 : 사일런트 헌터

【밀크】레벨 1　성별: 여　직업 : 메이지

그리고—.

【시오링】레벨 1　성별: 여　직업 : 클레릭

"어……?!"

자신의 조작에 맞춰 움직이는 캐릭터 『시오링』을 본 시도는 숨을 삼켰다.

"자, 잠깐만! 뭐가 어떻게 된 거야?! 내가 만든 캐릭터가 아니잖아?!"

시도는 눈을 동그랗게 뜨고 그렇게 외쳤다. 아까 만든 소년 캐릭터가 어느새 귀여운 여자아이로 변모한 것이다.

그 광경을 본 범인(미쿠)은 환한 미소를 지었다.

"아, 달링이 바빠 보여서 제가 대신 만들어드렸어요~!"

"아니, 완전 딴판이 되었잖아!"

시도가 큰 소리로 외치자, 카구야와 유즈루는 더는 못 참겠다는 듯이 웃음을 터뜨렸다.

"하하하하! 시도, 당했네~."

"폭소. 그래도 성별에 따라 능력이 달라지지는 않으니, 너무 개의치 마세요."

"하지만…… 이 게임은 채팅 같은 것도 가능하잖아? 이래서야 넷카마#6가 되는 거잖아……."

"괜찮아요~. 달링은 남자라는 점만 빼면 영락없는 여자애니까요~."

"무슨 소리를 하는 건지 모르겠거든?!"

미쿠가 자신만만한 목소리로 그렇게 말하자, 시도는 무심코 고함을 질렀다. 그러자 한참 동안 웃던 카구야가 시도를 달래듯 그의 어깨를 두드렸다.

"뭐, 그렇게 신경이 쓰이면 『환생의 보주(寶珠)』라는 아이

#6 넷카마 「넷(net)」과 여장남자의 일본어인 「오카마(おかま)」의 합성어로 온라인이나 모바일에서 여성인 척 활동하는 남자들을 일컫는 말.

템을 써. 그러면 스테이터스를 그대로 유지한 채 캐릭터 메이킹을 다시 할 수 있어."

"……정말이야?"

"긍정. 스토리 퀘스트를 클리어하면 입수할 수 있어요."

"시간이 엄청 걸릴 것 같은데?!"

스토리가 얼마나 긴지는 모르지만, 결국 【시오링】으로서 일생을 마친 다음에 바뀌는 것이나 다름없다. ……게다가 카구야와 유즈루의 목적은 보물을 찾는 것이니, 그럴 기회는 찾아오지 않을 것 같았다.

하지만 게임을 처음부터 다시 시작하는 것도 귀찮아진 시도는 결국 한숨을 내쉬면서 클레릭인 【시오링】을 조작하기 시작했다. 걸음걸이가 꽤나 귀여웠다.

"어쩔 수 없지……. 그냥 하자."

"그 기개를 높이 사겠노라! 자, 보물을 찾으러 출발!"

"동조. 오~."

"자, 함께 힘내죠~!"

화면 안에서 【†겐야†】와 【유즈】가 힘차게 손을 흔들고 있었다. 아무래도 커맨드 선택을 통해 각 캐릭터에게 특정 액션을 취하게 할 수 있는 것 같았다.

"으음……."

시도와 미쿠도 메뉴를 펼쳐서 커맨드를 입력했다. 그러자 【밀크】와 【시오링】도 뒤늦게 손을 들어올렸다.

『젠장……! 공격이 통하지 않아!』

『이럴 것 같아서 여기는 아직 이르다고 했던 거야!』

『시끄러워! 빨리 회복을— 크, 크아아아아아아아악!』

어둑어둑하고 오래된 성 안에서, 모험가들의 목소리가 메아리쳤다.

하지만 그것도 무리는 아니었다. 그들의 앞에는 이 성의 주인인 고(高)레벨 몬스터, 노스페라투가 떡 하니 서 있었기 때문이다.

칠흑빛 외투를 걸친 거대한 흡혈귀가 강력한 마법을 연달아 날렸다. 그때마다 폭염이 일어나면서 【릭】 일행의 HP가 쑥쑥 줄어들었다.

『제, 젠장, 이럴 리가…… 이럴 리가 없는데……!』

파티의 리더인 소드맨 【릭】은 깊은 후회에 사로잡혔다.

다들, 자만에 빠져 있었다. 레벨이 오르고 장비를 제대로 갖췄으니, 분명 해낼 수 있을 거라는 근거 없는 낙관론에 사로잡혔다. 그래서 이런 고난이도 던전의 가장 깊은 곳까지 들어온 것이다.

그 결과, 이런 상황이 펼쳐졌다. 보스, 그리고 보스의 권속들에게 포위당한 채 회복 아이템이 바닥났고, MP도 다

떨어졌으며, 도망칠 수도 없다. 그야말로 최악이나 다름없는 절망적인 상황이었다.

『GAAAAAAAAA!』

『우와아아아앗!』

노스페라투의 일격이 【릭】에게 꽂혔다. 제대로 막아냈는데도 불구하고 방대한 대미지를 입으며 그대로 튕겨난 【릭】의 HP게이지가 빨간색으로 깜빡이기 시작했다.

『젠장…… 다 틀렸나…….』

【릭】은 자포자기한 것처럼 그렇게 중얼거렸다. 이제 더 이상 방법이 없었다. 다음 일격이 【릭】의 HP를 바닥낼 것이다.

하지만, 다음 순간―

『디바인 펜서.』

그런 주문이 들리는 것 같더니, 어둑어둑하던 성 안이 한순간 환해지면서 수많은 빛의 칼날이 노스페라투를 꿰뚫었다.

『GAAAAAA……!』

노스페라투의 거대한 몸이 검은 안개로 변해 사라졌다. 갑작스러운 사태에 【릭】은 눈을 크게 떴다.

『대, 대체…… 뭐가 어떻게……?!』

『자, 한 마리 처리~.』

바로 그때, 긴장감이라고는 눈곱만큼도 느껴지지 않는 대화가 표시됐다. 그와 동시에 필드 안에 세 캐릭터가 모습을 드러냈다.

【아니】레벨 80　성별: 남　직업: 홀리 나이트

【토리코】레벨 1　성별: 여　직업: 워리어

【오리온】레벨 1　성별: 남　직업: 시프

『레, 레벨…… 1……?』

느닷없이 나타난 정체불명의 파티에 【릭】은 신음하는 듯한 목소리로 그렇게 중얼거렸다.

하지만 그들은 【릭】일행을 전혀 개의치 않으며 자기들끼리 대화를 시작했다.

『무모한 짓을 벌이네……. 우리는 레벨 1이란 말이야.』

『괜찮아, 괜찮아. 공격에 맞지만 않으면 안 죽어. 게다가 봐봐, 방금 그 보스를 잡은 덕분에 경험치가 꽤 올랐을걸?』

『순식간에 레벨 10이 됐어.』

『정말? 어, 진짜네. 스킬 포인트도 꽤 들어왔는데, 어떻게 하지?』

『아~, 나중에 사용하면 되니까 일단 내버려둬. 그럼 한 바퀴 더 돌자. 일단 레벨 30까지 올리고 상급 직업으로 클래스 체인지를 한 후에 내가 아껴뒀던 비장의 도핑 아이템으로 캐릭터를 강화하는 거야. 아, 검사검사 아까 말한 포인트도 돌 거니까 함정도 설치해두자~.』

『……이래도 되는 거야?』

『중요한 건 과정이 아니라 결과야. 시간 낭비는 최대한 줄이는 편이 좋잖아?』

『그야 그렇지만, 왠지 좀…….』

정체불명의 파티는 긴장감이라고는 눈곱만큼도 느껴지지 않는 대화를 나누면서 이 자리를 벗어났다.

『대, 대체…… 뭐가 어떻게 된 거야…….』

【릭】은 한동안 얼이 나간 것처럼 멍하니 서있더니, 이내 그렇게 중얼거렸다.

◇

"……으음, 그럼 간략하게 설명을 시작하겠어요."

나츠미는 엣헴 하고 헛기침을 하면서 토카와 요시노를 쳐다보았다. 그러자 컴퓨터 앞에 앉아있던 두 사람이 「잘 부탁합니다!」 하고 고개를 숙였다. ……그런 두 사람의 모습에 나츠미는 왠지 멋쩍은 느낌이 들었다.

하지만 현재 이 두 사람에게 게임에 관한 강의를 해줄 수 있는 사람은 나츠미뿐이기 때문에, 그녀는 마음을 다잡으려는 듯이 다시 한 번 헛기침을 하며 입을 열었다.

"으음, 우선 집을 만드는 방법 말인데…… 크게 두 가지 방법이 있어. 간단한 건 『설계도』를 이용하는 거야. 그건 필요한 소재만 모으면 자동적으로 집을 만들어주는 아이템이야. 초심자는 이걸로 기본적인 건물을 만든 다음, 내부 인테리어를 직접 꾸미는 것만으로도 충분히 즐길 수 있을 거라고 생각해. 퀘스트를 클리어하다 보면 큰 건물의 설계도도 입수할 수 있어."

"흠…… 이『통나무집 설계도』라는 거 말이냐."

"나츠미 씨의 집도 이걸로 만든 건가요?"

"으음, 아냐……. 이 집은 내가 일일이 만들었어. 그게 또 하나의 방법이야. 소재를 자유롭게 조립해서, 자기 마음대로 만들 수 있어. 뭐, 요령이 필요하니까 우선 조작에 익숙해진 다음에 도전해보면 될 거야. 우선 설계도를 이용해서 마음에 드는 장소에 집을 지어보자."

"음!"

"예!"

"그럼 바로 집을 짓자— 라고 하고 싶지만, 그 전에 우선 지면 정리를 해야겠네. 적당한 장소를 발견하면, 거기서 자라고 있는 나무와 풀을 제거하거나 돌을 부숴서 집을 지을 평지를 만드는 거야. ……뭐, 실제로 해보면 더 빨리 이해될 거야. 두 사람 다 나무를 잘라봐."

"오오, 알았다!"

"해볼게요……!"

두 사람은 나츠미의 말을 듣고 힘차게 대답하더니, 서투른 손놀림으로 마우스를 조작했다. 그러자 방금 만든 두 사람의 캐릭터가 천천히 걸음을 옮겼다.

"오, 오오오오오오?!"

하지만 조작에 익숙하지 않은 탓에 토카의 캐릭터가 그 자리에서 빙글빙글 돌기 시작했다.

　"토, 토카 씨, 괜찮으세요?"

　"음, 괜찮— 오오오오오?!"

　토카의 캐릭터가 이번에는 제자리 점프를 반복하더니, 가지고 있던 아이템을 주위에 흩뿌리기 시작했다.

　"하아~."

　보다 못한 나츠미가 자리에서 일어나 토카에게 다가가서 그녀의 마우스를 조작해 아이템을 회수해 줬다.

　"오오! 고맙다, 나츠미!"

　"아…… 별거 아냐. 그리고 이 에어리어에는 우리 말고는 다른 플레이어가 없으니까 마음 편히 해."

　그렇다. 나츠미는 마을 안이 아니라 인적이 드문 숲 속에 집을 지었다. 캐릭터가 그 어떤 기행을 하든 이상한 눈으로 쳐다보는 사람도 없고, 캡처를 당해서 웃음거리가 되지도 않는 것이다.

　딱히 자연 속에서 살고 싶다는 욕구가 있는 것은 아니지만, 마을 안에서 살면 다른 플레이어 캐릭터가 느닷없이 접촉해오기 때문에 심장에 무리가 갔다. 아무리 상대방의 얼굴이 보이지 않더라도, 상대방이 살아있는 인간이라고 생각하니 괜히 신경이 쓰였던 것이다.

　……뭐, 그렇다면 애초에 온라인 게임을 안 하면 될 것 아

니냐, 라는 생각도 들었지만, 아무도 오지 않는 숲 속에서 집을 지으며 보내는 생활이 왠지 즐거워서 관둘 수가 없었다.

"으음, 그럼 이제 지면을 파보자. 지면이 고르지 못할 때는 이렇게 땅을 파서 고르게 만들어. 기본적으로는 나무를 자르는 것과 같아. 지면에 아이콘을 대고 클릭해봐."

"이렇게…… 말인가요?"

요시노의 캐릭터가 삽을 쥐고 지면을 팠다. 나츠미는 「참 잘했어요」라고 말하듯 엄지를 치켜세웠다.

하지만…….

"오오오오오오오오오오?!"

그런 고함 소리가 들리더니, 토카의 캐릭터가 지면 속으로 빨려 들어갔다. 아무래도 자신의 발밑을 수직으로 파고 있는 것 같았다.

"앗, 토, 토카, 멈춰! 너무 팠다간 구멍에서 나오지 못할 거야!"

"이, 이럴 때는 어떻게 해야 하는 것이냐?!"

곧 구멍 속에서 토카가 가지고 있던 아이템이 튀어나오기 시작했다.

……집을 완성하는 데는 좀 더 시간이 걸릴 것 같았다.

◇

첫 번째 마을을 나서고 약 세 시간이 흘렀다.

시도가 조종하는 【시오링】은 동료인 【†겐야†】, 【유즈】, 【밀크】와 함께 울창한 숲속을 걷고 있었다.

"휴우…… 꽤 먼 곳까지 왔네. 다들, HP는 아직 여유가 있지?"

"크큭, 문제없느니라. 그리고 그대들의 활약상은 칭찬받아 마땅하노라."

"동의. 파티를 만든 지 얼마 안 됐지만, 팀워크가 괜찮은 것 같아요."

카구야와 유즈루는 고개를 끄덕이며 그렇게 말했다.

튜토리얼 퀘스트를 건너뛰고 실전으로 단련한 【시오링】과 【밀크】는 벌써 레벨 10이 되었다. 물론 아직 완벽하지는 않지만, 회복 및 보조 주문도 습득했으며, 전투 중 부상을 입은 다른 두 사람을 치유해주거나 공격력과 수비력을 상승시켜줬다.

마법 공격을 주로 사용하는 【밀크】도 화력 면에서는 【†겐야†】, 【유즈】에게 밀리기는 해도 전체 공격으로 적들을 움츠러들게 만드는 등, 적절하게 서포트를 하고 있었다.

"으음, 온라인 게임이라는 것도 꽤 재미있네. 다 같이 모험을 하는 느낌이 물씬 들어. 컴퓨터를 상대하는 것과는 다른 재미가 있는 것 같네."

"크큭, 그럴 것이니라."

"유인. 만약 마음에 들었다면 언제든 같이 해요."

"하하, 생각해 볼게. 너무 열중했다간 코토리한테 혼날 것 같으니까 조심해야겠지만 말이야."

시도는 쓴웃음을 지으면서 그렇게 말한 후, 【시오링】 일행이 나아가고 있는 깊은 숲을 다시 쳐다보았다.

"그런데 카구야, 『편지』에 적혀 있던 곳이 어디쯤이야? 아까부터 길을 벗어나서 계속 나아가고 있는 것 같은데……."

"으음…… 잠깐만 기다려봐. 그러니까…… 이 좌표가 여기니까…… 조금만 더 가면—."

카구야가 말을 이으려던 순간—.

화면 안의 【†겐야†】 일행이 깊은 숲을 빠져나가더니 탁 트인 공간에 도달했다.

"오오……?!"

"여, 여기는……."

시도는 눈을 동그랗게 뜨고 게임 속 카메라를 키보드로 조작해서 주위의 풍경을 둘러보았다.

그곳은 숲을 개척해서 만든 듯한 넓은 공간이었다. 안쪽에는 멋진 통나무집이 세워져 있었으며, 그 앞에는 다양한 작물을 심어둔 밭이 존재했다.

세속에서 벗어난 공간이었다. 마치 속세를 떠난 사람이나 신선, 아니면 깊은 숲속에 숨어있다는 엘프라도 살고 있을 것 같은 장소였다.

"우, 우와! 어? 저, 저기, 유즈루. 혹시 여긴—?!"

"긍정. 평범한 플레이어가 이렇게 불편한 장소에 주거지를 만들 리가 없어요. 게다가 『편지』에 적혀 있는 좌표와도 일치하죠. 【파티마】의 은신처가 틀림없을 거예요."

"역시 그렇구나!"

카구야가 그렇게 외친 순간, 【†겐야†】와 【유즈】가 기뻐 죽겠다는 듯이 춤을 춰댔다.

귀여운 외모를 지닌 【유즈】야 그렇다 쳐도, 흉흉한 갑옷을 걸친 【†겐야†】가 덩실덩실 춤을 추고 있는 광경은 차마 눈 뜨고 볼 수 없었지만…… 저러는 것도 무리는 아닐 것이다. 시도는 그 전설의 플레이어가 얼마나 대단한 존재인지 모르겠지만, 카구야와 유즈루로서는 숨겨진 보물을 찾아낸 것이나 마찬가지일 테니 말이다.

"탐색. 그럼 카구야, 지금 바로……."

"응! 좌표가 가리키는 곳은 여기니까, 조사해보자!"

【†겐야†】와 【유즈】가 주위를 뒤져보기 시작했다. 【시오링】과 【밀크】도 탐색을 시작했다.

그렇게 한동안 조사가 진행되는 가운데, 다른 이들과 마찬가지로 주위를 조사하던 【밀크】가 밭 옆을 지나가는 순간 갑자기 지면이 깜빡거리기 시작했다.

"어, 뭐야?"

"앗! 이건…… 함정이야! 도망쳐!"

하지만, 이미 늦었다. 흙으로 되어 있던 지면이 새하얀 필드로 변모하더니, 캐릭터들이 자유를 빼앗겼다.

아무래도 벌레를 잡을 때 쓰는 끈끈이와 비슷한 함정 같았다. 온몸이 끈적끈적한 물체에 휘감기더니, 옷— 즉, 장비가 벗겨졌다.

"우와아앗!"

"아앙~! 옷이~!"

"방심. 당했어요……!"

"어이어이, 이게 대체 뭐야…….''

다들 캐릭터 메이킹 때 입고 있던 속옷 차림이 되었다. 스테이터스에 표시된 방어력이 급격히 떨어졌다.

"으윽…… 장비를 벗기는 함정이네. 다들 일단 이 장소에서 벗어나서 예비 장비를 걸쳐."

카구야는 미간을 찌푸리면서 그렇게 말했다. 시도를 비롯한 다른 이들은 그 지시에 따라 예비 아이템을 장비했다.

"의견. 카구야, 이건……."

"응. 이런 대규모의 함정을 설치해둔 걸 보니…… 꽤 수상쩍네. 하지만 다른 함정이 있을지도 모르니까 무턱대고 탐색을 하는 것도 위험할 거야…….''

카구야는 흐음 하고 낮은 신음을 흘린 후 미쿠를 쳐다보았다.

"저기, 미쿠. 그러고 보니 아까 광역 주문을 익혔지? 그걸로 이 일대를 박살내줄래?"

"어, 어이. 괜찮겠어? 그랬다가……."

"괜찮아! 어차피 【파티마】는 몇 년 전에 은퇴한 플레이어 잖아. 아무도 여기에 살고 있지 않을 거야!"

"그런 것치고는 밭이 꽤 잘 가꿔져 있는 것 같은데……."

"필드에 대지의 가호를 걸어두면 몇 년을 방치해둬도 수확에 최적인 상태가 유지돼. 상급 플레이어에게 그런 지식은 기본 중의 기본이야."

"으, 으음……. 그런 거야?"

"그래! 틀림없어!"

카구야는 그렇게 말하면서 빨리 날려버리라는 듯이 미쿠를 향해 엄지를 치켜세운 손을 내밀었다.

"알았어요~! 그럼 날려버릴게요~."

『—브레이크 봄!』

미쿠와 【밀크】의 목소리가 포개지더니, 【밀크】가 쥔 지팡이에 빛이 맺혔다.

다음 순간, 엄청난 폭발이 숲 속을 유린했다.

몇 초 후, 눈앞의 지면에는 커다란 구덩이가 생겨났다.

폭발 주문에 의해 파괴된 지형 위에는 아이템 아이콘이 굴러다니고 있었다.

"으음……?"

하지만 카구야와 유즈루는 의아한 표정을 지었다.

그곳에 떨어져 있는 것은 목재와 채소, 석재, 돌 같은 소재 아이템뿐이었던 것이다. 보물 같은 것은 보이지 않았다.

"이상하네. 아무 것도 없을 리가 없는데…… 미쿠, 저쪽에도 한 방 날려버려."

"알았어요~!"

"그, 그만 하는 게 좋지 않을까……?"

시도의 말을 막듯, 다시 한 번 폭발음이 숲을 뒤흔들었다.

◇

"이, 이, 이……."

나츠미는 눈을 치켜뜨며 손을 부르르 떨었다.

"이게 뭐야아아아아아아아앗!"

그리고 목청껏 고함을 질렀다.

하지만 그러는 것도 무리는 아니었다. 토카와 요시노의 장비품을 사러 마을에 갔다 오느라 한 시간 정도 자리를 비운 사이, 숲 속에 있던 나츠미 하우스가 허허벌판, 아니, 폭발 현장으로 변한 것이다.

"대, 대체…… 무슨 일이 일어났던 것이냐?"

"전부…… 사라졌어요……."

토카와 요시노는 당황한 목소리로 그렇게 말했다. 나츠미는 으드득 하는 소리가 들릴 정도로 어금니를 깨물더니, 신음에 가까운 목소리로 이렇게 말했다.

"아마…… 악질적인 플레이어가 내 집을 발견했을 거야. 그리고 폭발 주문이나 폭발계열 아이템으로 이런 짓을 벌인게 분명해."

"맙소사…… 대체 왜……."

"……이유 같은 건 없어. 점심시간에 같이 밥 먹을 사람이 없어서 화장실 변기에 앉아 빵을 먹고 있을 때, 「어라~? 이상한 냄새가 나잖아~?」 같은 소리를 하면서 화장실 문을 두들기거나, 호스로 화장실 칸 안에다 물을 뿌리기도 하지? 그것과 같은 심리야. 원숭이에게 논리적으로 생각하기를 바라는 건 바보짓이나 다름없어."

"으, 으음……?"

토카는 영문을 모르겠다는 표정을 지으면서 고개를 갸웃거렸다.

하지만 지금은 우선적으로 처리할 일이 있었다. 나츠미는 날카로운 시선으로 주위에 흩어진 채소와 목재를 줍기 시작했다.

"오오, 다시 만들려는 거구나!"

"저희도…… 도울게요!"

"아냐……. 이제 여기에는 집을 짓지 않을 거야. 다른 장소를 찾아보자. 골치 아픈 녀석들이 이곳을 발견했으니, 여기에 집을 다시 지어봤자 그 녀석들이 또 찾아와서 부술 가능성이 있어. ─이곳에는 다른 걸 만들 거야."

"음……?"

"다른 것…… 말인가요?"

나츠미의 말에 토카와 요시노는 영문을 모르겠다는 듯이 눈을 동그랗게 떴다.

◇

설산 에어리어의 보스인 스노(snow) 드래곤(3주차)의 숨통을 끊은 순간, 니아의 컴퓨터에서 삐삣 하는 경고음이 흘러나왔다.

"아……! 반응이 왔어! 누군가가 A지점의 함정에 걸린 것 같아."

니아는 그렇게 말하더니 코토리와 오리가미를 쳐다보았다.

그렇다. 코토리와 오리가미는 니아의 뒤를 따르며 각지의 고레벨 몬스터를 잡으러 다니면서 경험치를 모았다. 그리고…… 인근의 PK 발생 예측 포인트에 일찌감치 함정을 설치해둔 것이다.

하지만─.

"A지점……이라면, 가장 먼저 들렀던 숲 속 맞지?"

"그래. 좀 먼 곳이기는 하지만…… 어쩌면 타깃이 걸린 걸지도 몰라. 여동생 양과 오리링의 레벨도 꽤 올랐으니 체크하러 가자."

"알았어."

오리가미는 짤막하게 대답했다. 설산에서 내려온 코토리 일행은 왔던 길을 되돌아가면서 아까 지나왔던 숲으로 향했다.

"저기, 니아…… 혹시 그 집의 주인이 함정에 걸린 건 아닐까?"

이동을 하던 코토리는 미간을 찌푸리면서 니아에게 물었다.

그렇다. 니아가 체크한 그 포인트에는 누군가가 살고 있는지, 멋진 통나무집과 밭이 존재했다. 일반적으로 볼 때, 언제 나타날지 모르는 PK보다는 그 집의 주인이 돌아왔다가 함정에 걸렸을 확률이 컸다.

"으음, 그럴 가능성도 있지만 일단 전투 모드에 들어간 캐릭터에게만 반응하도록 설정해뒀거든. 뭐, 여동생 양 말대로 된 거라면 순순히 사과하자. 그리고 우리가 찾는 PK에 대해 아는 게 없는지 물어보는 거야."

"……그 질문을 했다간 우리를 가리키면서 『너희가 그 PK 아냐?!』라고 외칠 것 같은데……."

그런 대화를 하는 사이, 코토리 일행은 목적지인 A지점에 도착했다.

하지만―.

"어……?"

눈앞의 광경을 본 코토리는 눈을 크게 떴다.

아까까지 아름다운 집과 밭이 있던 공간이 황무지로 변한 것이다.

"뭐…… 뭐야. 딴 곳에 온 건 아니지?"

왠지 귀신에게라도 홀린 듯한 느낌에 코토리가 멍하니 서 있자, 니아의 캐릭터인 【아니】가 한 걸음 내디뎠다.

"아무튼 이 근처를 탐색해보자. 어쩌면 【파티마】의 짓일지 도……."

그렇게 니아가 말을 이으려던 순간, 화면이 찬란히 빛나기 시작하더니 지면이 엄청난 폭발을 일으키면서 세 캐릭터를 그대로 날려버렸다.

"어……?"

무슨 일이 일어난 것인지 이해하지 못한 코토리가 눈을 비볐다.

하지만 화면에 표시된 영상이 달라지지는 않았다. 지면이 마치 칼로 도려낸 것처럼 사라졌으며, 주위에서는 연기가 피어오르고 있었다. 그리고 캐릭터들이 빈사 상태가 됐다. 마치 지뢰라도 밟은 듯한 참상이었다.

"이…… 이게 뭐야아아아아앗?!"

그 광경을 본 니아가 격분해서 고함을 질렀다.

◇

　"하아, 정말…… . 그 함정은 대체 뭐였던 건데……!"

　숲 속의 집터를 어느 정도 탐색한 후, 시도 일행은 앞장선 카구야의 뒤를 따르며 길을 걷고 있었다.

　카구야가 이렇게 언짢아하는 것도 무리는 아니다. 결국 숲 속에서는 보물을 찾아내지 못했던 것이다. 즉, 시도 일행은 귀중한 장비만 잃고 말았다.

　"으음~, 그럼 아까 그 함정은 뭐였던 걸까요~?"

　"역시 누가 장난 친 게 아닐까……?"

　"크으으…… 어디 사는 누구 짓인지는 모르겠지만, 두고 보라구~!"

　"크으…… 거기라면 아무도 찾지 못할 줄 알았는데……."

　나츠미는 토카, 요시노와 함께 새로운 주거지를 찾으러 다니면서 분통을 터뜨렸다.

　어쩌면 범인들이 다시 돌아올지도 몰라서, 폭약을 있는 대로 다 쏟아 부어서 함정을 만들어두기는 했지만…… 설령 범인이 그 함정에 걸려 죽더라도 이 울분은 풀릴 것 같지가 않았다.

"어디 사는 누구 짓인지는 모르겠지만…… 두고 봐……!"

"으으~! 정말~! 진짜 뭐가 어떻게 된 거냐 말이야~!"

엄청난 폭발이 일어난 후, 겨우겨우 죽음을 면한 니아는 짜증이 났는지 다리를 덜덜 떨어댔다.

니아의 캐릭터는 어찌어찌 폭발을 견뎌냈지만 코토리와 오리가미의 캐릭터는 사망하고 말았고, 두 사람을 되살리기 위해 귀중한 소생 아이템을 두 개나 쓰고 만 것이다.

"어디 사는 누구 짓인지는 모르겠지만…… 두고 보자~!"

MMORPG 폴라리스 온라인의 세계 속에서, 각기 다른 장소에 있는 세 파티가 거의 동시에 원망에 찬 고함을 질렀다.

정령 오프라인

OfflineSPIRIT

DATE A LIVE ENCORE 6

"―인기 MMORPG 폴라리스 온라인을 어지럽히는 악질 플레이어 킬러【파티마】. 그 자를 타도하기 위해【아니】는 두 동료와 함께 모험을 시작했다.

하지만 그 와중에【아니】일행은 정체불명의 폭발에 의해 심각한 대미지를 입고 만다!

대체 무슨 일이 일어난 것인가?! 그리고 그때 나타난 정체 모를 그림자의 정체는―?!

제23화『친구여, 내 품에서 잠들라』. 꼭 봐줘!"

"……니아, 대체 누구한테 말하고 있는 거야?"

코토리는 혼잣말이라고 하기에는 장대하기 그지없는 소리를 늘어놓는 니아를 도끼눈으로 쳐다보았다. 그러자 니아는 아하하 하고 웃으면서 코토리를 쳐다보았다.

"이야~, 뭐랄까, 분위기 좀 잡은 거라고나 할까?"

"그건 또 무슨 소리야……. 그것보다 정체모를 그림자는 나타나지도 않았고, 23화는 무슨 소리인지도 모르겠거든? 그리고 그 서브타이틀, 나나 오리가미가 죽는다는 소리 맞지?"

"에이, 가능한 한 부채질을 해야 할 거 아냐. 1권을 읽은 독자가 2권도 꼭 읽어줄 거라고 생각하면 오산이야, 여동생 양."

니아가 훈계하는 듯한 어조로 그렇게 말하자 코토리는 하아 하고 한숨을 내쉬었다.

현재 코토리가 있는 곳은 니아가 사는 맨션의 방이었다. 그녀와 오리가미는 니아와 함께 온라인 게임을 하고 있었다.

"—그런데 니아, 그 폭발의 원인은 짐작이 돼?"

오리가미가 자신의 캐릭터인 【오리온】을 조작하면서 질문을 던졌다.

"으음, 그건 폭발 함정일 거야. 누군가가 거기에 함정을 설치해둔 거지. 아마 우리를 노리고 말이야."

"【파티마】의 짓이라고 생각해?"

"그럴 가능성이 커. 내가 설치한 함정에 걸려 열 받은 나머지, 복수할 생각으로 폭발 함정을……이라고 생각하면 앞뒤가 맞긴 해."

"그렇구나."

오리가미와 니아는 진지한 표정으로 대화를 나눴다. 그 대화를 듣고 있는 코토리의 볼을 타고 땀 한 방울이 흘러내렸다.

"저기, 그 집 주인이 설치한 게 아닐까? 니아가 누군가가 사는 곳에 접착 함정을 설치했잖아. 그래서 화가 나서 복수를 한 건……."

"으음, 만약 그렇다면 집터가 황무지로 변해 버린 건 이상하지 않아? 악질 PK라면 복수한답시고 폭렬 주문으로 집을 날려버리는 것 정도는 아무렇지도 않게 할 거야."

"으음…… 뭐, 그럴까?"

"맞아! 으으, 정말! 용서 못해! 반드시 잡아서 계정 동결시킨 다음, 주소랑 이름을 다 찾아내서 인터넷에 퍼트려버릴 거야~!"

"그런 작업은 내 특기야. 맡겨만 줘."

"오오! 믿음직하네, 오리링!"

"저기, 그건 범죄야……."

코토리는 도끼눈을 뜨면서 한숨을 내쉬다가, 화제를 바꾸려는 것처럼 말을 이었다.

"……그런데, 우리는 지금 어디에 가고 있는 거야?"

"아, 센트럴시티야. 폴라리스 안에서 가장 커다란 도시지. 회복도 해야 하고, 아이템도 보충해야 하니까. 겸사겸사 정보도— 아, 슬슬 보이기 시작하네. 저기야, 저기."

"으음……."

니아의 말에 코토리는 카메라를 조작해서 캐릭터의 시점을 변경했다.

그러자 눈앞에 펼쳐진 거대한 도시가 눈에 들어왔다.

◇

폴라리스 온라인 최대의 도시, 센트럴시티.

그 이름에 걸맞게 대륙의 중심부에 위치한 이 도시는『폴라리스』플레이어들의 거점이자 생활기반이며, 쉼터였다.

옛날에는 이렇게 거대한 도시는 아니었던 모양이다. 하지만『폴라리스』는 자신의 마음에 든 장소에 건조물을 만들 수 있었기 때문에, 편리성을 추구한 플레이어들의 손에 의해 오랜 시간을 걸쳐 대형 던전에 버금가는 거대 도시가 형성된 것이다.

그렇게 운영 측과 플레이어가 2인3각으로 만든 도시 안을 기묘한 3인조 파티가 걷고 있었다.

한 사람은 마녀처럼 모자를 눌러쓴 장신의 미녀, 하이 알케미스트인【크라임】. 그리고 그녀의 뒤를 따르듯 걸음을 옮기고 있는 두 소녀는 파머인【요슈아】와 카펜터인【카토】였다.

"오오! 엄청난 곳이구나!"

"사람이 잔뜩…… 있어요!"

【카토】의 플레이어인 토카와,【요슈아】의 플레이어인 요시노가 컴퓨터 앞에서 활기찬 목소리로 그렇게 외쳤다.

하지만 앞장서서 걷고 있는【크라임】의 플레이어인 나츠미는 주의 깊게 화면을 쳐다보면서 신중하게 캐릭터를 조작했다.

"……머리 위에 이름과 스테이터스 바가 있는 게 PC, 아무

것도 없는 게 NPC야. PC한테는 가능한 한 말을 걸지 마."

"음? 어째서냐?"

토카가 영문을 모르겠다는 듯이 고개를 갸웃거리자, 나츠

미는 그 순진무구한 반응에 「큭……」 하고 미간을 찌푸리며

대답했다.

"……그게, PC는 화면 너머에 진짜 인간이 있는 거잖아?

NPC처럼 정해진 대사가 아니라, 우리가 한 말이나 행동에

따라 말을 할 거 아냐……?! 게임을 하면서까지 남을 신경

쓰고 싶진 않아……!"

"그, 그런가요……."

"으음, 그럼 왜 이렇게 사람이 많은 곳에 온 것이냐?"

토카가 지당하기 그지없는 질문을 던지자, 나츠미는 낮은

신음을 흘렸다.

"……어쩔 수 없잖아. 부서진 집과 밭을 재건하는 데 필요

한 건축용 아이템을 보충해야 한단 말이야."

나츠미는 짜증 섞인 목소리로 그렇게 말한 후, 땅이 꺼져

라 한숨을 내쉬었다.

그녀는 다른 플레이어들의 걸음을 방해하지 않기 위해서

길 가장자리로 걸으면서 투덜댔다.

"필요한 아이템을 사면 바로 이동하자. 최대한 남들과 얽

히고 싶지 않으니까, 아까 전의 거기처럼 아무도 드나들지 않을 법한 숲을 찾아야—."

그 순간, 나츠미는 말을 멈췄다. 화면 안의 【크라임】이 느닷없이 누군가와 부딪쳤기 때문이다.

게다가 부딪친 상대방의 머리 위에는 이름과 스테이터스 바가 있었다. PC였다.

"……윽!"

나츠미는 어깨를 부르르 떨더니, 채팅 윈도우에 바로 문자를 입력했다.

『—어머나, 뭐하는 거니? 우연을 가장한 것 치고는 너무 노골적이네.』

그 문장을 본 토카와 요시노는 깜짝 놀란 표정을 지었다. 그 반응에 나츠미가 「아차」 하고 말하는 것처럼 인상을 썼다.

"흐, 흥…… 이건 내가 아니라 【크라임】이 한 말이야."

"나츠미 씨, 역시 대단해요."

"음, 나츠미는 키보드를 치는 속도도 엄청 빠르구나!"

"……아, 타이핑 말이구나."

나츠미는 김이 샌 것처럼 어깨에서 힘을 쭉 빼더니, 한숨을 내쉬면서 다시 화면을 바라보았다.

나츠미가 이 캐릭터를 어떻게 요리할지 생각하고 있는데, 갑자기 상대방의 머리 위에 표시된 스테이터스 바가 순식간에 줄어들었다.

"어……?"

『커억……!』

캐릭터의 온몸에 대미지 이펙트가 생겨나더니, 피가 뿜어져 나왔다.

다음 순간, 그 캐릭터는 펑! 하고 시체를 안장하는 관으로 변했다. ―게임 안에서의 사망 표현이었다.

"어…… 이, 이게 어떻게 된……."

『우, 우와아아아아앗!』

나츠미가 얼이 나간 채 멍하니 있자, 그 광경을 목격한 다른 PC가 비명을 질렀다.

그럴 만도 했다. 도시는 몬스터가 들어올 수 없는 안전 구역이기에, 웬만해서는 사상자가 발생하지 않는다. 사람들이 동요하는 것도 당연했다.

그리고 바로 그때, 또 다른 PC가【크라임】을 향해 다가왔다.

『도와줘! 저 녀석이 아까 그 사람을 해쳤어!』

"어? 응?"

그 PC가 매달리면서 애원하자, 나츠미는 당황하고 말았다.

……왠지 귀찮은 일에 휘말린 것 같았다. 나츠미는 심호흡을 한 후, 자연스럽게 이곳을 벗어나기 위해 키보드로 텍스트를 입력했다.

『미안하지만 나는 바빠. 우후후, 미안―.』

하지만 텍스트를 끝까지 입력하기도 전에…….

강렬한 섬광이 화면을 가득 채우더니 한 캐릭터가 【크라임】 일행의 앞에 나타났다.

◇

"와아…… 엄청나네. 여기가 센트럴시티야?"

도시 안으로 들어선 시도는 탄성을 터뜨렸다.

지금까지 방문했던 다른 마을과는 규모 자체가 다를 정도로 거대한 도시였다. 줄지어 세워진 건조물의 숫자도, 길을 오가는 사람들의 숫자도 다른 마을과는 차원이 달랐다. 주위는 활기와 혼잡함과 떠들썩함으로 가득 차 있었다. 여기를 보니, 적을 쓰러뜨리지 않고 판타지 세계에서의 생활을 즐기는 것만으로도 만족하는 플레이어가 있다는 게 이해가 됐다.

"와아~, 엄청나네요~. 게다가 의외로 여자애가 많군요~. 정말 뜻밖이에요~. 이런 게임은 남자들이나 하는 거라고 생각했거든요~."

시도의 옆에서 게임을 하던 미쿠가 밝은 목소리로 그렇게 말했다.

그러자 맞은편에 있는 야마이 카구야, 유즈루 자매가 음흉한 미소를 지었다.

"크크크…… 눈에 비치는 것이 전부 진실이라고 생각했다간 따끔한 맛을 보게 될 것이니라."

"충고. 여성 캐릭터를 사용하는 사람이 전부 여성일거라고 생각하지 마세요. 성별을 사칭했을 수도 있으니까요."

"꺄아—!"

두 사람의 말에 미쿠는 비명을 질렀다. 야마이 자매는 그런 미쿠를 보며 재미있다는 듯이 웃었다.

"정말~! 왜 그런 짓을 하는 거죠~?! 무시무시한 함정이네요~. 남자라면 남자 캐릭터를 쓰란 말이에요~!"

"……어이."

미쿠가 그렇게 말하자, 시도는 도끼눈을 떴다.

그럴 만도 했다. 시도는 화면에 표시된 캐릭터들을 둘러보았다.

카구야의 다크 팔라딘 【†겐야†】, 유즈루의 사일런트 헌터 【유즈】, 미쿠의 메이지 【밀크】, 그리고— 시도의 미소녀 클레릭 【시오링】.

보다시피, 그의 캐릭터는 시도가 잠시 자리를 비운 사이 다른 소녀들에 의해 귀여운 여자아이로 개조되어 있었다.

하지만 미쿠는 그 일이 기억나지 않는 건지, 자신이 한 말의 모순을 눈치채지 못한 건지, 그저 어깨를 부들부들 떨면서 잘못되어 가는 이 세상에 대한 한탄을 늘어놓았다. 시도는 한숨을 내쉬고 말을 이었다.

"그런데 방어구점은 어디쯤에 있는 거야?"

그렇다. 시도 일행이 이 도시에 온 이유는 정보 수집과—잃어버린 장비를 보충하기 위해서였다.

전설의 플레이어 【파티마】가 숨겨둔 보물, 그 보물이 숨겨진 장소가 적힌 데이터를 우연히 입수한 카구야와 유즈루의 요청으로, 시도와 미쿠는 이 게임을 시작하게 되었다. 하지만…… 보물을 찾으러 다니다가 정체불명의 접착 함정에 걸린 일행은 장비를 잃어버리고 만 것이다.

"아, 이제 보이네. 바로 저기야."

카구야는 그렇게 말하면서 앞쪽에 있는 가게를 가리켰다. 그곳은 방패 모양의 간판이 달린 커다란 상점이었다.

"유도. 자, 들어가죠."

시도는 카구야와 유즈루의 뒤를 따라 가게 안으로 들어갔다.

그곳에는 다양한 갑옷과 로브가 전시되어 있었으며, 모험가로 보이는 PC들이 가게 안의 물건을 살피고 있었다.

"자, 일단 너희 직업에 맞춰 착용 가능한 장비를 찾아봐."

"응. 알았어."

"알았어요~. —어? 아아앗!"

미쿠가 갑자기 고함을 질렀다. 그러자 시도는 무심코 눈을 크게 떴다.

"왜 그래? 미쿠, 무슨 일이야?"

"『축복의 뷔스티에』! 이, 이게 좋겠어요~!"

미쿠는 브래지어와 복대를 합친 듯한 느낌의 에로틱한 속옷을 가리켰다. 게다가 다리에 착용하는 가터벨트까지 세트였다.

"어이어이…… 겉모양으로 판단하지 말고, 성능을 확인……."

"【시오링】 양이 이걸 꼭 입어줬으면 해요~!"

"무, 무슨 소리를 하는 거야?! 절대 안 입을 거야!"

시도는 무심코 큰 소리로 외쳤다. 게임 안이라고 해도 저런 꼴로 밖을 돌아다닌다면 정신 나간 사람 취급을 당할 것이다.

바로 그때, 또 초인종 소리가 들렸다.

"……."

왠지 불길한 예감이 든 시도는 침묵에 잠겼다. 딱히 위험한 손님이 찾아온 듯한 예감이 든 것은 아니다. 굳이 따지자면, 컴퓨터를 켜둔 채로 이곳을 벗어나려니 불안해 미칠 것만 같았다.

"……혹시나 해서 말해두는 건데, 내가 없는 동안 내 캐릭터를 조작하지 마."

"예~? 무슨 소리를 하시는 거예요~. 그런 짓을 할 리가 없잖아요~."

미쿠는 뻔뻔한 목소리로 그렇게 말했다. 시도의 볼을 타고 땀방울이 흘러내렸다.

하지만 초인종을 무시할 수도 없었다. 시도는 한 번 더 다

짐을 받은 다음, 거실을 나와 현관으로 걸어갔다.

그리고, 몇 분 후······.

"내가 조작하지 말라고 했잖아!"

거실에 돌아온 시도는 화면을 보고 그대로 고함을 질렀다.

화면 안에 있는 시도의 캐릭터【시오링】이 아까 미쿠가 말한 『축복의 뷔스티에』를 걸치고 있었던 것이다.

"꺄아~! 역시 잘 어울려요, 【시오링】양~!"

"긍정. 겉모양에 비해 방어력도 높고, 다양한 상태이상에 대한 내성도 갖추고 있어요. 독, 마비, 수면 회피······ DB 회피? 이건 뭐죠?"

"디버프 아닐까? 약체화 회피도 있네. 꽤 센 장비 같은데?"

"아무리 그래도 이걸 어떻게 걸치고 다녀! 장비를 바꿀 거야!"

하지만 아무리 클릭을 해도, 삐삐~ 하는 소리만 나면서 해골 마크가 표시됐다.

"저, 저주 걸린 장비잖아아아아아앗?!"

그렇다. 『축복의 뷔스티에』라는 이름과 달리, 이 장비는 저주에 걸려 있어서 벗을 수가 없었다.

"어이! 이런 걸 팔면 어떻게 해! 이 가게는 대체 어떻게 되어먹은 거야?!"

"아, 오해하지 마. 구매한 다음에 아이템에 저주를 부여한 거야. 『원념의 방울』이라는 걸로 말이야. 꽤 희귀한 거야."

"설명. 참고로 저주를 푸는 아이템은 현재 가지고 있지 않아요."

"너희 대체 무슨 짓을 한 거야?!"

시도가 새된 목소리로 항의 의사를 표명했지만…… 벗을 수 없다면 어쩔 수 없다. 한시라도 빨리 저주를 푸는 아이템을 손에 넣길 기원하면서 다른 이들의 쇼핑이 끝날 때까지 기다릴 수밖에 없었다.

곧 다들 쇼핑을 끝냈다. 칠흑빛 갑옷을 걸친 다크 팔라딘, 움직임이 편해 보이는 가죽 갑옷을 걸친 사일런트 헌터, 귀여운 로브를 걸친 메이지, 그리고 섹시한 속옷 차림인 클레릭으로 구성된 기묘한 파티가 완성됐다.

"자, 그럼 【파티마】의 보물을 찾으러 출발!"

"응답. 오~."

"오~!"

"……너희들, 두고 보자."

시도는 원망 섞인 어조로 그렇게 말한 후, 다른 이들과 함께 방어구 가게를 나섰다.

그러자 순간, 대로를 걷고 있던 PC들이 술렁거리기 시작했다.

"으으…… 어, 라……?"

한순간 속옷 차림으로 돌아다니는 【시오링】 때문에 저러는 거라고 생각했지만, 그렇지 않은 것 같았다. 아무래도 이 도시 안에서 소동이 일어난 것 같았다.

"뭐야……?"

『꺄아아아아아아앗!』

『사람이 죽었어!』

『PK다! 당하기 싫으면 도망쳐!』

그런 고함 소리가 들리더니, 화면 안을 가득 채우고 있던 PC들이 일제히 도망치기 시작했다.

"PK…… 이 도시에서 그런 짓을 한 거야?"

"흐음, 신기한 일도 다 있네. 센트럴에서 그런 소동을 일으켰다간 자경단에게 찍히거든."

"……."

시도는 그 말을 듣고 입을 다물었다. 이유는 단순했다. 카구야의 눈이 반짝이고 있었던 것이다.

"저기, 우리도 도망치는 편이―."

"무슨 소리를 하는 거야! PK 같은 레어 이벤트를 놓칠 수 없잖아!"

"긍정. 가죠. 시도, 미쿠."

"예~!"

"이럴 줄 알았어……. 뭐, 게임이니까 괜찮겠지. 그래도 너무 나서지는 마."

시도는 한숨을 내쉬면서 그렇게 말한 후, 【†겐야†】, 【유즈】의 뒤를 쫓듯 【시오링】을 이동시켰다.

그러자 텅 빈 대로 한가운데에 있는 다섯 명의 캐릭터가 눈에 들어왔다.

네 명은 여성 캐릭터였으며, 그들은 한 남성 캐릭터와 대치하고 있었다.

아무래도 저 남성 캐릭터가 PK인 것 같았다. 칠흑빛 외투를 걸친 은발 남성이었다. 게임 화면인데도 위압감, 아니, 흉흉한 분위기가 느껴졌다.

"……꽤 강해 보이네. ……어?"

시도는 그 남자의 스테이터스를 보고 무심코 미간을 찌푸렸다.

왜냐하면 거기에 적혀 있는 것은—.

【파티마】 레벨 99   성별: 남   직업: 월드 브레이커

카구야와 유즈루가 말했던, 바로 그 전설의 플레이어와 이름이 같았던 것이다.

"어, 어이. 카구야. 이 녀석이 설마……."

시도는 카구야에게 말을 걸려다 알아챘다.

그가 남성 캐릭터의 스테이터스를 확인하는 사이, 【†겐야†】와 【유즈】의 모습이 사라졌다는 사실을 말이다.

"서, 설마……."

『멈춰라!』

『등장. 우리가 왔으니 더는 악행을 못 할 줄 아세요.』

불길한 예감을 느낀 시도의 볼이 딱딱하게 굳은 순간, 【†겐야†】와 【유즈】가 그렇게 외치며 남자와 소녀들 사이에 끼

어들었다.

불길한 예감이 적중했다. 이런 그럴 듯한 상황에서, 용감 무쌍한 카구야와 흥이 많은 유즈루가 고개를 들이밀지 않을 리가 없었다.

『그대들, 괜찮은 것이냐?』

『어? 아, 그래. 너는 누구야?』

【†겐야†】의 물음에 마녀 같은 모자를 쓴 미녀가 당황한 어조로 그렇게 물었다.

【†겐야†】는 머리카락을 쓸어 올리는 듯한 행동을 취한 후, 말을 이었다.

『홋, 딱히 이름을 밝힐 만큼 대단한 사람은 아니다. 하지만 약한 자를 괴롭히는 저딴 악당의 소행이 눈에 거슬—.』

【†겐야†】가 말을 잇고 있는 도중에【파티마】가 손을 들어 올렸다. 그러자【†겐야†】가 서 있던 장소가 쾅! 하면서 폭발했다.

"윽, 뭐하는 거야?! 대사 중에 공격하지 않는 건 상식 중의 상식 아냐?!"

"아니, 그런 걸 지키는 녀석이라면 PK 같은 걸 안 할 거라고……."

시도가 중얼거리듯 그렇게 말한 순간,【파티마】는 그 말을 긍정하기라도 하듯 또【†겐야†】를 향해 손을 들었다.

"위험해……!"

카구야가 급하게 마우스를 클릭해서 【†겐야†】를 이동시켰다. 하지만 피하기에는 늦었다!

하지만 바로 그때—.

『디바인 펜서!』

어딘가에서 그런 목소리가 들려오더니 【파티마】를 향해 빛의 칼날이 무수히 쏟아졌다. 【파티마】는 뒤로 몸을 날려 그 공격을 피했다.

"이건—."

시도는 공격이 날아온 방향을 쳐다보았다. 그러자 세 모험가의 모습이 눈에 들어왔다.

그 중 한 명인 홀리 나이트 【아니】가 흘겨보듯 주위를 둘러보더니, 【파티마】를 향해 검을 겨누었다.

『드디어 찾았네, 이 망할 도둑 씨. 자, 대가를 톡톡히 치르게 해주겠어!』

『……호오?』

그러자 지금까지 침묵을 지키고 있던 【파티마】가 입을 열었다.

『그 말투…… 그래, 그렇게 된 건가. 훗…… 여기에 온 건 단순한 변덕이었는데, 뜻밖의 인물을 만났군.』

【파티마】는 그렇게 말하면서 자신만만하게 웃었다.

그 모습을 본 카구야가 인상을 쓰면서 입을 열었다.

"……어? 마치 악연으로 얽힌 듯한 이 분위기는 뭐야? 나,

혹시 무시당하고 있는 거야?"

"아니, 으음······."

『재미있군. 또 만나자, 과거의 그릇이여. 그때야말로 【파티마】라는 이름은 완전히 내 것이 되리라.』

시도가 말끝을 흐리는 사이, 【파티마】는 손을 휘둘렀다.

그러자 화면이 찬란히 빛나면서 한순간 아무 것도 보이지 않게 되었다.

"앗······?!"

화면이 다시 원래대로 되돌아온 순간, 【파티마】는 어느새 자취를 감췄다.

◇

『······그래서?』

【파티마】의 습격이 있은 지 수십 분 후······.

센트럴시티에 있는 술집에서 마녀 모자를 쓴 여성 캐릭터 【크라임】이 불만을 드러내듯 한숨을 내쉬었다.

『왜 우리가 이런 대접을 받아야 하는 거야? 우리는 피해자······ 아니, 그저 우연히 휘말렸을 뿐이라고!』

『그건 알아. 우리는 그저 아까 그 녀석에 대해 좀 물어보려는 것뿐이야.』

그런 【크라임】을 달래듯 이렇게 말한 사람은 아까 【파티마】를 격퇴한 홀리 나이트 【아니】였다.

그렇다. 아까 그 일이 있은 후, 【아니】는 자초지종을 듣고 싶다면서 그 자리에 있던 캐릭터들을 이곳으로 데려온 것이다.

시도는 원탁 앞에 앉은 캐릭터들을 둘러보았다.

【†겐야†】 레벨 38   성별: 남   직업: 다크 팔라딘

【유즈】 레벨 38   성별: 여   직업: 사일런트 헌터

【밀크】 레벨 10   성별: 여   직업: 메이지

【시오링】 레벨 10   성별: 여   직업: 클레릭   ※저주에 걸렸음

시도 일행의 파티 멤버…….

【아니】 레벨 80   성별: 남   직업: 홀리 나이트

【토리코】 레벨 21   성별: 여   직업: 워리어

【오리온】 레벨 21   성별: 남   직업: 시프

위기에 처한 일행을 구해줬던 【아니】 파티…….

【크라임】 레벨 45   성별: 여   직업: 하이 알케미스트

【요슈아】 레벨 1   성별: 여   직업: 파머

【카토】 레벨 1   성별: 여   직업: 카펜터

그리고 【파티마】와 대치했던 세 사람과…….

【메어리】 레벨 16   성별: 여   직업: 바드

그녀들에게 도움을 청했던 소녀가 있었다.

『그 자식이 누구인지 알아? 왜 표적이 됐던 거야?』

『그러니까 모른다구. 우리는 그저 휘말렸을 뿐이야.』

『너희 둘도 마찬가지야?』

【아니】가 【크라임】의 옆에 앉아있는 두 사람에게 말을 걸었다. 그러자 【요슈아】와 【카토】가 대답을 했다.

『안녕하세요. 저는 요슈아예요.』

『7ㅣg흐ㅣspjㅁ.』

『……뭐라는 거야?』

【아니】가 의아해 하면서 그렇게 물었다. 그러자 【크라임】이 난처하다는 듯이 머리에 손을 짚으며 입을 열었다.

『……미안하지만, 이 두 사람은 타이핑에 익숙하지 않아.』

『아…….』

【아니】는 머리를 긁적이면서 이번에는 【†겐야†】 일행을 쳐다보았다.

『그럼, 너희는 어때?』

『홋, 우리는 정의를 지키기 위해 나섰을 뿐이니라.』

『질문. 그것보다 【아니】야말로 대체 【파티마】와 어떤 관계인 거죠?』

『…….』

【유즈】의 질문에 【아니】는 침묵에 잠겼다.

참고로 카구야는 이제야 「어? 방금 걔가 【파티마】였어?」라고 외쳤고, 유즈루는 그 말을 듣고 「경악. 눈치 못 챘던 건건가요?」라고 말했다.

『의문. 전설적인 플레이어 【파티마】가 그런 악한이라고 믿

시오링

크라임

아니

카토

고 싶지 않아요. 그리고 남에게 질문을 할 때는, 우선 자신이 가지고 있는 정보부터 먼저 공개해야 하지 않을까요?』

【유즈】가 그렇게 말하자, 【아니】는 체념한 것처럼 한숨을 내쉬었다.

『……어쩔 수 없네. 내가 지금부터 하는 이야기는 비밀로 해줬으면 해…….』

잠시 말을 멈췄던 【아니】는 자신을 손가락으로 가리키면서 말했다.

『【파티마】는…… 바로 나야.』

『어……?』

『……그게 무슨 소리야?』

술집의 원탁에 둘러앉아 있던 이들은 그 뜻밖의 고백을 듣고 당황했다. 그러자 【아니】는 어깨를 으쓱하면서 말을 이었다.

『말 그대로야. 【파티마】는 옛날에 내가 만들었던 캐릭터야. 그것도 엄청 열심히 키워서 「폴라리스」에서 처음으로 레벨 99에 도달했었어. ……그런데 몇 년 동안 개인적인 사정으로 로그인을 못 했거든. 그러다가 오래간만에 로그인을 했더니, 「패스워드가 틀렸습니다」라고 뜨지 뭐야.』

『혹시 남에게 패스워드를 도둑맞은 거야?』

【크라임】의 물음에 【아니】는 고개를 끄덕였다.

『그리고 악질 PK인 【파티마】의 소문을 접했어. 어디 사는 누군가가 내【파티마】를 이용해 악행을 저지르고 있는 거야. 물론 운영 측에도 연락을 취해봤지만 감감무소식이야. 이렇게 되면 직접 찾아내서 박살을 내주는 수밖에 없지 않겠어?』

【아니】는 그렇게 말하면서 자신의 손바닥에 주먹을 날렸다.

시도는 납득을 했다는 듯이 턱을 쓰다듬었다.【아니】의 말을 전부 믿는 건 아니지만…… 그 이야기가 사실이라면 아까【파티마】가 했던 말도 납득이 되었다.

바로 그때, 카구야가 뭔가가 생각난 것처럼 손뼉을 친 후, 키보드를 두드리기 시작했다.

『아, 맞다! 만약 네가 진짜【파티마】라면 이걸 본 적이 있을 거야.』

【†겐야†】가 그렇게 말하면서 아이템란에서『편지』를 선택해 화면에 띄웠다. 그렇다. 카구야와 유즈루의 목적인【파티마】의 보물이 있는 곳이 적힌『편지』였다.

【아니】는 그것을 보더니『아~』하고 입을 열었다.

『반갑네~. 그러고 보니 이런 걸 작성한 적이 있어~. 마지막 시크릿 보스를 쓰러뜨리고 전설의 장비 시리즈를 손에 넣었는데, 게임 밸런스가 무너질 정도로 너무 세서 세상 곳곳에 숨겨뒀어.』

『여, 역시, 이건 진짜였구나!』

『의문. 하지만 여기에 적힌 지점에는 아무것도 없었어요. 이미 누군가가— 혹시 가짜【파티마】가 발굴한 걸까요?』

『응~? 그렇지는 않을 거야. 만약 누군가가 찾아냈다면 당연히 장비를 할 테고, 장소를 알았다고 해서 손에 넣을 수 있는 것도 아니거든.』

『예? 그게 무슨 소리인가요~?』

【밀크】가 묻자, 【아니】는 손가락 하나를 세우고(게임 캐릭터인데도 그런 세세한 동작을 취하고 있었다) 설명을 했다.

『전송 주문과 시한(時限) 타이머를 합쳐서, 전 세계에 존재하는 백여 곳의 은닉처에 랜덤으로 이동하게 설정해뒀어. 그러니 지금 그 장비가 어디 있는지는 나도 몰라.』

『뭐어? 그럼 아무도 손에 넣을 수 없겠네!』

『으음~, 그럴지도 몰라. 얼마 전까지는 그 아이템이 어디에 있는지 정확하게 알 수 있는 수단이 있었는데, 지금은 사정이 있어서 쓸 수가 없어.』

『흐음…… 그럼 그 전설의 장비 시리즈는 대체 얼마나 강한 거야?』

【토리코】의 질문에 【아니】는 기억을 뒤지는 듯한 시늉을 하면서 대답했다.

『아~, 대미지를 입자마자 그 대미지만큼 HP가 회복되는 「암브로시아 메일」, 상대에게 방어가 불가능한 즉사 효과를 주는 「마검 타나토스」, 이동 속도가 100배가 되는 「위타천(韋陀天)의 신발」……. 그리고 그것들을 하나라도 장비하면 각종 상태이상 및 약체화 회피 효과를 얻을 수 있어.』

『으음…… 그런 걸 쓰면 진짜로 밸런스가 붕괴되겠네. ……그런데 그 신발을 장비하면 오히려 게임을 즐기기 더 힘들어지지 않을까?』

『그렇게 생각하지? 실은 그걸 써보고 멀미가 나서 봉인하기로 결심했어.』

바로 그때, 【유즈】가 뭔가가 생각난 것처럼 고개를 들었다.

『회상. 그러고 보니 【유즈】 일행이 이 장소에 갔을 때, 주위에 함정이 설치되어 있었어요. 혹시 【파티마】가 설치한 걸까요?』

【아니】는 그 말을 듣더니 『아……』하며 머리를 긁적인 후 대답했다.

『그럴 가능성도 있어. 발굴 포인트에 함정을 설치해서, 보물을 손에 넣은 모험가를 잡는다. 뭐, 효율적이기는 해.』

【아니】가 그렇게 말하자, 옆에 앉아있던 【토리코】와 【오리온】이 납득한 듯한 말투로 이렇게 말했다.

『아…… 그러고 보니 우리도 함정에 당했어.』

『역시 그건 【파티마】가 설치한 함정이었구나.』

고개를 끄덕이는 걸 보니, 그들도 【파티마】에게 호되게 당한 적이 있는 것 같았다.

『저기~, 아까부터 신경 쓰이는 점이 하나 있는데요~. 좀 물어봐도 될까요~?』

바로 그때, 미쿠가 조종하는 【밀크】가 입을 열었다.

『응. 뭔데~?』

『【아니】씨는 말투가 좀 여성스러운 것 같은데…… 혹시 여성이세요~?』

『응, 맞아~. 내가 말 안했어? 아, 참고로 말하자면 【오리온】도 남자 캐릭터지만 플레이어는 여자애야.』

【아니】는 아무렇지도 않은 듯이 그렇게 말했다. 그러자 【밀크】는 기뻐 죽겠다는 듯이 덩실덩실 춤을 췄다.

『꺄아~! 그랬군요~! 에이, 그러면 빨리 말해달라고요~!』

『아하하, 미안해. 하지만 성별이 다른 캐릭터를 쓰는 사람은 꽤 많을걸? 저기, 【†겐야†】군. 너도 여자애지?』

『아니…… 그걸 어떻게 안 거야?!』

『아, 말투나 움직임을 살피면 알 수 있거든. 그리고…….』

【아니】는 그렇게 말하면서 테이블을 둘러보았다.

"……윽!"

시도는 숨을 삼켰다. 아무래도 【아니】는 상당한 베테랑 플레이어인지, 성별을 사칭한 이를 알아볼 수 있는 것 같았다. 그렇다면 속옷 차림의 미소녀 캐릭터를 사용하고 있는 시도가 남자라는 것도 꿰뚫어 볼—.

『으음, 다른 사람은 전부 여자애네. 틀림없어.』

"……트, 틀림없기는 무슨!"

【아니】의 말에 시도는 현실세계에서 태클을 날렸다. 미쿠와 야마이 자매는 웃겨 죽겠다는 듯이 웃음을 흘리고 있었다.

『응……?』

바로 그때, 【크라임】이 낮은 신음을 흘렸다.

아무래도 【†겐야†】의 『편지』를 보고 있는 것 같았다. 그 『편지』의 문장을 살펴보더니, 잠시 동안 침묵에 잠겼다.

『……이 좌표, 설마, 내…….』

그리고 잠시 후, 【크라임】은 고개를 치켜들었다.

『……저기, 그 【파티마】라는 녀석은 보물을 찾기 위해서라면 거기에 세워진 집도 박살내버리고 남을 녀석이야?』

『뭐? 으음, PK니까 말이야. 그 정도는 아무렇지도 않게 저지를걸?』

「그렇구나……. 【아니】라고 했지? 너, 이제부터 그 【파티마】라는 녀석을 찾아서 따끔한 맛을 보여줄 거지?』

『아, 응. 그럴 거야.』

『그럼 우리도 너희를 도울게. ……실은 우리도 그 【파티마】에게 엄청 원한이 있거든.』

【크라임】이 텍스트를 통해서도 원한이 느껴질 정도의 분위기를 자내며 그렇게 말했다. 【아니】는 놀란 듯한 반응을 보인 후, 고개를 끄덕였다.

『정말? 그럼 환영할게. 고레벨 플레이어가 도와준다면야 우리야 고맙지. 뭐, 옆에 있는 두 사람은 좀 단련을 하는 편이 좋겠지만 말이야.』

『힘낼게요.』

『gє╥ㄴ;pㅅks.』

『아하하. 오케이, 오케이. 나만 믿어.』

【아니】는 깔깔 웃으면서 엄지를 치켜들었다.

바로 그때, 【†겐야†】가 입을 열었다.

『기다려라! 이 몸 또한 그대들과 뜻을 함께 하는 자이니라! 이 몸을 속인 거짓된 영웅에게 피의 제재를 내리고 말겠다!』

『통역. 【†겐야†】는 자기도 파티에 받아달라고 말한 거예요.』

『정말? 고마워. 나도 꽤 레벨을 올리긴 했지만, 역시 서브 캐릭터인 【아니】 혼자서는 【파티마】를 당해낼 수가 없거든.』

『크큭, 마음 놓거라! 이 몸이 지닌 어둠의 힘을 보여주마!』

술집의 원탁 주위가 떠들썩해지면서 분위기가 달아오르기 시작했다.

하지만 바로 그때, 【토리코】가 차분한 말투로 말했다.

『그런데, 구체적으로 어떻게 할 거야? 【파티마】가 어디로 갔는지 모르는데다, 평소에는 「새도 가든」…… 맞나? 아무튼 그 아이템으로 이름과 스테이터스를 숨긴다면서? 그럼 찾을 수가 없잖아. 또 그 녀석이 PK 사건을 일으킬 때까지 기다릴 거야?』

『음, 그게…….』

【아니】가 말을 이으려던 순간—.

『저, 저기……!』

지금까지 침묵을 지키고 있던 소녀— 【메어리】가 갑자기 입을 열었다.

『어? 왜 그래?』

『으음, 감사 인사를 아직 드리지 않아서…… 구해주셔서 정말 고맙습니다.』

『아, 괜찮아. 내가 멋대로 한 거잖아.』

『저기…… 실은 말이죠.』

【메어리】가 잠시 머뭇거린 후, 입을 열었다.

『어쩌면 제가 도와드릴 일이 있을지도 몰라요……!』

『응? 너도 우리 파티에 들어올 거야?』

『아, 아뇨! 당치도 않아요! 그런 게 아니라…… 저는 그 녀석이 어디 있는지 짐작이 돼요.』

『뭐……? 그게 무슨 소리야?』

【아니】가 그렇게 묻자, 【메어리】는 긴장한 듯한 표정으로 이야기를 시작했다.

『저기…… 실은 아까 【파티마】에게 살해당한 사람은 제 애인이에요.』

『흐음, 그랬구나.』

『예…… 아, 저기, 뭐, 게임 안에서만의 관계이고, 본인을 직접 만나본 적은 없지만요…….』

【메어리】는 멋쩍은 듯이 머리를 긁적이면서 말을 이었다.

『그게, 저기…… 이런 말을 하는 건 그렇지만, 제 애인이 아무래도 【파티마】라는 사람과 함께 악행을 저지르고 다닌 것 같아요…….』

『악행?』

『예…… PK를 해서 빼앗은 레어 아이템을 제 애인이 RMT를 이용해 돈으로 바꾼 것 같아요…….』

『RMT가 뭔가요~?』

【밀크】가 질문을 했다. 그러자 【크라임】이 그 질문에 답했다.

『리얼 머니 트레이드. 즉, 게임 아이템을 현실의 돈으로 거래하는 거야. 「폴라리스」에서는 금지된 걸로 아는데…….』

『와아~! 그렇군요~! 그건 그렇고 【크라임】 씨는 미인이네요. 저는 예쁜 언니에게 어리광을 부리고 싶어지는 병에 걸렸는데, 치료해주지 않겠어요~?』

『……저기, 이 애, 뭐야? 좀 무서운데…….』

【크라임】이 당혹스러운 표정을 지으며 그렇게 말하자, 시도는 힘없이 쓴웃음을 지었다.

두 사람이 그런 대화를 나누는 사이, 【아니】가 천천히 턱에 손을 댔다.

『오호라…… PK로 모자라, 내 【파티마】로 그런 쓰레기 같은 짓을 한 거네.』

『예……. 그러다 저와 사귀게 된 그는 이제 나쁜 짓을 관두겠다면서 【파티마】와 인연을 끊고 오겠다고 했어요……. 그걸로 전부 다 해결될 줄 알았는데…….』

『입막음…… 아니, 화풀이 삼아 죽인 거네. 완전 제멋대로잖아, 이거, 진짜로 한 방 먹여주지 않으면 분이 안 풀리겠어.』

시도는 그 말을 듣고 숨을 삼켰다. 차분한 어조에는 그 ─ 참고로 플레이어는 여성이라고 했다 ─ 의 분노가 어려 있었다.

『그런데 【메어리】? 그 녀석이 어디 있는지 짐작 간다는 건 무슨 소리야?』

『아, 그게…… 전에 애인한테서 PC에게서 빼앗은 아이템을 보관해두는 장소가 어디인지 들은 적이 있어요……. 아마 거기를 감시하다 보면, 그 녀석을 발견할 수 있을 거예요……!』

【메어리】의 말에 【아니】는 팔짱을 끼며 입을 열었다.

『흐음, 유익한 정보네. 하지만 아이템을 보관하는 장소를 바꿀 가능성은 충분히 있어. 아무리 배신자를 죽였다고 해도, 현실세계의 플레이어는 살아있으니까, 오히려 더 경계할지도 몰라. 너희의 레벨을 올리지 못해 아쉽지만, 그 녀석을 잡을 거라면 지금 바로 그 곳으로 향해야 할 거야.』

【아니】는 그렇게 말한 후, 동의를 구하듯 주위를 둘러보았다.

그러자 캐릭터들이 동의한다는 의미의 동작을 취했다.

하지만─.

『ㅂㅔ시지ㄷㄴkdsd빠k.』

【카토】가 괴상한 텍스트를 올리자, 【크라임】이 통역을 하듯 입을 열었다.

『저기, 미안하지만 잠시 휴식 시간을 가지면 안 될까?』

『응? 그건 괜찮은데, 무슨 일 있어?』

『이 애, 배가 고프대.』

『아~.』

【아니】는 납득한 것처럼 고개를 끄덕였다.

시도 또한 「아」 하고 짤막하게 입을 열며 거실 벽에 걸린 시계를 쳐다보았다. 오후 여섯 시. 정령들이 저녁을 먹으러 올 시간이 되었다.

"우와, 벌써 시간이 이렇게 됐구나. 저녁 준비를 해야겠네······."

이마에 땀이 맺힌 시도가 키보드를 입력했다.

『미안한데, 저녁 준비를 해야 하니 잠시 빠질게요.』

『아, 【시오링】 씨는 혹시 주부세요? 이야~, 유부녀가 조종하는 에로 속옷 캐릭터도 괜찮네요~.』

"······."

【아니】는 여성 플레이어가 맞는지 의심이 되는 소리를 했다. 시도는 말문이 막혔고, 미쿠와 야마이 자매는 배를 잡으며 웃었다.

『오케이, 오케이~. 그럼 다들 저녁 먹고 목욕을 한 다음, 열 시 정도에 다시 집합하는 건 어떨까?』

『응. 좋아.』

『좋다. 그럼 약속의 땅에서 다시 보자꾸나!』

『예······ 잘 부탁드려요.』

각 파티의 대표가 그렇게 말한 후— 화면에서 캐릭터들이 차례차례 로그아웃했다.

◇

—그리고, 오후 일곱 시.

"그럼, 잘 먹겠습니다."

"""잘 먹겠습니다!"""

시도의 집 식탁에서 힘찬 목소리가 울려 퍼졌다.

방금까지 시도와 야마이 자매, 미쿠, 이렇게 넷 밖에 없었던 이 집은 현재 많은 정령들이 모여 있었다. 식탁만으로는 전원이 식사를 할 수 없기에, 거실 테이블에도 요리를 차려 놓았다.

오늘 메뉴는 손말이 초밥이었다. 밥에 식초 등을 넣고 간을 해야 하기는 하지만, 비교적 단시간에 만들 수 있으며, 식사 인원의 변화에도 쉽게 대응할 수 있기 때문에 이런 상황에서 효율적인 요리였다.

"아앙~ 우물……."

재료를 너무 많이 넣어서 금방이라도 터질 것 같은 손말이 초밥을 입 안 가득 집어넣은 토카가 행복한 표정을 지었다.

"우물우물…… 맛있다! 시도, 이건 정말 맛있는 음식이구나!"

"하하, 마음에 들었다니 다행이야."

시도가 그렇게 말하자, 코토리는 의아하다는 듯이 고개를 갸웃거렸다.

"하지만 오늘 저녁 메뉴는 딴 거 아니었어?"

"뭐? 아, 그게……."

시도는 말을 잇지 못했다. 메뉴가 바뀐 건 온라인 게임을 하느라 준비할 시간이 없었기 때문이지만…… 사실대로 이야기하려니 좀 머뭇거려졌다. 결국 시도는 얼버무리듯 헛기침을 했다.

"으음, 코토리가 잘못 알고 있었던 것 아닐까? ……그런데 오늘은 다들 늦게 왔네. 무슨 일 있었어?"

"음? 오오! 그게 말이다, 시도. 내 말을 좀 들어봐라. 실은 나츠미와 온라—"

"아아아아아아아아앗!"

토카가 말을 이으려던 순간, 나츠미가 고함을 질렀다.

"저기, 토카……. ……니까……."

"흠…… 알았다! 나츠미와 게임을 했다는 걸 비밀로 하라는 거구나!"

"그걸 비밀로 해달란 말이야아아아앗!"

나츠미는 더는 못 참겠다는 듯이 큰 소리로 외쳤다. 그 모습을 본 시도는 아하하 하고 쓴웃음을 흘렸다. 아무래도 토카는 나츠미의 방에서 같이 게임을 한 것 같았다. 딱히 숨길 필요는 없을 것 같은데…….

나츠미가 소리를 지른 순간, 니아가 쓴 안경이 반짝였다.

"응~? 낫츙, 왜 게임을 했다는 이야기를 했을 뿐인데 그렇게 당황하는 거야? 혹시—."

"윽……?!"

나츠미는 그 말에 몸을 부르르 떨었다. 니아는 훗훗훗, 하고 의미심장한 웃음을 흘린 후, 나츠미를 손가락으로 가리키며 외쳤다.

"낫츙, 토카 양한테 에로 게임을 시켜준 거지?! 그리고 심하게 동요하는 걸 보니…… 순애물이 아니라, 낫츙의 취향이 잔뜩 반영된 능욕물이구나!"

""푸읍?!""

니아의 말에 나츠미와 시도는 동시에 사레가 들렸다.

"나, 나츠미, 너 설마……."

"믿지 마아아아앗! 그, 그런 걸 했을 리가 없잖아!"

"에이~. 솔직해지라구, 낫츙. 이야~, 기쁘네~. 이렇게 가까운 곳에 미소녀 에로 게이머가 있는 줄 몰랐어. 우리, 밤새도록 열정적인 대화를 나눠보자~. 낫츙의 성적 취향을 자세하게 알~고~싶~어~. 참고로 내 개인적 예상으로는 누님 쇼타 혹은 밝히는 여자 쪽일 것 같아."

"멋대로 남의 성적 취향을 예상하지 말아줄래?!"

나츠미는 테이블을 내리치면서 비명을 질렀다. 니아는 즐거운지 한동안 웃은 후, 뭔가가 생각난 것처럼 손뼉을 쳤다.

"……아, 맞다. 미안한데 오늘은 열 시에 스케줄이 있으니까 다음에 하자~."

"열 시? 무슨 일 있나요~?"

미쿠가 고개를 갸웃거리며 물었다. 그러자 니아는 의미심장한 눈길을 머금으며 한숨을 토했다.

"으음…… 좀 귀찮은 일이 벌어졌거든. 간단하게 말하자면 — 옛날 남자가 얽힌 일이랄까?"

"예…… 에엣?!"

니아가 뜻밖의 말을 입에 담자, 미쿠는 눈을 동그랗게 떴다.

"니아 양, 그게 무슨 소리인가요?!"

"말 그대로야. 나도 다 큰 어른이거든? 그런 일이 몇 번은 있었을 것 같지 않아?"

니아는 그렇게 말하더니, 우훗~ 하고 교태를 부렸다. 정령들은 경악하거나, 미심쩍어 하거나, 혹은 질린 표정을 지으며 그녀를 쳐다보았다.

◇

그리고 그 날 밤.

【파티마】를 타도하기 위해 만들어진 즉석 파티는 대륙 동쪽 끝에 있는 고난이도 던전 『연옥성(煉獄城)』을 방문했다.

그곳은 흉흉한 분위기가 감도는 거대하고 오래된 성이었

다. 달을 배경 삼아 존재하는 그 모습은 그야말로 마성(魔城) 그 자체였다. 게임 그래픽인데도 불구하고, 겉모습만으로도 초심자 플레이어들이 꼬리를 말고 도망치게 만들 수 있을 만큼 기묘한 박력을 지니고 있었다.

『아무도 다가가지 않는 이런 곳을 은신처로 삼고 있었구나.』

【아니】는 턱을 매만지면서 그렇게 말했다. 시도는 고개를 갸웃거리면서 키보드를 두드렸다.

『특수한 장소인가요?』

『으음~. 「폴라리스」 안에서도 최고 난이도의 던전 중 하나인데, 적이 말도 안 될 정도로 강해. 초 고레벨 캐릭터가 아니면 함부로 드나들 수 없을 정도야.』

『아하…… 그럼 우리도 들어갈 수 없는—.』

『안심하세요!』

【시오링】의 말에 대답한 사람은 그들을 이곳까지 안내한 【메어리】였다.

『애인한테 들은 정보에 따르면, 이 근처에…….』

【메어리】는 그렇게 말하면서 성벽 주위를 살피기 시작했다.

곧 덜컥 하는 소리가 들리면서 지면의 일부가 열리더니, 지하로 이어지는 계단이 모습을 드러냈다.

『오옷! 비밀문!』

『흐음, 하긴, 사업 파트너가 마음대로 드나들 수 없다면 불편할 테니까 말이야. 이런 장치가 있는 편이 나을 거야.』

【아니】는 납득한 것처럼 그렇게 말한 후, 다른 이들을 쳐다보았다.

『자, 다들 준비는 됐어? 그럼 아까 설명한 작전에 맞춰 행동해줘.』

【아니】의 말에 다들 일제히…… 아니, 조작에 익숙한 순서대로 고개를 끄덕였다.

그들은 이곳에 오는 와중에 작전을 짰다.

【시오링】과 【밀크】 같은 후위 마법 직업 캐릭터는 서포트 주문을 계속 사용해 파티의 강화 및 적을 약체화시킨다. 그리고 【아니】를 중심으로 한 상급 직업 그룹이 사방에서 【파티마】를 쉴 새 없이 공격한다.

그리고 레벨 1인 【카토】와 【요슈아】는 레벨에 상관없이 고정 대미지를 가할 수 있는 아이템인 『돌』을 마구 던져댄다……라는, 성능이 뛰어난 캐릭터를 수적 우세로 찍어 누르는 전법을 짠 것이다.

과거에 【아니】의 플레이어가 조종했던 진짜 【파티마】도 대형 길드와 다툼이 일어났을 때 이 전법에 휘말린 적이 있다고 한다. 그때는 가지고 있던 아이템을 거의 다 쓴 끝에 겨우 목숨만 건지고 도망칠 수 있었다고 한다.

『역시 전쟁은 숫자로 하는 거야. 영웅 한 명이 백 명의 병사를 당해낼 수 없지. 솔로 플레이로 최강이 되는 건 꿈같은 이야기라니깐. 게임 설정 상 있을 수 없는 일이야』

그렇게 전설의 플레이어가 공허한 눈빛을 띠며 말하는 모습은 솔직히 말해서 보고 싶지 않았다.

하지만 거꾸로 말하자면, 시도 일행이라도 적절한 전법을 사용하면 【파티마】를 해치울 수 있는 것이다. 물론 【파티마】에게 동료가 있다면 이야기가 다르지만, 배신자를 직접 숙청하러 나타난 걸 보면 동료가 많을 것 같지는 않았다.

『좋아. 그럼 우리가 【파티마】를 자근자근 밟아주는 사이에, 【오리온】과 【토리코】는 【파티마】의 유저 정보를 알아내.』

『알았어. ID와 패스워드만 알면 주소, 이름, 연령을 비롯해 충치 개수까지도 알아낼 수 있어.』

『휴우, 【오리온】은 믿음직하네. 만약 네가 적이었다면 정말 섬뜩할 거야.』

『……너희 둘, 불온한 이야기 좀 그만해. 다들 질려 버렸잖아.』

【토리코】는 질렸다는 듯이 그렇게 말했다. 실제로 【크라임】과 【메어리】는 완전히 질려 버렸다. ……【오리온】은 대체 뭐 하는 사람인 걸까.

『뭐~, 딱히 악용하려는 건 아냐. 【파티마】의 계정을 돌려받은 다음, 두 번 다시 이런 짓을 못하도록 집에 괴문서를 보내주기만 할 거야.』

『전자는 몰라도 후자는 법에 저촉될 것 같은데…….』

【토리코】는 표정을 굳히면서 팔짱을 꼈다. 하지만 【아니】는

개의치 않는 것 같았다. 그리고 손을 들며 앞장을 서더니, 비밀 계단을 내려가기 시작했다.

『그럼 가자. 다들, 내 뒤를 따라와!』

『오~!』

파티 멤버들은 힘차게 응답을 한 후, 전위 상급 직업, 서포트 멤버, 돌팔매질 담당, 그리고 후방 담당인 【메어리】 순서로 계단을 내려갔다.

긴장감으로 말라버린 목구멍을 침으로 적시며, 캐릭터를 조작해서 기나긴 계단을 내려갔다.

그렇게 얼마나 나아갔을까. 일행은 어떤 문 앞에 도착했다.

『좋아, 돌격!』

【아니】는 문을 걷어차서 부수고 그대로 방 안으로 뛰어 들어갔다. 파티 멤버들도 차례차례 그 안으로 몰려 들어갔다.

【시오링】도 그 뒤를 따르며 방 안에 들어가 주문을 외우기 시작했다.

아무리 수적으로 우세하다 할지라도, 상대는 최강 캐릭터인 【파티마】다. 시도 일행이 이기기 위해서는 허를 찌르면서 선수를 칠 수밖에 없었다.

하지만—.

『……어?』

【아니】의 그 한 마디가, 주위를 가득 채우고 있던 긴장의 끈을 잘라버렸다.

【아니】가 그런 한 마디를 토한 이유는 단순했다. 【파티마】가 방 안에 없었던 것이다.

『휴우…… 없네. 그럼 다들 방 안의 수납함을 조사해줄래? 쓸 만한 아이템이 들어 있다면 아직 환금 전일 가능성이 있으니까 함정을 쳐두자.』

『오케이~.』

【아니】의 지시에 따라 다들 방 곳곳에 놓인 아이템 수납함을 조사하기 시작했다.

바로 그때였다.

『드레스 브레이크.』

느닷없이 어딘가에서 그런 주문이 들려왔다.

『앗……?!』

그 뒤를 이어 당황으로 가득 찬 【아니】의 목소리가 들려왔다.

다음 순간, 방 안에 빛이 퍼지더니— 파티 멤버들이 입고 있던 옷이 찢겨져 나갔다.

『어, 어엇?!』

누군가의 당황한 목소리가 울려 퍼졌다. 하지만 그러는 것도 무리는 아니었다. 반라 상태가 된 캐릭터들이 부끄러워하듯 볼을 붉히며, 가슴을 손으로 가리는 모션을 취한 것이다.

참고로 【아니】, 【†겐야†】, 【오리온】 같은 남성 캐릭터도 같은 동작을 취하니, 정말 눈뜨고 못 봐줄 광경이 펼쳐졌다.

『어? 잠깐, 뭐야?! 캐릭터가 움직이질 않아!』

『당황. 「부끄러워서 움직일 수 없다」라는 메시지가 표시됐어요.』

『뭐가 어떻게 된 거야?! 나도 이런 상태이상은 처음 봐!』

【아니】가 당황한 말투로 그렇게 외쳤다.

바로 그때, 【시오링】 일행의 뒤편에 서 있던 그림자가 천천히 흔들렸다. —바로 【메어리】의 그림자였다.

『아니—?!』

【시오링】은 무심코 숨을 삼켰다. 귀여운 외모를 지녔던 【메어리】의 몸이 한순간 검게 물들더니, 검은 옷을 걸친 남자의 모습으로 변한 것이다.

그 모습은 바로— 【시오링】 일행이 센트럴시티에서 봤던 【파티마】와 똑같았다.

『섀도 커튼』. 겉모습과 스테이터스를 변화시키는 아이템을 사용한 것이다.

『【파티마】?! 이 자식, 【메어리】를 어떻게 한 거야?!』

【시오링】이 그렇게 외치자, 【파티마】는 어깨를 으쓱하면서 웃음을 흘렸다.

『지금쯤 최초의 마을에서 정신이 들었겠지. 이게 다 네놈들이 휴식을 취한 덕분이다.』

『쳇…… 우리가 따로 행동하는 사이에 【메어리】로 위장한 거구나!』

『그렇다. 설마 내 창조주가 걸려들 거라고는 생각도 못했지만 말이야. 방심했군. 이 【파티마】를 성장시킨 수완은 인정하지만, 이제 그만 현역에서 물러날 때인 것 같구나.』

【파티마】가 그렇게 말하자, 【아니】는 분통을 터뜨렸다.

『【파티마】는 드레스 브레이크 같은 주문을 익힌 적이 없어! 이런 힘을 대체 어떻게 손에 넣은 거야?!』

『얼마 전의 업데이트 때 추가된 거다만…….』

『……아~.』

【아니】는 납득했다는 듯한 반응을 보였다. 온라인 게임은 나날이 발전한다. 몇 년 동안 접속을 하지 않은 【아니】가 모르는 주문이 존재하는 것도 이상할 게 없었다.

『하지만…… 호오, 주문에 걸려들지 않은 자가 한 명 있구나.』

『뭐?』

시도는 그제야 눈치챘다. 반라 상태에서 움직이지 못하는 캐릭터 중에서 【시오링】만이 아까 전과 다름없는 상태로 서 있었던 것이다. ……처음부터 거의 반라 상태였기 때문에 그 말을 들을 때까지 눈치채지 못했다.

『정말 운이 좋은─ 아, 그러고 보니 저 부끄러운 옷에는 DB 내성이 달려 있었던가……? 특이한 취향일 뿐인 줄 알고 넘어간 바람에 거기까지 생각이 미치지 않았군.』

드레스 브레이크

『…….』

아무래도 DB는 디버프가 아니었던 것 같다. ……하지만 후반부의 말이 더 신경 쓰인 시도는 아무 말 없이 항의에 찬 시선을 보냈다.

하지만 상대에게 그런 시선이 통할 리가 없었다. 【파티마】는 한 손을 들어올렸다.

『흠, 그냥 일반적인 마법으로 처리하도록 할까.』

『큭……!』

DB를 모면한 사람은 【시오링】뿐이었다. 만약 【시오링】이 당했다면 파티는 전멸했을 것이다. 소생을 시킬 수 있는 사람이 없으니, 다들 페널티를 받고 출발점으로 돌아가 버렸으리라. 게다가 【파티마】를 쓰러뜨리기 위해 모은 아이템과 장비품을 바로 그 【파티마】에게 빼앗기고 마는 것이다.

하지만 상황을 뒤집기에는 레벨 차이가 너무 심했다. 【파티마】가 침착하게 주문을 외우자, 그의 손에 빛이 집중되기 시작했다.

하지만, 바로 그때—.

『vohㄴlkl;:.』

정체불명의 텍스트가 표시되더니, 【파티마】에게 『돌』이 적중했다.

『아니?!』

【파티마】는 의아해하며 『돌』이 날아온 방향을 쳐다보았다.

그곳에는—.

반라 상태인 모험가들 중, 홀로 전투태세를 취하고 있는 레벨 1 카펜터, 【카토】가 있었다.

"……토카?! 【카토】는 어째서 움직일 수 있는 거야?!"

정령 맨션의 한 방 안에서, 나츠미가 경악에 찬 목소리로 그렇게 외치며 토카를 쳐다보았다.

"모르겠다! 하지만 나는 아직 싸울 수 있다! 에잇!"

그렇게 외친 토카의 캐릭터 【카토】가 【파티마】를 향해『돌』을 던졌다. 하지만…… 당연히 【파티마】의 HP에는 거의 변화가 없었다.

하지만 지금 중요한 것은 마법 내성이 뛰어난 【크라임】조차 반라가 되어버린 탈의 주문이 【카토】에게 통하지 않은 이유다. 나츠미는 【카토】의 장비 일람 및 아이템 일람을 살펴보더니—.

"……어?"

일람 가장 아래쪽에 있는 아이템을 보고 그대로 숨을 삼켰다.

"토, 토카! 이 아이템을 대체 어디서 손에 넣은 거야?!"

"음……? 오오! 그거 말이구나! 지면을 파다 보니, 흙이나 돌과 함께 튀어나왔었다."

"설마…….."

나츠미는 숨을 삼켰다.

그러고 보니, 토카가 나츠미에게 땅을 고르는 방법을 배

울 때, 조작법을 몰라서 지면을 수직으로 계속 팠던 적이
있었다.

그리고 나츠미가 집을 세웠던 숲 속은 【파티마】가 보물을
숨겨둔 장소 중 한 곳이었다.

"……익! 토카! 지금부터 내가 시키는 대로 조작해!"

"음? 음? 알았다!"

토카는 나츠미의 말에 힘차게 고개를 끄덕였다.

『……호오, 버텨낸 녀석이 한 명 더 있었나.』

【파티마】는 『돌』을 맞으면서 【카토】를 향해 돌아섰다.

『대미지는 미미하지만, 짜증이 나는 군. 너부터 없애줄까?』

『큭…… 【카토】, 도망쳐!』

【파티마】가 【카토】를 향해 주문을 날리려 했다.

하지만 바로 그때—.

딩동 하는 소리가 나더니, 컴퓨터 화면에 메시지 아이콘
이 표시됐다.

『【카토】 씨에게서 선물을 받았습니다.』

"어……?"

시도는 영문을 모르겠다는 듯이 미간을 찌푸렸다. 『선물』
은 파티 멤버들이 아이템을 주고받는 방법인데…… 왜 이
상황에서 타이핑도 제대로 못하는 【카토】가 아이템을 보낸

걸까. 아마 조작 미스겠지만—.

그 순간, 방금 받은 아이템의 이름을 본 시도는 무심코 눈을 크게 떴다.

"아니⋯⋯."

그럴 만도 했다. 그 아이템은 바로— 과거에 【파티마】가 봉인한 전설의 검 『마검 타나토스』였던 것이다.

"어, 어떻게 된 거야⋯⋯?"

시도는 이 갑작스러운 사태를 이해할 수가 없었다. 파티 채팅을 통해 그 사실을 안 다른 멤버들도 다들 깜짝 놀란 반응을 보였다.

『어⋯⋯?!』

『저건 【파티마】의 보물⋯⋯?!』

그리고 다른 이들이 이런 반응을 보일 거라는 걸 예상하고 있었다는 듯이, 【크라임】이 바로 채팅 글을 올렸다.

『설명할 시간 없어! 지금 바로 【파티마】를 베어 버려!』

"⋯⋯아!"

시도는 그 말을 듣자마자 칠흑색 마검을 【시오링】에게 장비시켰다.

눈앞에는 【카토】를 향해 마법을 날리려 하는 【파티마】의 무방비한 등이 있었다.

그 순간, 【파티마】의 몸이 희미하게 떨린 것처럼 보였다.

『아니?! 설마 『마검 타나토스』?! 어떻게 그걸—?!』

『하아아아아아아아앗!』

그런【파티마】의 말을 막듯이【시오링】이『마검 타나토스』를 휘둘렀다. 일격을 날린 순간, 상황을 파악한 다른 이들이 한 마디씩 입에 담았다.

『해치워 버려어어어어어엇!』

『내【파티마】로 악행을 저질러대던 대가야!』

『우리를 폭발 함정에 빠뜨린 답례야!』

『……잘도 내 집과 밭을 엉망으로 만들었겠다!』

『접착 함정으로 우리 장비를 못 쓰게 만든 대가를 치러라!』

『뭐?! 후반부는 내가 모르는—!』

어중간한 단말마를 지르며, 최강 캐릭터【파티마】가 그 자리에서 쓰러졌다.

『마검 타나토스』. 그 이름에 걸맞게, 상대에게 방어가 불가능한 즉사 효과를 가하는 검이었다.

어째서【카토】가 이런 걸 가지고 있었는지는 모르겠지만—그건 나중에 물어보면 된다.

지금은 다들 승리의 달콤함에 빠져 있었다.

『얏호오오오오오오!』

『이겼어요!』

『칭찬. 멋진 일격이었어요.』

다들 환성을 질렀다. 시도는【시오링】에게 고개를 숙이는 제스처를 취하게 한 후, 채팅 글을 입력했다.

『하하…… 고마워. 너희 덕분이야. ……그런데 이 DB 상태라는 건 어떻게 해야 풀리—.』

【시오링】이 말을 이으려던 바로 그 순간—.

엄청난 섬광을 정통으로 맞은 【시오링】의 HP가 0이 되었다.

"아니……?!"

시도는 경악하면서 화면을 쳐다보았다.

그러자 HP가 1만 남은 【파티마】가 서 있는 광경이 눈에 들어왔다.

『【파티마】?! 설마, 살아있는 거야?!』

『말도 안 돼! 「마검 타나토스」는 방어가 불가능한 즉사 공격을 날리는 거 아니었어?!』

『……아! 그래, 「부활의 부적」! 사망한 순간, 딱 한 번만 HP 1로 부활시켜 주는 아이템이야!』

【크라임】이 그렇게 외치자 시도는 숨을 삼켰다. 그런 와중에 【파티마】의 웃음소리가 주위에 울려 퍼졌다.

『후…… 후하하하하! 확실히 방금 전에는 간담이 서늘해졌다. 하지만— 이걸로 끝이다.』

『큭……!』

시도는 미간을 찌푸리면서 마우스를 조작했다. 하지만 사망한 【시오링】은 움직이지 않았다. 아무리 최강 아이템인 『마검 타나토스』를 지녔다고 해도, 이래서는 그 무기를 쓸 수 없었다.

『여기까지 나를 궁지에 몰아넣은 답례로 보여주마. 월드 브레이커인 나의 최강 주문, 언리미티드 디스트—.』

하지만, 바로 그때—.

톡, 하는 작은 소리가 들리더니, 1만 남아있던 【파티마】의 HP가 0으로 변했다.

『어—?』

뜻밖의 사태에 파티 멤버들이 눈을 동그랗게 떴다.

하지만 이내 무슨 일이 일어난 것인지 바로 알았다.

『ㅜㅣㅜhㄴjlkl;』

그런 소리를 하면서, 【카토】가 『돌』을 던진 자세를 취하고 있었던 것이다.

이렇게— 최강 캐릭터 『파티마』는 타도됐다.

하지만 그 자의 숨통을 끊어놓은 것이 레벨 1 모험가가 던진 『돌』이라는 사실은 거의 알려지지 않았다.

◇

『이야~. 다들 정말 고마워. 덕분에 목적을 달성했어.』

【파티마】를 타도하고 한 시간이 지났다.

어찌어찌 상태 회복과 소생을 마친 일행은 센트럴시티의 술집에서 축하 파티를 열었다.

『아니, 고맙다는 말을 해야 할 사람은 나야. 덕분에 우리 집과 밭의 원한을 갚았어.』

『긍정. 그가 장비하고 있던 아이템을 받았으니 저희들도 이득을 봤어요.』

『대상자의 개인정보를 확보했어. 언제든 목적 달성이 가능해.』

『……부탁이니까 너무 심하게는 하지 마.』

온화한 건지 흉흉한 건지 알 수 없는 대화가 오고갔다.

아까까지만 해도 다들 전혀 모르는 세계의 누군가였지만, 하나의 목적을 달성하면서 불가사의한 유대감을 공유하게 된 것이다. 확실히 이런 감각은 온라인 게임에서만 맛볼 수 있는 것인지도 모른다.

『아, 맞다.』

시도가 그런 생각을 하고 있을 때, 갑자기 【아니】가 입을 열었다.

『저기, 괜찮으면 다음에 다 같이 오프라인 모임을 가지지 않을래? 나는 원래 그런 걸 제안하지 않는 편인데, 왠지 너희와는 처음 만난 것 같은 느낌이 안 들어서 말이야. 모두 여자니까 편하게 만날 수 있지 않을까?』

그 말을 들은 【밀크】가 환성을 질렀다.

『꺄아~! 나이스 아이디어예요~! 꼭 해요, 꼭!』

『……아니, 나는 그런 건 좀…… 그리고 왠지 【오리온】과

【밀크】와는 가까워지고 싶지 않은데······.』

　【크라임】은 미간을 찌푸리며 그렇게 말했다. 그러자 【밀크】
가 『언니, 너무해요오오오오~!』라고 외치며 【크라임】을 더욱
질리게 만들었다.

　『해보고 싶어요.』

　『ㅣㅜjㄴkl;』

　하지만 【요슈아】와 【카토】가 그렇게 말하자, 【크라임】은 잠
시 고민한 끝에 투덜거리면서 동의했다.

　『······너희가 하고 싶다면야 어쩔 수 없지······.』

　『좋았어! 하는 걸로 결정! 그럼 나중에 날짜와 장소를 정
하자! 아무튼— 다들 수고했어!』

　『수고했어!』

　【아니】의 말에 맞춰 캐릭터들은 술이 든 컵으로 건배를 했다.

　시끌벅적한 밤은 이렇게 깊어 갔다.

　참고로 얼마 후에 열린 오프라인 모임이 순식간에 시도네
집 전골 파티로 변했다는 사실은 굳이 말할 필요도 없을 것
이다.

무쿠로 헤어

HairMUKURO

DATE A LIVE ENCORE 6

일설에 따르면, 록 음악에 쓰이는 8비트 리듬은 심장의 고동에 가까운 리듬이라고 한다.

그렇기 때문에 그 리듬에는 사람을 흥분 상태로 이끄는 효과가 있다고 한다. 심장의 고동에 가까운 리듬에 진짜 심장이 착각을 하는 것인지, 혹은 그 리듬 자체에 사람을 흥분시키는 작용이 존재하는지는 알 수 없지만—.

분명한 사실은 지금 이 순간, 이츠카 시도의 몸속에서 일대 록페스티벌이 개최되었다는 것이다.

"……으, ……으, ……으."

마음 속 깊은 곳에서 흘러나오는 정열적인 비트를 탄 것처럼, 목에서 메마른 한숨이 흘러나왔다. 아니, 한숨만이 아니다. 그 리듬에 맞춰 손이 떨렸고, 눈이 침침해졌으며, 볼에 맺힌 땀까지 방울져서 떨어지고 있었다.

하지만 그러는 것도 무리는 아니었다. 시도는 아무 말 없이 자신의 오른손과 바닥— 정확하게는 바닥에 떨어져 있는 것을 쳐다보았다.

오른손에 쥐어져 있는 것은 이발용 가위.

그리고 바닥에 떨어져 있는 것은— 아름다운 황금색을 띤, 섬유 다발이었다.

그렇다. 원래 그것은 거기에 있으면 안 되는 것이다.

"시, 시도……."

뒤편에 있던 토카가 불안 섞인 목소리를 냈다. 시도는 윤활유를 치지 않은 기계처럼 움직여 그쪽을 쳐다본 후 괜찮다는 듯이 고개를 끄덕였다.

하지만 새파랗게 질린 시도의 얼굴을 본 토카는 안심은 고사하고 더욱 진한 불안감을 느끼고 말았다.

"……."

시도는 가위를 쥔 오른손을 가슴에 대고 숨을 가다듬은 후, 자신이 처한 절망적인 상황을 머릿속으로 정리하기 시작했다.

◇

지금으로부터 30분 전…….

시도는 거실의 소파에 홀로 앉아서 책을 보고 있었다. 현재 시각은 오후 2시 20분. 점심때가 지났으며, 저녁 식사를 준비하기에는 조금 이른, 그런 느긋한 시간이었다. 정령들도 전부 외출했기 때문에, 평소 항상 시끌벅적하던 이 집에서는 웬일로 정적이 흐르고 있었다. ─한 마디로 요즘 들어 거의 접하지 못했던 최적의 독서 시간이 찾아온 것이다.

뭐, 시도가 손에 들고 있는 것은 학술지도 아니며, 잡지─그것도 고등학생이 읽을 법한 패션 잡지나 만화 잡지도 아니었다. 그것은 바로 『오늘의 반찬 1월호 특집: 냉장고 안의 재료들로 한 끼 더』라는 제목의 주부 느낌 물씬 나는 잡지였다.

"우와, 남은 슈마이 만두피로 라자냐를 만들 수 있구나. 뭐, 밀가루로 만든 거니까. 다음에 만들어 봐야지……."

시도가 요상한 감동에 사로잡히며 그 페이지 가장자리를 접고 있을 때, 복도 쪽에서 발소리가 들려왔다.

"나리, 있느냐?"

그리고 그런 목소리가 들리면서 문이 열리더니, 한 소녀가 거실에 들어왔다. 시도는 소녀를 쳐다보면서 인사를 하듯 손을 살며시 들어올렸다.

"아, 무쿠로. 무슨 일이야?"

호시미야 무쿠로. 얼마 전에 시도가 영력을 봉인한 정령이자, 이 집의 옆에 있는 맨션의 새로운 주민이기도 했다.

시도는 그렇게 말하면서 무쿠로를 쳐다보았다. 조그마한

몸집, 그리고 그 몸집에 어울리지 않을 만큼 풍만한 가슴, 그리고 지면에 닿을락 말락할 만큼 긴 금발은 머리 양쪽 옆에 경단 모양으로 동그랗게 만 후, 곱게 땋아서 목에 둘렀다.

무쿠로는 주위를 둘러보며 시도 이외에는 아무도 없다는 것을 확인한 후, 휴우 하고 한숨을 내쉬었다.

"흐음…… 나리뿐인 게냐. 마침 잘됐구나."

"잘 됐다니?"

"음."

무쿠로는 고개를 끄덕이더니, 목에 두른 머리카락 끝을 손가락으로 만지작거리면서 말을 이었다.

"일전에 약속했지 않느냐? 무쿠의 머리카락을 잘라주기로 말이다."

시도는 무쿠로의 말에 「아」 하고 낮은 신음을 흘리면서 잡지를 덮었다.

그러고 보니 시도는 무쿠로와 그런 약속을 했었다.

1월 중순에 지구 전체가 휘말린 격렬한 공방전을 벌인 끝에 무쿠로의 영력을 어찌어찌 봉인한 시도는 무쿠로와 단둘이서 밤하늘을 보며 그런 약속을 했다.

무쿠로는 과거에 의붓언니가 칭찬해 준 이 긴 머리를 소중히 여겼지만, 시도라는 새로운 가족이 생기면서 그 집착과 결별하기로 결심한 것이다.

"그거 말이구나. 물론 기억하고 있어. 아, 지금 잘라줄까?"

"음, 부탁하마. ―솔직히 말해, 혼자서 머리 감는 것도 큰일이니라."

"하하, 그럴 거야."

"혼자서 머리 감는 것도 큰일이니라, 하고 미쿠 앞에서 말하면 더 큰일이 나느니라."

"⋯⋯하하하."

시도는 무쿠로의 말을 듣고 허탈한 듯이 쓴웃음을 흘렸다. 구체적으로 어떤 큰일이 나는 것인지는 물어보지 않아도 얼추 상상이 되었다.

"아, 아무튼 준비를 할 테니까, 무쿠로는 머리카락을 몸에 적셔주지 않겠어?"

"흐음, 머리카락을 말이냐?"

"그래. 머리카락을 적셔서 반듯하게 펴면 자르기 쉽거든. 게다가 마른 상태의 머리카락을 자르면 머리카락이 사방으로 흩날릴 거야. 머리카락이 짧으면 분무기로 적시면 되지만, 무쿠로처럼 길면 분무기로는 힘들 것 같아."

"으음, 알겠느니라. 그럼 욕실을 이용하겠노라."

무쿠로는 그렇게 말하고는 욕실을 향해 종종걸음으로 걸어갔다.

시도는 그런 무쿠로의 귀여운 움직임을 보며 미소를 지은 후, 소파에서 일어나서 무쿠로의 머리카락을 자를 준비를 시작했다.

몇 년 전까지만 해도 시도와 코토리는 집에서 머리카락을 잘랐다. 그러니 최근 몇 년 동안은 거의 쓸 일이 없었던 이발 세트가 집 안 어딘가에 있을 것이다. 시도는 기억을 뒤지면서 거실 안쪽의 선반을 열어보았다.

"……아, 여기 있네."

선반 안쪽을 뒤지자 찾던 물건이 나왔다. 시도는 약간 빛바랜 패키지를 열어서 내용물이 다 들어있는지 확인해본 후, 오래된 신문을 거실 바닥에 펼치기 시작했다.

그리고 그 위에 원형 의자를 놓고, 의자 맞은편에 대형 거울을 두었을 즈음, 복도 쪽에서 또 발소리가 들려왔다. 아무래도 무쿠로가 돌아오고 있는 것 같았다.

"아, 준비 다 됐어. 그럼 여기에 앉은 다음, 이 가운을 몸에— 어?"

이발용 가운을 손에 쥔 채 돌아선 시도는 어깨를 부르르 떨었다.

머리카락을 풀지 않은 채 물에 적신 무쿠로가 실오라기 하나 걸치지 않은 채 서 있었던 것이다.

"어…… 무, 무쿠로?!"

"이걸 걸치면 되는 것이냐?"

시도는 당황할 대로 당황했지만, 무쿠로는 전혀 개의치 않으면서 그가 들고 있던 가운을 쥐더니 가운데에 난 구멍에 머리를 집어넣었다.

하지만 이발용 가운이라고 해도, 그것은 어디까지나 가정용이었다. 미용실에서 쓰는 것처럼 온몸을 완전히 가려주지는 않았다. 그렇기에 가운의 끝자락 아래로 무쿠로의 가슴 아랫부분이 언뜻언뜻 보이면서, 아까보다 더욱 비도덕적인 느낌이 감돌았다.

"나리, 이러면 되는 게냐?"

"……무, 무쿠로! 왜 옷을 다 벗은 거야?!"

"흐음? 이상한 소리를 하는구나. 이러면 자른 머리카락이 옷에 붙을 염려가 없지 않느냐."

"그, 그거야 그렇지만……! 아, 아무튼 안 돼! 다시 옷을 입고 와!"

"흐음……."

무쿠로는 영문을 모르겠다는 듯이 고개를 갸웃거리면서 복도를 걸어가더니, 다시 옷을 입고 거실로 돌아왔다.

"하아…… 그럼 여기에 앉아."

"음."

무쿠로는 고개를 끄덕이고 원형 의자에 앉았다. 시도는 한숨을 내쉰 후, 가위를 손에 쥐며 무쿠로의 뒤편에 섰다.

희미한 긴장감이 손가락 끝에 어렸다. 그것도 당연했다. 시도는 요리는 잘하지만, 남의 머리카락을 잘라준 적은 거의 없다. 옛날에 코토리의 머리카락을 다듬어줬던 적이 몇 번 있을 뿐이다. 예쁘게 자르기를 원한다면 프로 미용사에게 맡기는 편이 좋을 것이다.

하지만 그것은 현실적이지 못했다. 무쿠로는 자신의 머리카락을 소중히 여기기에, 시도 이외의 사람이 자신의 머리카락을 자르는 것을 용납하지 않는 것이다.

그러니 익숙하지 않다 할지라도 마음을 다잡고 최선을 다해야만 한다. 만약 시도가 잘라준 헤어스타일이 무쿠로의 마음에 들지 않는다면, 그녀가 언짢아할지도 모른다.

시도는 심호흡을 하며 기합을 넣은 후, 거울 너머로 무쿠로의 얼굴을 쳐다보며 말을 걸었다.

"자, 아가씨. 오늘은 어떤 스타일로 잘라 드릴까요?"

"나리에게 전적으로 맡기겠노라."

"하하…… 가장 어려운 주문이네."

시도는 무쿠로의 말에 턱에 손을 댔다.

거울 너머로 그런 시도를 본 무쿠로가 덧붙이듯 이렇게 말했다.

"으음……. 그러하냐. 그렇다면 이 동그란 머리카락을 남겨 줬으면 좋겠구나."

"그래? 하긴, 잘 어울리긴 해."

"후후. 괜히 치켜세우지 말거라."

시도가 그렇게 말하자, 무쿠로는 기쁜지 미소를 머금었다.

여전히 두루뭉술한 주문이기는 하지만, 요청 사항이 하나 있다는 것만으로 상황은 꽤나 달라졌다. 시도는 낮은 신음을 흘리며 잠시 생각에 잠긴 후, 「좋아」 하고 고개를 끄덕였다.

"그럼 동그랗게 말 수 있을 만큼 머리카락을 남겨둔 후, 전체적으로 시원시원한 느낌으로 다듬기로 하자. 대담한 이미지 체인지 같은 건 내 실력으로 버겁거든."

"그런 느낌으로 부탁하겠노라."

"좋아. 그럼 시작하자. 아, 맞다. 자른 머리카락이 눈에 들어가면 안 되니까, 앞 머리카락을 자를 때에는 눈을 감도록 해."

"음."

시도의 말에 무쿠로는 눈을 꼭 감았다.

"저기, 앞 머리카락을 자를 때만 감으면 되는데……."

시도는 쓴웃음을 흘렸지만…… 무쿠로가 눈을 감으면 안되는 이유가 있는 것도 아니었다. 시도는 마음을 다잡으면서 무쿠로의 머리카락을 빗어주려 했다.

바로 그때, 시도는 「아」 하고 뭔가를 바라봤다. 이제부터 머리카락을 자를 건데도, 무쿠로는 여전히 머리카락을 땋고 있었던 것이다.

평소 같으면 일찌감치 그 사실을 눈치챘겠지만, 알몸 등장의 임팩트 때문인지 거기까지 생각이 미치지 않았다.

"이것부터 풀어야겠네……."

시도는 그렇게 말하면서 손에 쥔 빗과 가위를 내려놓으려 했다.

하지만, 그 순간─

"시도! 이거 좀 봐라! 마을에서 맛있어 보이는 멜론빵을 발견했다!"

쾅! 하는 소리와 함께 거실 문이 힘차게 열리더니, 한 소녀가 힘차게 안으로 들어왔다. 칠흑빛 머리카락과 수정 같은 눈동자를 지닌 그녀는 아까 외출했던 정령, 토카였다.

힘차게 거실에 들어온 토카는 마침 문 앞에 서 있던 시도의 등에 부딪쳤고, 그 바람에 시도는 무심코 몸을 비틀거렸다.

"우왓!"

"윽! 오오, 시도. 미안하구나. 네가 문 근처에 서 있을 줄은 몰랐다."

토카가 미안해하면서 그렇게 말하자, 시도는 고개를 저었다.

"아, 괜찮—."

하지만……

시도는 말을 끝까지 잇지 못했다.

시도가 자세를 바로잡은 순간, 뭔가가 툭 하는 소리를 내면서 신문지에 떨어졌다.

"……어?"

시도는 눈을 동그랗게 뜨면서 『그것』을 쳐다보았다.

그것은 황금색을 띤 반원형 물체였다. 한순간, 토카가 마을에서 발견했다는 멜론빵이 바닥에 떨어진 것이라고 시도는 생각했지만— 곧 그 인식이 잘못됐다는 사실을 알았다.

그 물체를 구성하고 있는 것은 바삭한 비스킷 겉면이 아니라, 황금색으로 찬란히 빛나고 있는 섬유였다. 즉, 이건…….

"무쿠로의…… 머리카락…….."

시도는 새파랗게 질린 얼굴로 목소리를 쥐어짜냈다.

—그리고, 현재에 이르렀다.

그렇다. 시도는 토카와 부딪친 바람에, 경단 모양으로 동그랗게 말아둔 무쿠로의 머리카락을 자르고 말았다.

온몸에서 핏기가 사라지더니, 모공에서 땀이 뿜어져 나왔다.

그럴 만도 했다. 머리카락은 여자의 생명이다. 게다가 무쿠로는 자신의 아름다운 머리카락을 소중히 여겼다. 무쿠로를 봉인하려고 했던 당시, 그녀가 전투태세에 들어간 것은…… 반전한 토카가 무쿠로의 앞 머리카락 중 일부를 잘랐기 때문이다.

아무리 시도가 무쿠로에게서 머리카락을 잘라도 된다는 허락을 받았다 할지라도, 그녀가 마음에 들어 하는 경단 머리를 싹둑 잘라버렸다는 사실을 알게 된다면 무쿠로는 대체 어떤 반응을 보일까. 상상만 해도 소름이 돋을 것만 같았다.

"음? 나리, 왜 그러는 게냐? 누가 오기라도 한 게냐?"

"……윽! 아, 아무도 없어."

시도는 어깨를 부르르 떨며 반사적으로 그렇게 말했다.

가능한 한 상황의 변화를 들키고 싶지 않은데다, 다른 여자아이가 이곳에 있다는 사실을 알면 무쿠로가 언짢아 할 것 같은 느낌이 들었다.

"흐음……? 이상하구나. 방금 여자 목소리가 들린 것 같다만……."

"윽! 그, 그게…… 요즘 성대모사에 푹 빠졌거든! 크흠, 아~, 아~."

시도는 허둥지둥 헛기침을 하고 토카 쪽을 쳐다보았다.

"음? 뭘 하는……."

토카는 영문을 모르겠다는 듯이 고개를 갸웃거리다가, 시도의 의도를 눈치챘는지 눈을 크게 떴다.

"아, 아~, 아~, 나는 시도다. 성대모사가 특기다."

그리고 일부러 억양을 집어넣은 목소리로 그렇게 말했다. 무쿠로는 그 말을 듣고 놀랐는지 「호오」 하고 발을 앞뒤로 버둥거렸다.

"설마 나리가 방금 그 목소리를 낸 게냐? 잘 하는구나."

"그, 그렇지?"

시도는 목소리가 떨리지 않도록 최대한 주의하면서 그렇게 말했다. 꽤나 억지스러운 거짓말이지만, 무쿠로는 믿어 주는 것 같았다.

하지만 무쿠로는 위화감을 느낀 것처럼 고개를 갸웃거렸다.

"흐음……? 저기, 나리. 왠지 아까부터 오른쪽 머리 부분이 가벼운 것 같다만……."

"윽……! 아, 그게, 저기…… 시, 실은 말이야, 경락비공을 찔렀어! 한 방에 어깨 결림이 풀리면서, 몸이 둥실 떠오르는 듯한 쾌감을 선사해주는 비공이지!"

시도는 괴상한 잡지 광고 문구 같은 말을 입에 담았다. ……솔직히 말해, 시도 본인도 자기가 무슨 소리를 하고 있는 것인지 몰랐다.

하지만 무쿠로는 그 말을 듣고 감탄하는 반응을 보였다.

"오호라! 역시 나리구나. 아무런 고통 없이 이런 효과를 내다니, 정말 대단해. 왼쪽도 부탁해도 되겠느냐?"

"으, 응…… 나중에 해줄게."

무쿠로가 순진하게 믿어주자, 시도는 양심의 가책을 느꼈다.

하지만 지금은 해결해야만 하는 문제가 있었다. 시도는 마른 침을 삼킨 후, 천천히 무릎을 꿇고 신문지 위에 떨어져 있는 머리카락 다발을 주웠다.

그리고 그것을 손에 쥔 채, 무쿠로를 다시 쳐다보았다. 머리 왼쪽에는 경단 모양으로 동그랗게 말린 머리카락이 있었고, 남은 머리카락은 아름답게 땋여 있었다. 그리고— 대충 자른 듯한 머리카락이 무쿠로의 오른쪽 어깨를 희롱하고 있었다. 펑크 록 스타일의 소녀가 이 자리에 탄생한 것이다.

"이건…… 좀 그렇겠지……."

"으, 음……."

시도와 토카는 서로를 쳐다보고, 무쿠로에게 들리지 않을 만큼 작은 목소리로 대화를 나눴다.

"흐음? 나리, 왜 그러는 게냐. 계속 하거라."

"아, 알았어."

무쿠로의 재촉에 시도는 잘린 머리카락을 옆에 있던 테이블 위에 올려놓은 후, 무쿠로의 등 뒤에 섰다.

하지만, 그렇다고 해서 이제부터 뭘 어쩌면 좋을지 방침이 결정된 것은 아니다. 시도는 혼란과 초조에 사로잡힌 가운데, 잠시 동안 멍하니 서 있었다.

바로 그때였다.

"크큭! 바람처럼 나타나서!"

"등장. 폭풍처럼 춤춰요."

복도 쪽에서 또 발소리가 들리더니, 똑같이 생긴 쌍둥이가 모습을 드러냈다. 토카와 같은 맨션에 사는 정령, 야마이 카구야, 유즈루 자매였다.

카구야와 유즈루는 좌우 대칭을 이루는 파이팅 포즈를 취하더니, 거실에서 펼쳐진 광경을 보고 동시에 고개를 갸웃거렸다.

"......어?"

"의문. 시도, 토카, 뭘 하고 있는 거죠?"

"쉬, 쉬잇~!"

시도는 검지를 입술에 댔지만— 이미 늦었다. 무쿠로가

의아하다는 듯이 고개를 갸웃거렸다.

"흐음? 또 다른 목소리가, 그것도 여러 개가 들린 것 같다만……."

그 순간, 무쿠로의 목소리 톤이 희미하게 달라졌다.

"……나리, 설마 무쿠가 눈을 감고 있는 사이에, 다른 여자와 놀아나고 있는 것은 아니겠지?"

"……윽?! 그, 그럴 리가—."

듣는 이를 오싹하게 만드는 목소리가 귓속으로 스며들어오자, 시도는 당황하고 말았다. 물론 그런 짓은 하지 않았지만, 이 자리에 무쿠로 이외의 정령이 있기는 한 것이다.

"정말인 게냐? 아무리 나리가 성대모사를 잘 할지라도, 두 개의 목소리를 동시에 내지는 못할 거라고 생각한다만……."

"……윽!"

시도는 그대로 바닥을 박차 테이블 위에 놓인 리모컨으로 텔레비전을 켰다. 그리고 음량을 최대한 높였다. 마침 방송되고 있던 드라마의 음성이 거실에 울려 퍼졌다.

"그, 그게 말이야, 텔레비전을 켰어. 무쿠로는 지금 눈을 감고 있잖아? 그러니 BGM 삼아서……."

"오호라, 그렇게 된 게냐. 후후, 나리는 상냥하구나."

무쿠로는 납득했는지 고개를 끄덕였다. 시도는 또다시 양심의 가책을 느꼈지만…… 지금은 그런 걸 신경 쓸 여유가 없었다. 시도는 당혹스러워하는 야마이 자매를 향해 돌아서

더니, 작은 목소리로 자초지종을 설명했다.

"……그렇게 된 거야. 어떻게 하면 좋을지 생각하고 있었어."

"으음…… 시도, 미안하다. 전부 내 탓이다."

토카는 시도의 말을 듣고 미안해하듯 고개를 숙였다. 시도는 그런 토카의 머리를 쓰다듬어주면서 고개를 저었다.

"아냐. 토카는 잘못이 없어. 내가 가위를 계속 쥐고 있었던 바람에 이렇게 된 거야. ……그것보다, 대체 어떻게 하지……."

시도가 고민에 잠기자, 카구야와 유즈루가 자신만만한 미소를 짓기 시작했다.

"크크큭…… 종복이여. 무슨 소리를 하는 것이냐. 나츠미의 빗자루 헤어를 잘라준 사람이 누구인지 잊은 게냐?"

"동조. 야마이에게 맡겨 주세요. 유즈루와 카구야라면 위화감이 느껴지지 않게 다듬어줄 수 있어요."

그렇게 말한 카구야가 시도에게서 가위를 빼앗았고, 유즈루는 근처에 있던 예비용 가위를 쥐더니 멋진 포즈를 취했다. 시도는 쓴웃음을 지으면서 턱에 손을 댔다.

"으음…… 하지만 무쿠로는 나 말고 다른 사람이 자기 머리카락을 자르는 걸 싫어해. 만약 들킨다면……."

"어차피 지금 자기 머리카락이 어떻게 되어 있는지 알면 큰일 날 거잖아."

"질문. 시도의 실력으로 복구할 수 있나요?"

"으……."

야마이 자매의 물음에 말문이 막힌 시도는 결국 「……잘 부탁합니다」 하고 고개를 숙였다.

"크크, 이 몸의 절묘한 기술을 두 눈 크게 뜨고 잘 보거라."

"청부(請負). 야마이에게 맡겨만 주세요."

두 사람은 힘차게 고개를 끄덕이고 무쿠로에게 다가갔다.

"그럼 간다! 오래간만에 협기(鋏技)・초제쌍인열풍(超帝雙 카이저 시에르 빈 刃烈風)―."

그리고 카구야가 꽤나 멋진 포즈를 취하면서 그렇게 외치 던 순간―.

"푸…… 푸우우에에엣취이이이!"

"―콜록."

두 사람은 동시에, 그것도 전혀 다른 타입의 재채기를 했다.

"……아~, 왜 이러지? 감기 걸린 건 아닌데 말이야."

"지적. 어쩌면 누가 야마이의 이야기를 하고 있는 걸지도 몰라요."

"아, 그럴 수도 있겠네. 으음, 재채기를 한 번 하면 칭찬, 두 번 하면 험담이었지? 크크큭, 그럼 지금 누군가가 이 몸 을 칭송하고 있는 게로구나."

"부정. 유즈루와 카구야는 일심동체이니, 유즈루의 몫도 카구야에게 더해서, 누군가가 카구야의 험담을 하고 있다고 보는 게 타당할 거예요."

"왜 나한테 더하는 건데?! 유즈루한테 더해도 딱히 상관없지 않아?!"

"어, 어이…… 너희들……."

야마이 자매가 시끌벅적하게 떠들어대자, 시도는 떨리는 목소리로 입을 열었다.

"아…… 미, 미안해. 이제 제대로 할게."

"사죄. 페이스에 휘말리고 말았어요."

유즈루의 말에 카구야가 또 언성을 높이려 했다.

하지만, 도중에 움직임을 멈췄다.

아마 야마이 자매 또한 눈치챈 것이리라. —방금까지 무쿠로의 머리 왼편에 있던 경단 머리와 예쁘게 땋은 머리카락이 바닥에 떨어져 있다는 사실을 말이다.

"어—?!"

"전율. 윽—."

카구야와 유즈루는 경악했다.

그렇다. 운이 없게도 두 사람은 재채기를 하다가 쥐고 있던 가위로 남아있던 경단 머리와 긴 머리카락을 싹둑 잘라버린 것이다.

"……음? 오오, 또 머리가 가벼워졌구나."

무쿠로가 눈을 감은 채 느긋한 목소리로 입을 열었다. 시도는 점점 빨라지는 심장 박동을 억누르며 대답했다.

"으, 응…… 그렇지?"

"음. 그럼 계속 부탁하겠노라."

무쿠로는 시도를 전폭적으로 신뢰하고 있는 듯한 어조로 그렇게 말했다. 그러자 시도의 얼굴에 또다시 땀방울이 맺혔다.

바로 그때, 망연자실한 표정을 짓고 있던 카구야와 유즈루가 어깨를 부르르 떨더니, 마음을 다잡으려는 것처럼 고개를 좌우로 세차게 저었다.

"괘, 괜찮아! 우리만 믿어!"

"애원. 반드시 이 실수를 만회하겠어요."

그리고 멋진 포즈를 취하며 가위와 빗을 쥐더니, 물 흐르는 듯한 움직임으로 무쿠로의 머리카락을 자르기 시작했다.

"음? 으음?"

그러자 무쿠로가 놀란 듯한 목소리를 냈다.

"나리, 왠지 좌우의 머리카락이 동시에 잘려나가고 있는 것 같다만, 대체 뭘 어쩌고 있는 게냐?"

"뭐?! 그, 그게…… 대, 대단하지?! 내 필살기인 이천일류^{듀얼} (二天一流^{시저스})야. 나, 실은 텐구의 가위손이라고 불려!"

시도가 될 대로 되라는 심정으로 그렇게 외치자, 무쿠로는 감탄하면서「호오」하고 탄성을 터뜨렸다.

"나리는 양손에 쥔 가위를 동시에 쓸 수 있는 게냐. 손재주가 좋구나."

"벼, 별거 아냐!"

시도는 상기된 목소리로 그렇게 말하면서 야마이 자매에게 계속 하라는 의미의 시선을 보냈다. 하지만 시도는 두 사람이 웃음을 억지로 참고 있는 모습을 봤다.

"품…… 크크, 듀얼 시저스래, 듀얼 시저스. 아마 마음속으로는 한자 표기에 덧말을 달아뒀을 거야."

"추측. 더블이 아니라 듀얼인 점에서 시도 나름의 고집이 느껴져요."

"너희한테 그런 소리를 듣고 싶진 않거든?!"

시도는 무심코 크게 외쳤다. 하지만 무쿠로가 의아하다는 듯이 고개를 갸웃거리자 손으로 입을 막았다.

"……아, 아무튼, 잘 부탁해."

시도가 험악한 표정을 지으며 작은 목소리로 그렇게 말하자, 야마이 자매는 마음을 다잡듯 숨을 토하면서 힘차게 고개를 끄덕였다.

그리고 진지한 표정으로 작업을 다시 시작했다.

"……아, 유즈루. 그쪽, 너무 짧게 잘랐어."

"반론. 유즈루가 자른 게 아니라, 처음부터 이랬어요. 그러는 카구야야말로……."

"이쪽도 마찬가지야. 으음, 균형을 잡으려면……."

아무래도 처음에 잘라버린 부위가 너무 짧은 탓에 작업이 난항을 겪고 있는 것 같았다.

그리고 약 20분 후…….

"……으, 으음……."

"……공개. 저기, 어떤가요?"

야마이 자매는 평소와 다르게 자신이 없는 듯한 목소리로 그렇게 말했다.

"으, 음……."

시도는 거울에 비친 무쿠로를 보면서 메마른 웃음을 흘렸다.

확실히 나쁘지는 않았다. 그 참상에서 이 정도까지 복원한 야마이 자매의 실력에 감탄을 금할 수가 없었다.

하지만 최초의 미스가 너무 심각했는지, 머리카락 길이를 경단 머리가 잘려나가고 남은 짧은 머리카락에 맞출 수밖에 없었다. 결국 무쿠로의 주문과는 동떨어진 베리 쇼트 스타일이 되고 말았다.

"이걸로…… 괜찮……을까?"

"뭐가 말이야?"

"그러니까, 무쿠로의 머리카락 말이야. 너무 짧은 것 같지—어? 우왓?!"

시도는 화들짝 놀랐다.

어느새 이 자리에 나타난 한 소녀가 시도의 옆에 딱 붙어 있었던 것이다.

"오, 오리가미, 언제 온 거야?!"

"한참 됐어."

그렇다. 그 소녀는 바로 시도의 클래스메이트이자 정령인 토비이치 오리가미 양이었다.

무쿠로에게 정신이 팔려 있었다고는 해도, 발소리조차 들리지 않았다. 여전히 신출귀몰한 소녀였다.

그리고 뒤편에서 다른 이들의 목소리가 들렸다.

"저기 앉아 있는 사람, 무쿠로 양…… 맞죠?"

"우와, 꽤 대담하게 이미지 체인지를 했네……."

고개를 돌려보니, 조그마한 체구의 여자아이 두 명이 눈에 들어왔다. 아까 둘이서 외출했던 정령, 요시노와 나츠미였다. 아무래도 그녀들 또한 야마이 자매가 무쿠로의 머리카락을 잘라주는 사이에 돌아온 것 같다.

"그런데, 무슨 일이 있었던 거야?"

오리가미는 평소와 마찬가지로 담담한 목소리로 물었다. 시도는 살며시 고개를 끄덕인 후, 상황을 간략하게 설명했다.

"—그랬구나."

"저기…… 으음, 괜찮을까요?"

"……괜찮을 리가 없잖아."

시도의 설명을 들은 세 사람이 각양각색의 반응을 보였다. 한편, 오리가미는 무쿠로의 뒤통수와 바닥에 떨어진 머리카락을 번갈아 쳐다보면서 턱에 손을 댔다.

"즉, 무쿠로의 머리카락을 원래대로 되돌리고 싶다는 거지?"

"뭐, 그렇기는 한데…… 설마 다시 자랄 때까지 기다리라는 거야?"

시도가 그렇게 말하자, 오리가미는 고개를 살며시 저었다.

"머리카락도 몸의 일부니까, 의료용 현현장치를 이용하면 접합할 수 있을 거야."

"……아! 그, 그렇구나!"

시도는 오리가미의 말을 듣고 손뼉을 쳤다.

오리가미의 말이 옳았다. 환상을 현실에 재현하는 기적의 기술, 리얼라이저를 이용한다면, 잘린 머리카락을 다시 이어붙일 수 있을 것이다.

시도와 정령들도 부상을 당했을 때 몇 번이나 신세를 진 적이 있었지만, 머리카락을 자른다고 하는 일상적인 일과 마법 같은 그 현상을 머릿속으로 접목시키지 못했다. ……뭐, 무쿠로의 머리카락을 너무 짧게 자른 바람에 당황한 나머지, 거기까지 생각이 미치지 못한 걸지도 모르지만 말이다.

"하지만 여기서 그런 시술을 하는 건 힘들어. 그리고 이 상태에서 무쿠로를 방치해두는 것도 좋지 않아. 빨리 코토리에게 연락을 취하는 편이 좋을 거야."

"으, 응. 맞는 말이야."

시도는 고개를 끄덕이고 호주머니에서 휴대폰을 꺼내 코토리에게 전화를 걸었다.

하지만— 다음 순간, 테이블 쪽에서 경쾌한 벨소리와 진동음이 들려왔다.

"아니……"

혹시나 하는 심정으로 소리가 들리는 곳을 향해 걸어가보니, 테이블 구석에서 코토리의 휴대폰이 떨리고 있었다. 아무래도 휴대폰을 두고 외출한 것 같았다. 이래서는 코토리와 연락을 취할 수 없다.

"큭…… 왜 하필 이럴 때에……!"

시도가 미간을 찌푸리며 전화를 끊었을 때, 오리가미가 그의 어깨에 손을 얹었다.

"나만 믿어."

"뭐……?"

"코토리가 어디 있을지 짐작이 돼. 내가 찾아서 데리고 올게."

"윽! 저, 정말이야?"

"그래. 하지만 그러기 위해서는 시간이 필요해. 무쿠로가 자신의 상황을 눈치채지 못하도록 시간을 벌어줬으면 해."

"시간……."

시도는 무쿠로 쪽을 쳐다보았다. 그녀가 눈을 감은 후로 벌써 수십 분이 흘렀다. 머리를 다 잘랐다고 생각해 눈을 뜨더라도 이상하지 않은 상태였다.

무쿠로의 눈앞에 놓인 거울을 치우면 조금은 시간을 벌수 있을지도 모르지만, 이 집에서 무쿠로의 모습을 비출 만한 것을 전부 치우는 건 불가능했고, 그 이전에 자신의 머리를 만져보기라도 하면 그걸로 끝이었다.

"응. 잠시 동안이라도 괜찮아. 무쿠로의 눈을 속여야만 해."

"으, 으음……."

시도가 고민을 하고 있을 때, 요시노가 왼손에 착용한 토끼 모양 퍼핏 인형『요시농』이 뭔가가 생각난 것처럼 손뼉을 쳤다.

『아, 맞다. 시도 군, 이러는 건 어때~?』

"뭐?"

『요시노, 좀 도와줘~.』

"으, 응……."

요시노는『요시농』의 지시에 따라 무쿠로를 향해 걸어갔다.

그러자『요시농』이 잘려나간 무쿠로의 머리카락 중에서 헤어 고무로 묶어둔 부분을 쥐더니, 땋아놓은 부분을 풀었다. 그리고 가발처럼 무쿠로의 머리에 씌웠다.

『자, 완성! 요시농 특제 헤어~!』

"으, 으음……."

그 광경을 본 시도는 쓴웃음을 지었다.

원래 자기 머리카락인 만큼 촉감은 이상하지 않을 것이다. 하지만 고무로 묶은 머리카락을 머리에 씌우기만 해서 그런지 왠지 미역 요괴 같아 보였다. 솔직히 말해 이걸로 무쿠로를 속이는 것은 무리일 것 같았다.

"……음? 나리, 끝났느냐?"

바로 그때, 무쿠로가『완성』이라는 말을 들었는지 반응을 보였다.

그리고 고개를 흔들더니, 앞 머리카락을 손으로 젖히는 듯한 동작을 취하면서 천천히 눈을 떴다.

이제 다 끝났다. 게다가 고개를 흔든 바람에 『요시농』 특제 가발이 흐트러지면서 눈 뜨고 못 봐줄만한 모습이 되었다. 눈을 뜨자마자 이 모습을 본다면, 기분이 나빠지는 정도가 아니라 영력이 단숨에 역류해버릴지도 모른다.

"윽?! 무쿠로, 아직—."

"……큭! 다들! 숨어!"

그 순간, 그런 목소리가 들려오더니 시도 이외의 전원이 일제히 테이블 밑이나 문 뒤편에 숨었다.

그리고 그와 동시에 무쿠로의 머리가 옅게 빛났다.

"……흐음?"

무쿠로는 방금 잠에서 깬 것처럼 눈을 비빈 후, 눈을 몇 번 깜빡였다.

그리고 눈앞에 있는 거울을 지그시 쳐다보더니 이상하다는 듯이 중얼거렸다.

"뭐냐. 아직 자르지 않은 게냐?"

"뭐?"

시도는 그 말을 듣고 눈을 비볐다.

바닥에 닿을 정도로 긴 금발이 무쿠로의 머리에서 당당히 위용을 뽐내고 있었던 것이다.

하지만 야마이 자매가 자른 머리카락, 그리고 방금 흘러내린 『요시농』 특제 가발이 발치에 존재했다. 마치 귀신에게 홀린 것만 같았다.

"……윽! 아—!"

잠시 얼이 나가 있던 시도는 소파 뒤편에 숨어서 엄지를 치켜드는 나츠미를 보고 무슨 일이 벌어진 것인지 눈치챘다.

나츠미의 천사 〈하니엘〉이 발동한 것이다. 무쿠로가 눈을 뜨려던 순간, 나츠미는 물질을 변하게 하는 그 힘을 이용해 무쿠로의 『짧은 머리카락』을 『긴 머리카락』으로 변화시킨 것이다.

"음?!"

바로 그때, 발치에 떨어져 있는 머리카락을 본 무쿠로가 경악을 금치 못하며 눈을 크게 떴다.

"이럴 수가. 이렇게 많이 잘랐는데도 이만큼이나 남아 있는 것이냐. ……흠, 역시 언니 말대로 머리카락을 너무 기른 걸지도 모르겠구나."

무쿠로는 납득을 한 것처럼 그렇게 말하더니, 거울 너머로 시도와 눈을 마주쳤다.

"나리, 미안하구나. 꽤 골치 아픈 일을 나리에게 맡기고 만 것 같다. 그래도 이해해다오. 무쿠는 마음을 허락하지 못한 상대에게 머리카락을 맡기고 싶지 않느니라."

"으, 응. 괘, 괜찮아."

시도는 얼버무리듯 그렇게 대답한 후, 마른 침을 삼키면서 떨리는 목소리로 물었다.

"……저, 저기, 무쿠로."

"왜 그러느냐?"

"호, 혹시나 해서 묻는 건데…… 만약 무쿠로의 머리카락을 나 말고 다른 사람이 자른 걸로 모자라, 머리카락이 엄청 짧아진다면…… 어떨 것 같아?"

"……흐음?"

시도가 그렇게 묻자, 무쿠로는 영문을 모르겠다는 듯이 고개를 갸웃거렸다.

"나리, 왜 그런 걸 묻는 게지?"

"뭐?! 아니, 그게…… 좀, 신경 쓰여서 말이야."

"흐음…… 이 머리카락을, 나리 이외의 누군가가……."

무쿠로는 그렇게 중얼거리더니, 거울에 비친 자신의 머리카락을 지그시 쳐다보며 머리카락 한 올을 손가락에 휘감았다.

그리고 슬픔과 분노가 뒤섞인 듯한 감정으로 표정을 물들이고, 조용하면서도 묘한 박력이 느껴지는 목소리로 이렇게 말했다.

"모르겠구나. 무쿠도, 모르겠다. 무쿠가 어떻게 되어버릴지 말이다."

"……윽?!"

시도는 그 대답에 무심코 숨을 삼켰다. 아니, 시도만이 아니었다. 커다란 텔레비전 소리에 섞여 방 곳곳에서 동요한 정령들의 신음소리가 들려왔다.

그럴 만도 했다. 영력이 봉인되었다고는 해도, 분노한 무쿠로가 얼마나 무서운지는 이 자리에 있는 이들 모두가 알고 있었다. 시도가 없었다면, 최악의 경우 이 지구가 정지되었을지도 모르는 것이다.

"뭐, 그런 걱정은 할 필요가 없을 게다. 나리가 무쿠의 머리카락을 잘라주고 있으니까 말이야."

"……그, 그래……."

"흐음? 나리, 왜 그러는 게냐?"

시도가 딱딱하게 굳은 목소리로 그렇게 말하자, 무쿠로는 의아한 표정을 지었다. 시도는 겨우겨우 태연을 가장해 작게 헛기침을 하면서 말을 이었다.

"그, 그게…… 그, 그것보다 계속할 테니까 다시 눈을 감아."

"음."

무쿠로는 시도의 말에 따르듯 순순히 눈을 감았다.

그러자 주위에 숨어있던 정령들 전원이 모습을 드러냈다. ……그런 그녀들의 표정은 한없이 어두웠다.

하지만 나츠미가 기지를 발휘해준 덕분에 위기를 벗어난 것은 사실이다. 시도는 나츠미를 쳐다보며 입을 열었다.

"……아, 아무튼, 고마워. 나츠미."

"……됐어. 무쿠로가 날뛰면 나도 피해를 볼 게 뻔하잖아."

시도가 무쿠로에게 들리지 않도록 작은 목소리로 그렇게 말하자, 나츠미는 고개를 돌리면서 대답했다.

"……이걸로 한동안은 시간을 벌 수 있을 것 같아. 하지만 〈하니엘〉은 물체의 형태를 변형시켰을 뿐이야. 내 영력도 충분하지 않으니까, 이 상태를 쭉 유지하는 건 무리야. 빨리 그 메디컬 리얼라이저라는 걸로 머리카락을 복구해."

"알았어. 오리가미, 부탁해도 되지?"

"……."

시도의 말에 오리가미는 아무 말 없이 고개를 끄덕인 후, 거실을 나섰다.

"자…… 이제부터 어떻게 한다……."

거실을 나서는 오리가미를 지켜본 후, 시도는 턱에 손을 대며 생각에 잠겼다.

나츠미 덕분에 방금 위기를 벗어났지만, 코토리를 찾을 때까지 방심할 수는 없었다.

지금 할 수 있는 것은 오리가미가 돌아오기만을 기다리는 것뿐이지만, 그동안 아무 것도 하지 않았다간 무쿠로에게 불신감을 안겨줄지도 모른다.

시도가 그런 생각을 하고 있을 때, 또다시 복도 쪽에서 발소리가 들렸다.

"어……?"

한순간 오리가미가 코토리를 데리고 왔다고 생각했지만,

그러기에는 너무 일렀다. 대체 누가 온 걸까, 라고 생각하며 시도가 복도 쪽을 쳐다보니, 키가 큰 두 소녀가 환하게 웃으면서 안으로 들어왔다. 정령인 미쿠와 니아였다.

"어머어머~. 여러분, 여기에— 어? 혹시 저를 기다리고 있었던 건가요? 오늘 무슨 날인가요? 아, 왠지 제 생일인 것 같은 느낌이 들어요. 생일 선물은 여러분의 뜨거운 키스가 좋겠어요~!"

"아하하. 밋키는 여전히 텐션이 하늘을 찌르네~. 그런데 진짜로 다들 여기에 모여서 뭘 하고 있는 거야? ……어?"

니아는 말을 멈추더니 이발용 가운을 걸친 채 거울 앞에 앉아 있는 무쿠로를 쳐다보았다.

"아, 혹시 무쿠찡의 머리카락을 잘라주고 있었던 거야? 흐음~, 고생이 이만저만이 아니겠네. 어떤 머리 모양으로 할 거야?"

"아~! 니아 양 말이 맞나요? 아, 그럼 제가 헤어스타일을 지정해도 될까요~?!"

텐션이 하늘을 찌르는 듯한 두 사람이 시끌벅적하게 떠들어대기 시작했다.

시도는 허둥지둥 두 사람을 향해 「쉬잇~!」 하고 진정시켰다. 아무리 텔레비전 음성으로 숨기고 있다 해도, 너무 큰 목소리를 냈다간 무쿠로가 들을지도 모른다.

"응? 소년, 왜 그래?"

"무슨 일 있나요~?"

"그게 말이야⋯⋯."

시도는 미쿠와 니아에게 같은 설명을 또 했다. 두 사람은 눈을 동그랗게 뜨더니, 납득을 한 것처럼 고개를 끄덕였다.

"그렇구나~. ⋯⋯큰일 났네."

"그래도 나츠미 양이 나이스 플레이를 했군요! 대단해요 ~! 상으로 미쿠 특제 어깨 안마권과 가슴 조물조물권을 드릴게요~!"

"어⋯⋯ 필요 없어."

나츠미는 진심으로 질색을 하면서 그렇게 대답했다. 하지만 미쿠는 개의치 않으면서 「아앙~! 정조관념이 투철하군요 ~! 이런 착한 아이에게는 엉덩이 깨물기권도 줄래요~!」라고 말해서 나츠미가 더욱 경계하게 만들었다.

"그런데 소년, 이제 어떻게 할 거야? 오리링이 여동생 양을 데리고 오려면 꽤 시간이 걸리잖아? 그때까지 무쿠찡을 방치해두는 건 좀 그렇지 않아?"

"으음⋯⋯ 맞아."

같은 생각을 하고 있었던 시도는 인상을 쓰면서 고개를 끄덕였다.

하지만 쓸데없는 짓을 해서 상황을 악화시키는 것만큼은 피하고 싶었다. 차라리 잠시 쉬자고 하며 이발을 일시적으로 중단해서, 무쿠로를 쉬게 하는 편이—

"—아!"

시도가 그런 생각을 하고 있을 때, 니아가 좋은 생각이 난 것처럼 살며시 박수를 쳤다.

그리고 음흉한 미소를 지으며 미쿠를 향해 손짓을 하더니 그녀에게 귓속말을 했다.

그러자—.

"……어머나~!"

니아에게 무슨 말을 들은 미쿠가 레이저라도 뿜어져 나올 정도로 눈을 반짝였다. 그리고 신에게 기도하듯 두 손을 모으더니 리드미컬하게 몸을 배배 꼬았다.

"대, 대단해요~! 정말 멋진 생각이에요! 니아 양, 혹시 천재 아니에요~?!"

"훗, 당연한 소리 하지 마, 밋키~."

니아는 그렇게 말하면서 앞 머리카락을 멋들어지게 쓸어 올렸다. 두 사람이 그렇게 흥분한 모습을 보이자, 시도는 왠지 불안감이 엄습했다.

"……어이, 대체 무슨 이야기를 하고 있는 거야?"

"응~? 아, 별 거 아냐. 그저 소년을 좀 도와주려는 것뿐이야~."

"맞아요~! 저희도 달링을 도와드리고, 볼 만지작권을 받고 싶어요!"

"……."

경련이 일어난 시도의 볼을 타고 식은땀이 흘러내렸다. ……저 두 사람의 말을 들으니 불온하기 그지없는 느낌이 들었다.

"내 생각에는 코토리가 돌아올 때까지 그냥 기다리는 편이 좋을 것 같은데……."

나츠미가 천사를 사용해 겨우 머리카락을 위장했는데, 괜한 짓을 했다가 또 문제가 발생하는 사태는 피하고 싶었다.

하지만 시도의 표정을 통해 그의 생각을 읽은 니아는 손바닥을 펼쳐서 그의 말을 막았다.

"무슨 소리를 하는 거야! 제자리걸음은 후퇴보다 무서운 거야! 아무 것도 하지 않다간 무쿠찡이 미심쩍어할 게 뻔해!"

"맞아요! 게다가 나츠미 양의 힘이 언제까지 유지될지 아무도 모르잖아요! 만약 나츠미 양이 누군가에게 만지작만지작을 당하거나 부비부비를 당하거나 날름날름을 당하는 바람에 집중력이 흐트러지기라도 하면 어쩔 거냐고요~!"

"히익……."

미쿠가 그렇게 말하자 나츠미는 숨을 삼켰다. 시도 또한 식은땀을 흘렸다. ……주의환기라기보다 범행예고라고나 할까, 거의 협박에 가까웠다.

"어때~? 우리에게 맡겨보지 않을래? 시험해보고 싶은 헤어스타일이 있거든. 무쿠찡을 더욱 귀엽게 만들겠어!"

"으음…… 하지만……."

"소년이 불안을 느끼는 것도 당연해! 하지만 걱정하지 마! 가위는 안 쓸 거야! 무쿠찡의 머리카락을 자르지 않겠다고 약속할게! 진짜로 머리카락을 묶거나 땋기만 할 거야!"

"……정말이지?"

"그래! 만약 약속을 깬다면 내 몸을 네 마음대로 해도 돼!"

"어?! 그게 무슨 소리예요~?! 그래도 되는 건가요~?! 그럼 저도 같은 조건으로 할래요~!"

"……."

두 사람의 말에 시도는 입을 다물었다. ……왠지 더 믿음이 안 갔다.

하지만 두 사람은 개의치 않는다는 듯이 방긋방긋 웃으면서 이야기를 계속했다.

"그럼! 다른 사람들은 잠시 동안 딴 데 쳐다보고 있어~! 아, 소년은 이쪽으로 와줄래?"

"여러분, 다 되면 보여드릴 테니 기대해 주세요~!"

"우왓?!"

니아와 미쿠에게 등을 떠밀린 다른 정령들이 거실 구석으로 이동했다.

두 사람은 시도의 곁으로 돌아오더니 호주머니 안에서 손수건을 꺼내 시도의 눈을 가렸다.

"앗?! 뭐, 뭘 하려는 거야?"

"그러니까~, 다 되면 보여주겠다는 거야. 작업이 끝나면

풀어줄 테니까 기대하고 있어."

"그럼 나도 딴 애들처럼 돌아서 있는 편이……."

"무슨 소리를 하는 거야. 무쿠찡이 소년에게 자기 머리카락을 맡겼잖아? 그러니 말을 맞춰줘야 할 거 아냐."

"말……?"

"아무튼, 이제 시작할게."

니아는 가볍게 등을 두드렸다. 그러자 그것을 신호 삼기라도 한 것처럼 희미한 소리가 들려왔다.

"나리, 뭘 하고 있는 게냐?"

아무래도 니아와 미쿠가 뭔가를 하고 있는 것 같았다. 무쿠로는 의아해하는 듯한 목소리로 그렇게 물었다.

지금 작업을 하고 있는 이는 시도인 걸로 되어 있으니, 니아와 미쿠가 대답을 할 수는 없었다. 손수건으로 눈을 가린 시도는 당혹스러워하면서 어찌어찌 말을 맞췄다.

"그, 그게…… 괜찮아?"

지금 뭘 하고 있는지 모르기에, 그런 무난한 말을 할 수밖에 없었다. 하지만 무쿠로는 딱히 미심쩍어 하지 않으면서 말을 이었다.

"음, 아무 것도 아니다. 좀 가려운 것뿐이니라. 뭘 하고 있는 게냐? 머리카락을 땋고 있는 것이냐?"

"응? 아, 그래."

"음?"

"왜, 왜 그래?"

"나리, 왜 이렇게 무쿠의 몸을 만지는 게지?"

"……뭐?!"

시도는 뜻밖의 말을 듣고 화들짝 놀랐다. ─둘이 대체 뭘 하고 있는 거야?! 그런 생각이 혼란스러운 머릿속을 가득 채웠다.

하지만 지금은 가능한 한 말을 맞추는 수밖에 없었다. 시도는 당혹스러워하면서도 말을 이었다.

"이, 이렇게 마사지를 해주면, 온몸의 혈액 순환이 좋아져."

"호오, 그러하냐. 나리는 별걸 다 아는 구나."

"하, 하하……."

"그럼 지금 집요하게 무쿠의 가슴을 주무르는 것도 마사지인 게냐?"

"뭐어엇?!"

시도는 새된 목소리로 외쳤다. 그러자 무쿠로는 「흐음?」 하고 의아한 목소리로 말했다.

"마사지가 아닌 게냐? 그럼 왜 이러는 것이지? 나리는 무쿠의 가슴을 좋아하는 것이냐?"

"그, 그게……."

네 가슴을 주무르고 있는 건 내가 아냐! 하고 시도는 외치고 싶었다. 하지만 시도 이외의 누군가가 이곳에 있다는 사실을 무쿠로에게 들킬 수는 없었다. 시도는 그 충동을 억

누르면서 될 대로 되라는 듯한 어조로 이렇게 외쳤다.

"……마, 맞아. 나는 무쿠로의 가슴을 정말 좋아해……."

"그러하냐. 그럼 빨리 말해주면 좋았을 것을……. 으음, 그런데 너무 세게 주무르는구나. 좀 진정하거라."

"미, 미아아아아안해애애애애……!"

시도는 미쿠(니아도 있지만, 아마 이 녀석이 범인일 것이다)에게 경고를 하듯, 분노에 찬 목소리로 사과를 했다.

그리고 잠시 후, 무쿠로가 또 이상한 말을 했다.

"저기, 나리. 아까부터 좀 신경 쓰이는 게 있다만……."

"뭐, 뭔데?"

"나리는 왜 무쿠의 옷을 벗기는 것이냐?"

"……윽, 뭐하는 거야아아아아아아앗?!"

이제 한계였다. 참다못한 시도는 눈을 가리고 잇던 손수건을 치우고 니아와 미쿠를 향해 외쳤다.

"앗……?!"

그 순간, 시도는 숨을 삼켰다.

현재 무쿠로는 바닥에 닿을 만큼 긴 머리카락을 땋은 다음 그것을 수영복 모양으로 알몸에 둘러 중요부위만 가린, 매우 자극적인 모습을 하고 있었던 것이다.

시도의 반응을 본 니아와 미쿠는 의기양양하게 가슴을 폈다.

"소년, 어때~? 실은 이걸 한번 해보고 싶었다니깐. 무쿠찡은 머리카락이 기니까 가능할 것 같았거든~!"

"꺄아~! 멋져요! 너무 멋지다고요~!"

"아, 아, 아무리 그래도……!"

시도가 얼굴을 새빨갛게 붉히면서 언성을 높인 순간—.

"흐음…… 시끌벅적하구나. 무슨 일이라도 벌어진 것이냐?"

무쿠로는 그렇게 말하면서 감고 있던 눈을 떴다.

"""……윽!"""

갑작스러운 사태였기에 정령들은 몸을 숨기지 못했다. 무쿠로는 주위를 둘러보더니, 깜짝 놀란 것처럼 눈을 깜빡였다.

"……뭐냐. 다들 와있었던 게냐. 으음…… 지금은 나리와 무쿠만의 시간이었을 터인데……."

무쿠로는 불만을 표시하듯 입술을 내밀었다. 시도는 정신이 번쩍 든 것처럼 어깨를 부르르 떨고 그녀를 향해 고개를 숙였다.

"미, 미안해…… 무쿠로. 일찍 말해줬어야 했는데……."

"으음…… 뭐, 괜찮으니라. 그것보다……."

무쿠로는 그렇게 말하면서 의자에서 일어나더니, 자신의 괴상하기 짝이 없는 모습을 살펴보았다.

"이게 대체 뭐냐. 머리카락을 땋아서 이렇게 한 것이냐?"

"으, 으음…… 그런 것, 같아. 아니지, 그랬어요……."

시도는 식은땀을 흘리며 그렇게 대답했다. 이건 니아와 미쿠의 작품이지만, 시도가 한 것으로 해둬야만 하기 때문이다.

그러자 무쿠로는 「흐음」 하고 신음을 흘리며 그 자리에서 몸을 한 바퀴 빙글 돌리더니, 곧 거울에 비친 자신의 모습을 살펴보았다.

"오호라. 나리는 이게 무쿠에게 어울린다고 생각한 게지?"

"뭐?! 아, 그게…… 그, 그래."

시도는 식은땀을 흘리면서 고개를 끄덕였다. 실은 니아와 미쿠의 짓이지만, 무쿠로가 자신의 머리카락을 맡긴 사람은 다른 아닌 시도였다. 그렇기에 무책임한 소리를 할 수 없었다.

그러자 무쿠로는 기묘한 표정을 지으면서도 고개를 끄덕였다.

"그럼 됐다. 나리의 마음에 들었다면, 무쿠도 이의는 없느니라."

무쿠로는 그렇게 말하면서 순진무구한 미소를 지었다.

"……윽."

시도는 그 표정을 보고 그대로 숨을 삼켰다.

무쿠로의 사랑스러움에 마음을 빼앗겨서 그런 것은 아니다. 무쿠로의 정신 상태가 흐트러져서 영력이 역류하는 것은 아닐까, 같은 걱정만 해댄 자기 자신이 부끄러워진 것이다.

무쿠로는 시도를 믿고 소중한 머리카락을 맡겨줬다. 그런데 시도는 자신의 실수를 덮기 위해 다른 정령들까지 휘말리게 했다. 그 사실에서 비롯된 자기혐오가 시도의 폐부를 가득 채웠다.

"……무쿠로, 미안해."

잠시 후, 시도는 크게 한숨을 내쉬면서 그렇게 말했다.

"음? 왜 그러는 게냐. 나리의 마음에만 들었다면 무쿠는 어떤 모양이든 딱히 상관없다."

"그런 게 아냐. 내 말을 들어봐. 나는…… 너한테 해선 안 되는 짓을 했어."

시도는 무너지듯 그 자리에서 무릎을 꿇더니 그렇게 말했다. 무쿠로는 영문을 모르겠다는 눈빛으로 그런 시도를 쳐다보았다.

"실은―."

시도가 이실직고를 하려고 한 순간―.

"시도!"

거실의 문이 쾅! 소리와 함께 열리더니, 시도의 여동생인 코토리가 허둥지둥 안으로 들어왔다.

"……윽! 코토리?!"

"괜찮아?! 아직 영력이 역류하지는 않은 것 같네……. 어?"

시도는 한순간 코토리가 무쿠로의 섹시한 모습과 경이적인 바스트를 보고 할 말을 잃었다고 생각했지만― 그렇지 않았다.

코토리는 눈치챈 것이다. 자신이 힘차게 열어젖힌 문이, 입구 쪽에 있던 나츠미를 벽으로 내동댕이쳤다는 사실을 말이다.

"……끄윽."

나츠미는 그런 소리를 내며 의식을 잃더니 그대로 벽을 타고 미끄러지듯 바닥에 쓰러졌다.

바로 그 순간, 나츠미가 유지하고 있던 〈하니엘〉이 풀린 건지, 무쿠로가 몸에 두르고 있던 머리카락으로 된 수영복이 옅은 빛을 뿜더니 곧 빛의 입자가 되어 사라져 버렸다.

그리고 그 자리에 남은 것은— 단발머리가 된 바람에 아까와 인상이 완전히 달라진 무쿠로의 모습이었다.

"아니…… 이, 이게…… 어떻게 된 것이냐아아아아앗?!"

혼란에 빠진 무쿠로의 목소리가 거실에 울려 퍼졌다.

◇

"……그렇게 된 게냐."

약 30분 후…….

꽤나 산뜻한 이미지로 변한 무쿠로가 가늘게 숨을 내쉬며 그렇게 말했다.

무쿠로에게는 무슨 일이 벌어졌는지 이미 설명을 해줬다. 일단 영력이 역류하지는 않은 것 같지만, 무쿠로는 복잡한 표정을 지으며 짧아진 머리카락을 만지작거리고 있었다.

"미안해……! 전부 내 탓이야. 내가 실수로 네 경단 모양 머리카락을 잘라버리는 바람에 이렇게 됐어……!"

시도는 테이블에 손을 올리고 고개를 깊이 숙이면서 사과했다. 그러자 거실에 있는 다른 정령들 또한 무쿠로에게 사과를 했다.

"아니다! 시도와 부딪쳤던 내 잘못이다! 화를 낼 거면 나한테 내라!"

"으음…… 다른 경단 머리를 잘라버린 건 나야……."

"반성. 땋은 머리를 자른 사람은 유즈루예요."

"이야~ 그래도 머리카락 수영복은 끝내줬어, 무쿠찡."

"우후후~, 눈 호강 했어요~."

"……니아와 미쿠는 좀 더 반성하는 편이 좋을 것 같은데 말이야."

이마에 파스를 붙인 나츠미가 도끼눈을 뜨며 태클을 날렸다. 코토리는 그 모습을 보며 한숨을 내쉬었다.

"—이렇게 된 거야. 우리 오빠가 사고를 쳤어. 정말 미안해. 네 머리카락은 전부 회수했으니까 〈프락시너스〉의 메디컬 리얼라이저로 원상 복구시킬 수 있어. 그걸로 없었던 일로 하자는 건 아니지만…… 다들 나쁜 뜻이 있었던 게 아니라는 것만은 믿어주면 안 될까?"

"……흐음."

무쿠로는 코토리의 말을 듣고 작게 한숨을 내쉬더니, 곧 입가에 미소를 머금었다.

"괜찮으니라. 아까 내가 말했을 터인데? 애초부터 나리에게 맡긴 머리카락이지 않느냐. 설령 그 어떤 모양이 되더라도 무쿠에게 이의는 없느니라."

"무쿠로……"

"하지만 나리 이외의 다른 사람이 무쿠의 머리를 자른 것은 좀 그렇구나. 머리카락이 원래대로 돌아오면, 그때야말로 나리가 직접 잘라주지 않겠느냐?"

무쿠로는 시도의 눈을 쳐다보며 그렇게 말했다. 시도는 무쿠로를 마주 보면서 힘차게 고개를 끄덕였다.

"응. 물론이야."

"음. 그럼 됐다."

무쿠로는 시도의 대답을 듣고 만족했다는 듯이 고개를 끄덕였다. 그 반응을 본 정령들은 가슴을 쓸어내렸다.

시도도 그런 그녀들의 심정을 처절할 정도로 이해했다. 다들 자신이 벌을 받지 않아서 안도한 것이 아니다. 그녀들은 무쿠로가 마음에 상처를 입지 않았을까 진심으로 걱정했던 것이다.

"……"

그런 그들을 쳐다보던 무쿠로가 짧아진 머리카락을 만지작거리면서 거울을 한 번 쳐다보더니, 다시 시도에게 말을 걸었다.

"저기, 나리."

"응? 무쿠로, 왜?"

"사진을 한 장 찍어주지 않겠느냐?"

"뭐……?"

뜻밖의 말에 시도가 어리둥절한 표정을 짓자, 무쿠로는 어깨를 으쓱하면서 말을 이었다.

"무쿠는 나리가 머리카락을 잘라줬으면 하느니라. 허나— 그대들이 심혈을 기울인 이 모습을 없었던 걸로 만드는 것도 좀 아쉽다는 생각이 드는구나."

그 말에 시도, 그리고 정령들이 눈을 동그랗게 떴다.

그 모습을 본 무쿠로는 볼을 살짝 붉히면서 미소 지었다.

■ 작가 후기

오랜만입니다. 황혼보다 어두운 코우시입니다. 피보다 더 붉지는 않습니다.

『데이트 어 라이브 앙코르 6권』을 여러분께 전해드립니다. 어떠셨는지요. 여러분의 마음에 드셨기를 진심으로 바랍니다.

단편집인 『앙코르』도 어느새 6권에 접어들었습니다. 저희의 요괴 아이돌 이자요이 미쿠가 또 한 번 표지를 장식했습니다! CUTE!! 언뜻 보이는 배꼽과 매끈한 다리가 정말 섹시합니다. 러프 단계에서는 치마도 고려됐습니다만, 제가 바지 입은 모습에 뿅 가버려서 이쪽 버전으로 부탁드렸습니다. 잘했어, 당시의 나.

자, 그럼 단편집의 정례행사인 각 화의 해설을 시작할까 합니다. 미묘하게 스포일러가 섞여 있을 가능성이 있으니, 본편을 읽지 않으신 분은 주의해 주시길 바랍니다.

○정령 뉴이어

새해 복 많이 받으십시오. 뭐, 이 책은 12월에 나왔지만 말이죠.

이 편은 기모노 차림의 정령들이 정월에 전통 놀이를 만끽하는 이야기입니다. 정월에 하는 전통 놀이가 뭐가 있는지 생각해봤습니다만, 결국 오리지널인 카드 주사위 놀이를 했습니다. 팽이 싸움이나 전통식 배드민턴 대결 같은 것도 재미있을 것 같지만, 다 같이 시끌벅적하게 할 수 있는 놀이가 좋을 것 같아서 말이죠. 모처럼 니아도 참전했으니, 왕게임 같은 것도 한 번 해보고 싶습니다.

무슨 일이 벌어질지 모른다는 데서 비롯된 긴장감 덕분에 꽤 재미있지 않을까 싶습니다. 여러분도 기회가 된다면 꼭 해보시길. 필요한 건 플레이어의 매너와 양심입니다.

ㅇ니아 걸게임

에로 속옷 차림인 니아의 삽화가 눈부신 단편입니다. 얼마 전에 죽을 뻔 했던 사람답지 않게 활기차기 그지없는 니아의 모습은 정말 대단하다고밖에 말할 수 없습니다. 혼죠 선생님, 원고는 아직 완성되지 않은 겁니까.

타이틀을 보면 알 수 있다시피, 니아가 미소녀게임을 하는 이야기입니다. 이걸 과연 미소녀게임이라 할 수 있을까요. 정말 악몽에 가까운 난이도군요. 저는 코어 게이머와는 거리가 멀기 때문에 절대 클리어 못할 것 같습니다.

참고로 히로인인 마루나 아리스 양의 이미지는 검은색에 가까운 회색 머리카락을 지닌 여자아이입니다. 드세고 항상 툴툴대지만 한 번 넘어오면 그 다음부터는 일사천리죠. 성우는 미모리 스즈코 씨입니다. 아, 어디까지나 이미지입니다. 이미지 말이죠.

○정령 애니메이션

애니메이션입니다, 애니메이션! 니아의 만화가 애니메이션화됐어요! 그래서 시도 일행이 애프터 레코딩 견학을 간다는 이야기입니다. 또 니아가 일을 벌였군요.

이번 단편집에는 니아가 기점이 되는 이야기가 많은 것 같습니다. 미소녀게임은 물론이고 뉴이어의 주사위 놀이도 니아의 제안이었던 데다, 남은 두 이야기에서도 중심인물로서 등장하죠. 원래부터 능동적이었던 데다, 애니메이션과 게임 같은 오타쿠 요소도 잘 알기 때문에 이야기의 기점으로 쓰기 좋군요.

그리고 이번 이야기에서는 나츠미가 뜻밖의 재능을 선보입니다. 뭐, 그녀의 관찰력과 모방 기술, 연기력은 인정받아 마땅하다 생각합니다. 하지만 본인이 그걸 인정하지 않죠. 나츠미! 너는 정말 끝내주는 녀석이야! 대단해! 완전 멋져!

나츠~미! 나츠~미! 같은 소리를 연발해서 나츠미를 난처하게 만들고 싶군요.

○정령 온라인

이번 무대는 온라인 게임입니다! 그리고 세 개의 진영으로 나뉘어서 게임 세계를 모험하게 했습니다.

저는 캐릭터에게 직업과 설정을 짜 넣을 수 있는 이야기를 꽤 좋아합니다. 실제로 캐릭터 메이킹이 가능한 게임을 할 때에는 본격적으로 게임을 시작하기 전에 상당한 시간을 할애하죠. 적당한 파츠가 있으면 제 작품 속 캐릭터를 재현하기도 합니다만, 오리지널 캐릭터를 만드는 것도 재미있습니다.

참고로 이번 이야기에서 마음에 들었던 건 다크 팔라딘 【†겐야†】입니다. 아마 암흑력을 검에 실어 날리는 암흑광룡
다크 파워
섬(暗黑光龍閃)을 날릴 겁니다. 강할 것 같군요.
페이저드

○정령 오프라인

그리고 후편인 정령 오프라인에서는 플레이어 킬러인 【파티마】의 정체가 밝혀집니다. 이 이름은 14권에서 언급된 니아가 그린 만화 속 주인공과 같습니다. 감이 좋은 분들은 미리 전편에서 눈치채셨을 지도 모르겠군요.

하지만 주간 연재를 하며 온라인 게임의 캐릭터 레벨을 99까지 올리고, 서브 캐릭터도 고레벨까지 키우다니…… 혼죠 선생은 제대로 일을 하긴 한 걸까요.

작품 속에서 나온 게임인 폴라리스 온라인은 평범한 MMORPG보다 자유도가 꽤 높게 설정되어 있습니다. 필드 구조는 흔히 블록메이킹 RPG— 즉, 마인크래프트와 비슷하죠. 그 시스템으로 된 필드를 공유하는 건 각 플레이어가 너무 제멋대로 행동 가능하기에 어렵겠지만, 그 정도로 자유도가 높은 게임이 있다면 한 번 해보고 싶기는 합니다.

○무쿠로 헤어

이번 신작 소설은 15권에서 봉인된 정령, 무쿠로의 이야기입니다. 시간축으로는 15권 에필로그 직전이겠군요. 제목을 보면 알 수 있듯 무쿠로의 긴 머리카락을 자릅니다.

본편에서는 이런저런 일들이 벌어졌습니다만, 무쿠로에게는 어떤 헤어스타일이 어울릴까요. 개인적으로는 볼륨감이 느껴지는 풍성한 머리 모양도 좋아하기에 너무 짧게 자르는 것도 좀 그렇습니다만, 이러쿵저러쿵 생각을 해보는 것도 재미있군요.

헤어스타일은 언뜻 봤을 때의 실루엣과 이미지 컬러와 연관되기 때문에, 캐릭터의 겉모습 중에서도 중요한 구성 요소입니다. 특히 『데이트 어 라이브』의 경우에는 여자 캐릭터가 많기 때문에, 겹치지 않도록 하느라 정말 고생이 많죠. 츠나코 씨, 매번 고생 많으십니다.

각 화 해설이 끝났으니, 여러분에게 알려드릴 사항이 두 가지 있습니다.

우선 첫 번째! 2017년 3월에 츠나코 씨의 화집이 발매됩니다! 와~! 짝짝짝!

지금까지 본편과 드래곤매거진, 그 외 각종 매체에 실린 『데이트 어 라이브』 일러스트가 잔뜩 수록된 호화로운 책이니, 기대해 주시길!

그리고 두 번째! 『데이트 어 라이브』의 스핀오프 소설이 발매됩니다! 얏호~!

스핀오프를 담당해주시는 작가는 바로 히가시데 유이치로 씨입니다! 피비린내가 진동하는 『데이트 어 라이브』가 될 것 같군요! 키히히히히!

자, 이번에도 많은 분들께서 도와주신 덕분에 무사히 책이 나올 수 있었습니다.

일러스트를 맡아주신 츠나코 씨, 이번에도 멋진 일러스트를 그려주셔서 감사합니다. 츠나코 씨가 그려주시는 정령들의 사복은 하나같이 끝내주게 귀엽습니다.

　담당 편집자님, 디자이너 쿠사노 씨, 편집부, 영업을 담당해주시는 분들, 출판, 유통, 소매, 그리고 이 책을 읽어주신 여러분께 진심으로 감사드립니다.

　그럼 다음 책을 통해 또 여러분과 만날 수 있기를 진심으로 기원하겠습니다.

2016년 10월 타치바나 코우시

최초 수록

DATE A LIVE
ENCORE 6

■역자 후기

　안녕하십니까. 근로청년 번역가 이승원입니다.
『데이트 어 라이브 앙코르 6권』을 구매해주셔서 진심으로
감사드립니다.

　요즘 들어 봄과 여름의 경계가 더 모호해진 것 같습니다.
얼마 전까지는 밤에 난방을 켜지 않으면 잠을 못잘 정도로
추웠는데, 지금은 더워서 선풍기를 켜게 되네요.
　게다가 밤이 되면 추워서 전기장판을 켭니다.
　일교차가 심해서 그런지 감기도 계속 달고 삽니다. 두 달
가까이 감기약을 먹고 있네요.
　이러다 보면 머지않아 에어컨 없이는 살 수 없는 나날이
시작되지 않을까 싶습니다.
　그래도 작년에 없는 돈 털어서 집에 에어컨을 설치했으니,
여름이 무섭지는 않습니다!
　……무서운 건 전기세 고지서죠, AHAHA.

　자, 그럼『데이트 어 라이브 앙코르 6권』에 대해 이야기를

좀 해볼까 합니다.

스포일러가 포함되어 있을 수도 있으니 본편을 안 읽으신 분은 유의해주시길!

이번 단편집의 주인공은 니아가 아닐까 합니다. 표지는 미쿠지만, 주인공은 니아!

미쿠도 나름 활약을 했습니다만, 니아에게는 미치지 못했다고 생각합니다.

『정령 뉴이어』에서는 주사위 놀이를 제안하고, 『니아 걸게임』에서는 미소녀게임 캐릭터를 빙자한 무시무시한 인ㅇ정ㅇ을 공략해내죠. 게다가 『정령 애니메이션』의 진정한 흑막(?)은 니아인데다, 『정령 온라인』과 『정령 오프라인』은 니아가 자신의 과거를 청산(?)하는 내용이라 생각합니다!

그러니 이번 권의 주인공은 니아……라고 생각했는데, 신작 단편 소설의 무쿠로가 너무 강렬했습니다. 게다가, 마지막 일러스트는 사나이의 로망!

결국 주인공은 니아이지만, 표지의 미쿠와 마지막 삽화의 무쿠로 원투 펀치에 KO된 양상이라는 생각이 듭니다, AHAHA.

뭐, 그래도 니아가 앞으로도 성인 여성의 매력을 보여줄 거라 믿어 의심치 않습니다! 섹시 속옷&가터벨트 착용 일러스트조차도 색기에서 미쿠에게 진 것 같은 느낌이 들지만,

그건 제 착각일거라 믿어 의심치 않습니다!

　그리고 아리스 마리나 양……. 원래 악당에 의해 만들어져서 슬픈 결말을 맞이하지만, 후속편에서 핑크 헤어 어린 소녀를 자기 딸처럼 보살펴주며 마구 매력 발산을 해대는 모 게임 캐릭터가 생각나는군요. ……크으, 비싼 돈 주고 샀던 모 한정판 게임을 다시 꺼내서 해봐야겠습니다!

　그럼 이만 줄이겠습니다.

　L노벨 편집부 여러분, 항상 폐를 끼쳐 죄송합니다. 앞으로도 잘 부탁드립니다.

　회사 쉬는 날, 한국보다는 일본에 더 오래 있는 것 같은 악우여. 올해 8월에는 꼭 아키하바라 가자. 너는 아키하바라에서 덕질하고, 나는 영화나 보러 다닐게.^^

　마지막으로 언제나 제게 버팀목이 되어주시는 어머니와 『데이트 어 라이브』를 읽어주신 모든 분들에게 진심으로 감사드립니다.

　이번 단편집에서 안 나온 분(?)을 풀려는 것처럼 스핀오프 주인공 자리를 꿰찬 모 캐릭터의 재공략(^^)이 시작되는 다음 권 역자 후기 코너에서 다시 뵙겠습니다!

2017년 5월 중순
역자 이승원 올림

데이트 어 라이브 앙코르 6

초판 1쇄 발행 2017년 6월 10일

지은이_ Koushi Tachibana
일러스트_ Tsunako
옮긴이_ 이승원

발행인_ 신현호
편집부장_ 김은주
편집진행_ 최은진 · 김기준 · 김승신 · 원현선 · 김솔함
편집디자인_ 양우연
국제업무_ 정아라 · 고금비
관리 · 영업_ 김민원 · 이주형 · 조인희

펴낸곳_ (주)디앤씨미디어
등록_ 2002년 4월 25일 제20-260호
주소_ 서울시 구로구 디지털로 26길 111 JnK디지털타워 503호
전화_ 02-333-2513(대표)
팩시밀리_ 02-333-2514
이메일_ lnovelpiya@naver.com
L노벨 공식 카페_ http://cafe.naver.com/lnovel11

DATE A LIVE ENCORE Vol. 6
© Koushi Tachibana, Tsunako 2016
First published in Japan in 2016 by KADOKAWA CORPORATION, Tokyo.
Korean translation rights arranged with KADOKAWA CORPORATION, Tokyo.

ISBN 979-11-278-4165-2 04830
ISBN 978-89-267-9334-3 (세트)

값 6,800원

변변찮은 마술강사와 추상일지 1권

히츠지 타로 지음 | 미시마 쿠로네 일러스트 | 최승현 옮김

알자노 제국 마술학원에는 학생들도 기가 막혀 하는
한 변변찮은 마술강사가 있었다.
그의 이름은 글렌 레이더스.
수업에 뱀을 가져와서 여학생들이 무서워하는 모습을 감상하려다가
오히려 그 뱀에게 머리를 물리질 않나…….
도서관에서 실종된 여학생을 구하러 갔다가, 오히려 본인이 겁에 질려서
파괴 주문으로 도서관을 날려버리려고 하질 않나…….
수업 참관 일에는 웬일로 성실하게 수업을 하나 싶더니 곧 본색을 드러내고……
그런 마술학원에서 벌어지는 변변찮은 일상.
그리고─ "……꺼져라, 꼬마. 죽고 싶지 않으면."
글렌의 스승이자 길러준 부모인 세리카 아르포네아와의
충격적인 만남이 수록된 『변변찮은』 시리즈 첫 단편집!

본편 TV애니메이션 방영중!!

라이트노벨의 새로운 빛! L노벨의 신간은 매월 10일에 발매됩니다. http://cafe.naver.com/lnovel11

도쿄침역:클로즈드 에덴 Enemy of Mankind (상)

이와이 쿄헤이 지음 | 시라비 일러스트 | 김장준 옮김

《도쿄》가 변모한 지 2년— 고등학생인 아키즈키 렌지와
인기 아이돌 유미이에 카나타에게는 둘만의 비밀이 있었다.
두 사람은 《임계 구역 · 도쿄》에 침입하는 《침입자》였던 것이다.
에어리어 내에서만 발동하는 특수 능력 《주입》을 사용해
탐색을 이어 나가는 렌지와 카나타.
적대하는 정부 기관 《구무청》과, 에어리어 최악의 괴물 《EOM》과의 삼파전 상황에서
렌지와 카나타는 맹세한 《약속》을 이룰 수 있을 것인가?!

인류 vs. 인류의 적— 희망과 절망의 보이 미츠 걸 시동!!

Copyright ©2016 Kumanano
Illustrations copyright ©2016 029
SHUFU-TO-SEIKATSU SHA LTD.

곰 곰 곰 베어 1~3권

쿠마나노 지음 | 029 일러스트 | 김보라 옮김

게임이 현실보다 재밌습니까?―YES
현실 세계에 소중한 사람이 있습니까?―NO

……온라인 게임 설문 조사에 대답했을 뿐인데
말도 안 되는 이세계(아마도)로 내던져진 나, 유나.
은둔이 경력 3년의 폐인 게이머.
맨 처음 장착하게 된 장비템이 『곰 세트』라니…….
이게 무어야―!?
하지만 세고 편하니까 뭐, 괜찮으려나?
울프를 쓰러뜨리고, 고블린을 쓰러뜨리고
극강 곰 모험가로서 일단 해볼까요.

은둔형 외톨이 소녀, 이세계에서 무적의 곰 모험가가 된다!

라이트노벨의 새로운 빛! L노벨의 신간은 매월 10일에 발매됩니다. http://cafe.naver.com/lnovel11

Copyright ⓒ 2015 Tsuyoshi Nanajoh
Illustrations copyright ⓒ 2015 Tsubame Nozomi
SB Creative Corp.

우리 집 더부살이가 세계를 장악하고 있다! 1~10권

나나죠 츠요시 지음 | 노조미 츠바메 일러스트 | 김진환 옮김

머나먼 독일에서 일본의 영세 공업사 · 이이야마 가문에 찾아온 소년,
카사토리 신야. 그 정체는 세계 유수의 대기업 오리온류트의 창업자로
손가락 하나로 군사위성까지 움직일 수 있는 하이스펙 남자 중학생이다.
사정이 있어 진짜 모습을 숨긴 채 신야는
이곳 이이야마 가문에서 더부살이하게 되었지만······.
"우리 집에는 다 큰 여자애들이 살고 있다구! 갑자기 동거라니!"
그곳에는 취미도 성격도 제각각인 귀여운 세 자매도 함께 살고 있었다?!
사장님~ 지금까지의 경험이 아무 쓸모 없는 환경에서,
어떡하실 건가요?

**세계 제일의 무적 소년 사장과
재미있고 귀여운 세 자매가 보내드리는
《GA문고 대상 수상》의 앳 홈 러브코미디!**

금색의 문자술사 1~5권

토모토 스이 지음 | 스마키 슌고 일러스트 | 김장준 옮김

식사와 독서를 사랑하는 『아웃사이더』 고등학생 오카무라 히이로는
같은 반의 리얼충 네 명과 함께 이세계로 소환됐다.
《용사》가 되어 인간국 빅토리어스를 구해달라는 왕녀의 부탁에 들뜨는 리얼충들,
그런 와중 밝혀진 히이로의 칭호는—《말려든 자》?!
원래 세계로 돌아갈 방법은 없다. 용사들과 장단을 맞출 생각도 없다.
하지만 기왕 하게 된 이세계 라이프.
적은 문자의 이미지를 발현하는 히이로만의 능력 《문자마법》을 사용해
미지의 요리와 책을 찾아 홀로 모험에 나선다!
이세계에서도 고고한 『아웃사이더』 노선을 관철하는 히이로는 아직 모른다.
이윽고 히어로라고 불리게 될 자신의 미래를…….

소설가가 되자 사이트에서
조회수 2억 6천만을 돌파한 초인기 대작

데스마치에서 시작되는 이세계 광상곡 1~8권

아이나나 히로 지음 | shri 일러스트 | 박경용 옮김

한창 데스마치를 치르던 프로그래머 스즈키 이치로(29).
「사토」란 닉네임을 쓰는 그가 잠시 잠들었다 깨어나 보니
듣도 보도 못한 이세계에 방치되어 있었다!
혼란에 빠질 틈도 없이 눈앞에는 처음 보는 괴물의 대군이 다가오고,
하늘에서는 유성우가 쏟아진다.
정신을 차리고 보니, 최강 레벨의 힘과 막대한 부를 손에 넣었는데……?!
이렇게 사토의 「유유자적, 가끔 시리어스, 그리고 하렘」인
이세계 모험담이 시작된다!!

**최강 레벨과 막대한 재보를 가지고
시작되는 유유자적 이세계 관광!!**

NOVEL